EARL WARREN
Ein Teufelsmädel

Zum Roman

1825 – der 19-jährigen Lady Janet Browning wird wegen einer alten Familienfehde der Kontakt mit ihrem geliebten Christian Demarron verboten.

Er ist Gardeleutnant und nachgeborener Sohn eines Lords. Durch eine Intrige wird Christian in die Kronkolonie Indien versetzt – ins Maharadschahtum Gwalior. Janet reißt aus und segelt um die halbe Welt für ihre Liebe, zu ihrem Geliebten. Auf dieser Reise und in Indien erlebt sie dramatische Abenteuer. Auch das Glück ihres ebenfalls in Gwalior stationierten Bruders Stephen steht auf dem Spiel. Er verliebt sich in eine vom Feuertod bedrohte schöne Maharani. Und in Gwalior gibt es Unruhen – Aufrührer wollen die britische Herrschaft abschütteln.

Zum Autor

Earl Warren, bürgerlicher Name Walter Appel, ist 1948 geboren. Seit 1973 ist er als freier Autor tätig und schrieb bisher über 950 Romane in verschiedenen Sparten. Unter anderem hat er bei den Serien Jerry Cotton, Lassiter, Dämonenkiller, Vampir-Roman und Gespenster-Krimi mitgewirkt, sowie mehrere Bücher und Taschenbücher verfasst. Er schrieb auch etliche Frauenromane und Romantic Thriller.
Nach wie vor ist er eifrig tätig und hat Spaß am Schreiben. Seinen LeserInnen wünscht er gute Unterhaltung und Freude am Lesen.

Earl Warren

# EIN TEUFELSMÄDEL

*Um die Welt für meine Liebe*

Historical

Herstellung und Verlag:
BoD – Books on Demand, Norderstedt

ISBN 978-3-7347-7523-9

Buch 1

# *Ein Teufelsmädel*

# 1. Kapitel

Es war ein nebliger Novembernachmittag im Jahr 1825. Im Herrenhaus des Earls of Browning auf dem Hügel oberhalb des Städtchens Stratford upon Avon, des Geburts- und Sterbeorts Shakespeares, brannte bereits das Licht.

In der Bibliothek des Herrenhauses hatte Sir Winston, der 13. Earl of Browning, den fünfköpfigen Familienrat zusammengerufen. Es handelte sich um einen ernsten Anlass – Janet, die einzige Tochter, des Earls, war nämlich verliebt.

Sie nahm an dem Familienrat nicht teil. Sie weilte bei einer Freundin in London. In die Hauptstadt war sie hauptsächlich deshalb gereist, um ihren Geliebten zu treffen, einen schneidigen jungen Husarenoffizier aus der Garde des Königs.

Um diesen – und Janet – ging es bei dem Familienrat.

Sir Winston, untersetzt, grauköpfig, beleibt, mit grauer Perücke und langschößigem braunem Gehrock, schritt hin und her. Das Kaminfeuer brannte.

»Meine Tochter«, rief er, »liebt ...«

»Die kleine Janet«, sagte Tante Heather, die unverheiratete Schwester des Earls. »Ist es die Möglichkeit? Gestern noch hat sie im Sandkasten gespielt.«

»Das tut sie nicht mehr«, entgegnete der Earl finster. Vom Geschwätz seiner Schwester hatte er nie viel

7

gehalten. Seiner Gattin gegenüber pflegte er sie als hohlköpige Henne zu bezeichnen. »Damals war sie noch leichter zu lenken. – Sie ist also verliebt.«

»In wen?«, fragte sein Schwager Warren Benedict, der Bruder der Gattin des Earls und damit Janets Onkel. Er war eine hagere grauhaarige Erscheinung, dunkel gekleidet, mit dem weißen Kragen eines Geistlichen der Anglikanischen Kirche. Dort strebte er auf das lukrative Amt eines Bischofs von Manchester zu. »Hoffentlich ist es eine standesgemäße Partie.«

Mit Geld hatte er immer zu rechnen und seinen Vorteil zu wahren gewusst.

Anglikanische Geistliche durften heiraten. Seine Gattin, wie er in feierliches Schwarz gekleidet, mager, mit säuerlichem Gesicht, saß kerzengerade neben ihm am Tisch bei dem flackernden Kaminfeuer. Sir Warren, Sohn eines Baronets, war zwei Jahre älter als Sir Winston, der Earl of Browning.

»Es handelt sich um den Abkömmling einer alteingesessenen Adelsfamilie«, sagte Sir Winston vorsichtig. »Sein Urgroßvater ist ein Lord gewesen und saß als solcher im Oberhaus. Der junge Mann entstammt einer Seitenlinie.«

»Rede nicht um den heißen Brei herum«, forderte Lady Eleanor, Sir Winstons Gattin. Sie stickte, wie immer war sie mit einer Handarbeit beschäftigt. Sie konnte die Hände nicht still halten. »Sage es frei heraus.«

Sir Winston seufzte. Das flackernde Kaminfeuer strahlte ihn an.

»Er ist ein Demarron!«, rief er theatralisch und im Ton der Verzweiflung.

Die Wirkung, außer bei Lady Eleanor, die es schon wusste, Janets Mutter, war ungeheuer. Ungefähr so, als hätte Sir Winston gesagt: »Der Teufel ist aus der Hölle gefahren und will unsere Janet zur Frau.«

»Was?«, erklang es dreistimmig.

Und: »Nur über meine Leiche!«, rief gleich Sir Warren, der zukünftige Bischof von Manchester.

Seine Frau schlug die Hände zusammen und bekreuzigte sich.

Lady Heather rief nach ihrem Riechsalz.

»Ein Demarron! Ich werde ohnmächtig. Das ist, als ob Attila der Hunne vor den Tore von Browning Hall stehen und unsere Janet zur Gattin begehren würde. Wie ist sie denn überhaupt in die Klauen dieses Unmenschen gefallen? Wie konnte sie mit einem Spross von der Mördersippe bekannt werden? Warum hat sie sich nicht voller Entsetzen von ihm und von seinen blutbefleckten Händen abgewendet? Fasst er sie damit vielleicht sogar an?«

»Du liest zu viele Kitschromane, liebe Schwester«, sagte Earl Winston. »Bei einem Ball im königlichen Schloss hat sie ihn kennen gelernt, als sie Debütantin war. Dann verlor sie ihn wohl eine Weile aus den Augen. Vor einiger Zeit muss sie ihn wiedergesehen haben. – Sie kam neulich zu ihrer Mutter und gestand ihr, Christian Demarron wäre ihre ganz große Liebe und der Mann ihres Lebens.«

»Ooooooohhhhhhhh!«

Lady Heather kippte in ihren Polstersessel zurück. Lady Eleanor hob das Riechsalz vom Teppich auf. Es war der üppigen, grauhaarigen Lady Heather in ihrem Faltenkleid aus der Hand gefallen. Lady Eleanor hielt ihr das Riechsalzfläschchen unter die Nase.

Lady Heather fuhr hoch.

»Doch nicht soviel. Nur eine kleine Prise sollst du mir geben, meine Liebe. – Habe ich recht gehört? Janet liebt einen Demarron – Christian heißt er wohl? Einen Schuft und Strolch, einen Mörder. – Einen von denen, die unseren Bruder Richard auf dem Gewissen haben, Winston. Durchbohrt mit dem Degen wurde der arme Richard, 23 ist er gewesen. – Was hätte er noch erreichen können. – In welcher Beziehung steht dieser … Christian zu Richards Mörder?«

Sir Winston seufzte wieder, zog ein Taschentuch aus dem weiten Ärmel und nahm eine Prise Schnupftabak, wie immer, wenn er in Verlegenheit war.

»Er ist sein Sohn«, antwortete er, nachdem er geschnupft hatte.

Lady Heather stieß wieder einen Schreckenslaut aus.

»Der Sohn des Mörders von Richard?«

»Heather«, sagte ihr Bruder streng, »auch ich empfand Richards Tod als einen furchtbaren Schlag. – Aber, es war ein Duell unter Gentlemen. Lawrence Demarron focht besser. Er sagte hinterher, er habe Richard nicht töten, sondern nur verwunden wollen. Die Schulter wollte er ihm durchbohren. Aber Richard, der Unglückselige, lief ihm in den Stich hinein, der sein Herz traf.«

Sir Winston schaute an die Wand. Schatten der Vergangenheit stiegen vor seinem geistigen Auge auf.

»Es ging um eine Frau«, sagte er, »und es ist nicht mehr zu ändern. Lawrence Demarron lebt nicht mehr. Er starb vor etlichen Jahren schon in den Kolonien am Gelben Fieber. Christian, sein Sohn, wuchs in England auf. – Seit jenem Duell mögen sich die Brownings und die Demarrons nicht.«

»Das kann man wohl sagen«, sagte der Geistliche und Baronet Warren Benedict. »Es ist Blut geflossen. Ein Mitglied des Hauses Browning musste sterben. Die Ehre der Brownings erfordert es, hier die Konsequenzen zu ziehen. – Janet darf Christian Demarron nicht heiraten. – Ich habe zwar nur in die Familie eingeheiratet und bin kein Browning, aber ich gehöre dazu. – Blut ist Blut, Ehre ist Ehre.«

Sir Winston sah in die Runde.

»Was meint ihr?«, fragte er seine Gattin, seine Schwester und Lady Benedict.

Lady Heather stand schnaufend auf und schwenkte ihr Riechsalzfläschchen.

»Wenn dieser Mensch Christian hier durch das Tor kommt, durchbohre ich ihn mit einer Hellebarde! Richards Tod hat mir eine seelische Wunde geschlagen, die niemals verheilen wird. Niemals darf Janet seine Frau werden. – Niemals! – Nie!«

Sir Winston grinste ein wenig bei dem Gedanken, dass seine füllige ältliche Schwester mit einer Hellebarde bewaffnet bei der Einfahrt lauerte und jemanden angriff. Sie war alles andere als eine kriegerische Amazone.

»Nein«, sagte Lady Christine Benedict, Sir Warrens Gattin. »Janet muss einen anderen finden oder ledig bleiben.«

Nur Janets Mutter war unschlüssig.

»Richards Tod liegt 25 Jahre zurück. Es war ein faires Duell, was alle bestätigt haben. Genauso gut hätte Christians Vater dabei sterben können.«

»Das ist er aber nicht«, sagte Warren Benedict trocken. »Was ist deine Meinung, Winston?«

Sir Winston war das Familienoberhaupt. Seine Stimme gab den Ausschlag. Allerdings wäre es nicht gut für ihn gewesen, sich der fast einstimmigen Mehrheit im Familienrat zu widersetzen.

Er fragte nochmals seine Gattin: »Bist du dafür oder dagegen?«

Die eher zierliche Lady Eleanor stichelte in ihrem Stickrahmen.

»Ich kenne den jungen Mann nicht«, sagte sie leise. »Vielleicht sollten wir ihn uns erst einmal ansehen, bevor wir ein Urteil über ihn fällen.«

»Er ist ein Demarron!«, erklang es dreistimmig von Heather, Warren Benedict und seiner Gattin. »Von diesem Geschlecht kommt nichts Gutes.«

Sir Winston nickte. Er schaute ins Kaminfeuer. Mit einem Ruck drehte er sich um.

»Ich verbiete diese Verbindung und untersage Janet den Kontakt mit Christian Demarron«, sagte er. »Ja, auch ich bin dagegen. Ich habe den Demarrons verziehen, dass einer von ihnen – Lawrence – das Herz meines Bruders mit seinem Degen durchbohrte. Doch ich habe es nicht vergessen. Lawrence Demarron ist Christians Vater. Ich könnte seinen Sohn niemals ansehen, ohne mich daran zu erinnern. Mein Bruder Richard würde in seinem Grab keine Ruhe mehr finden, wenn unsere Janet und Christian Demarron ein Paar blieben.«

Er fuhr fort: »Wir müssen sie trennen.«

»Was ist, wenn Janet dein Verbot ignoriert?«, fragte Lady Heather. »Sie hat ihren eigenen Willen.«

»Sie hat meinen Sturkopf geerbt, meinst du?«

»So deutlich wollte ich es nicht sagen. Aber Janet ist eigensinnig. Ich würde ihr zutrauen, mit dem jungen

Mann durchzubrennen und ihn gegen unseren Willen zu ehelichen, in Gretna Green bei den unseligen Schotten, wo der Schmied eine Ehe schließen kann.«

Das war ein alter Brauch. Die Heiratsschmiede von Gretna Green gab es nach altem königlichen Recht schon sehr lange.

»Mit so einer Schmiedeehe sollte sie besser nicht mehr nach Hause kommen«, sagte Warren Benedict. »Ich habe drei Töchter. Sie würden sich das nie erlauben.«

Sir Winston, der eine eigene Meinung von den gackernden Töchtern seines Schwagers hatte, sah ihn nur an und schwieg.

»Wir haben unsere Töchter einwandfrei erzogen«, trumpfte Lady Christine Benedict auf. »Bei uns könnte so eine Liaison nie passieren. Unsere Töchter sind züchtige, sittsame, tüchtige Mädchen mit der Schulbildung höherer Töchter und allen Voraussetzungen und Fähigkeiten, Hausfrau, Mutter und die Gattin eines Gentleman von Rang zu werden.«

Sir Winston schwollen die Adern am Hals. Sein Gesicht über dem Jabot am Hals und dem Stehkragen rötete sich deutlich. Er nahm einen Schluck Portwein aus dem Glas auf dem Tisch.

»Bisher hörte ich nicht, dass Gentlemen von besonderem Rang sich um eure Töchter bemüht hätten«, entgegnete er ungewohnt spitz. »Außerdem geht es hier um Janet.«

»Genügt denn dein Machtwort als Vater und Earl of Browning nicht?«, fragte Warren Benedict.

Für einen Geistlichen hielt er wenig von Versöhnung und Vergebung wegen des lange verjährten Todesfalls, der nicht einmal einen Blutsverwandten von ihm betraf.

»Ich will nicht, dass wir Janet verlieren«, sagte Lady Heather. »Es würde mir das Herz brechen. Stephen, unser Sohn, ist in Indien stationiert und schwebt dort in Gefahr – Aufständische, wilde Tiger, das Klima, Krankheiten. Ich sorge mich sehr um ihn. Wenn jetzt Janet noch ginge …«

»Ich bin in Indien gewesen«, sagte ihr Gatte. »Das Klima ist strapaziös, aber es ist nun keineswegs so, dass hinter jedem Busch gleich ein Tiger lauert. Aber … Indien … Indien … Da kommt mir eine Idee.«


Zur gleichen Zeit, viele Meilen entfernt, rollte eine Kutsche durchs nächtliche, neblige London und erreichte den Hyde-Park. Die Gaslaternen, die es seit 1807 in London gab, erzeugten verwaschene Lichtflecke im Nebel. Der Hufschlag des Zweispänners klang auf dem Pflaster.

Der Kutscher hatte einen Zylinder aufsitzen und trug einem Umhang um die Schultern. Ein Schal schützte seinen Hals. Zwei Laternen waren links und rechts an der eleganten Kutsche befestigt.

Der Kutscher trank ab und an einen Schluck aus einer Taschenflasche, wobei er über die Schulter schaute, dass ihn niemand dabei beobachtete.

Die Kutschenfenster waren nicht verhängt. Der Lichtschein der Kutschenlaternen erhellte das Innere der Kutsche spärlich. Ein Liebespaar lag sich dort in den Armen und vergaß die Umgebung und das neblige kalte London.

Es handelte sich um ein bildhübsches Mädchen von neunzehn Jahren mit rotblondem, widerspenstigem Haar, das die Brennschere nicht hatte zähmen können. Janet Brownings meergrüne Augen, die kecke Stupsnase und der volllippige Mund, das energische Kinn und der zarte Hals wirkten sehr anziehend und vital.

Janet war mittelgroß und hatte eine reizvolle Figur, die sie nicht mit dem Korsett zu schnüren brauchte. Ihren Schutenhut hatte sie abgenommen. Das dunkelgrüne, weitärmelige, lange Samtkleid mit dem weißen Spitzenkragen betonte ihre Figur.

Ein dezenter Hauch von Parfüm umgab sie. Ihr Liebhaber trug Zivil, obwohl er Husarenleutnant war. Er war 24, hoch gewachsen, schlank, doch breit in den Schultern. Er hatte schwarzes, gelocktes Haar, das er, der Mode der Zeit entsprechend, ziemlich lang und mit Koteletten trug.

Christian Demarron hatte dunkle Augen und ein Grübchen im Kinn. Er war schneidig, ein Draufgänger, immer munter und meist optimistisch. Sein Urgroßvater war ein Lord gewesen. Dem englischen Adelsrecht zufolge erbten nur seine Söhne und jeweils die männlichen Nachkommen des ältesten Sohns den Titel.

Die übrigen zählten zwar zum Adel, doch durften sie sich nicht Lord nennen.

Janet und Christian küssten sich leidenschaftlich. Als Christians Zärtlichkeiten drängender wurden, wehrte Janet ihn ab.

»Ich bin keine Dirne, die sich einem Mann in einer Kutsche hingibt. Und ich will als Jungfrau in unsere Ehe gehen.«

»Ja«, seufzte Christian, »du hast Recht. Aber du bist so schön … und so hinreißend.«

Welche Frau hätte das nicht gern gehört? Janet ergab sich wieder Christians Küssen, achtete jedoch darauf, dass er nicht zu weit ging. In dem Sinn war sie ganz Höhere Tochter und als Kind ihrer Zeit erzogen. Sex vor der Ehe war verpönt, jedenfalls mit Frauen, die als die zukünftige Gattin in Frage kamen. Ein uneheliches Kind galt als die größte Schande.

Deswegen gingen junge Mädchen und Frauen mitunter ins Wasser und ertränkten sich.

Christian bedeckte Janets zarten Hals mit glühenden Küssen. Sie wurde unruhig. Es zog die Liebenden heftig zueinander hin.

Würde Janet Christians drängendem Werben noch lange widerstehen können? Ach, wie einfach wäre alles gewesen, wenn ihre Familien nicht verfeindet gewesen wären.

Janet schob Christian zurück. Sie atmete heftig, ihr Busen wogte. Im Widerstreit der Gefühle war sie hin und her gerissen.

Sie zupfte ihr Kleid zurecht.

»Hast du mit deinem Vater gesprochen?«, fragte Christian, während der Hufschlag und das Räderrollen der Kutsche hallten.

Ab und zu hörte man das Schnauben der Rosse. Vorm Fenster wogte der Nebel und sah man schemenhaft kahle Bäume und Büsche im weitläufigen Hyde-Park.

»Mit meiner Mutter«, antwortete Janet. »Sie versprach mir, bei Vater ein Wort für uns einzulegen. – Christian, ich liebe dich, und ich werde dich immer lieben. Wo du bist, da will ich auch sein. Und wenn ich dir bis ans Ende der Welt nachfolgen müsste ...«

Der junge Mann ergriff ihre Hand.

»Sie werden ein Einsehen haben«, sagte er. Es war Wunschdenken. »Es ist lange her, seit mein Vater deinen Onkel im Duell tötete. Ein Ehrenhandel, ein Streit zweier Hitzköpfe, der mit ein paar Kratzern abgegangen wäre oder mit einer Fleischwunde. Damit wäre der Ehre Genüge getan gewesen. – Doch leider stolperte dein Onkel und erhielt einen Stich ins Herz.«

»Diese Duelle gehören endlich verboten«, sagte Janet. »Was beweist es denn – nur, wer besser schießen oder fechten kann, was man auch anderweitig feststellen könnte. – Es ist dumm, sich zu duellieren.«

»Aber es wird von einem Gentleman erwartet, dass er für seine Ehre und seine Überzeugung einsteht.«

»Ah, pah, für junge Hitzköpfe ist das. Ein Unsinn und Unfug, der nur Schaden anrichtet. Wie sich in unserem Fall zeigt.«

»Dein Vater wird vermutlich den Familienrat einberufen wegen uns«, sagte Christian. »Ich habe eine ungute Ahnung, Liebste. Vielleicht hätten wir gleich durchbrennen und in Gretna Green heiraten und unsere Familien vor vollendete Tatsachen stellen sollen. – Meine Verwandten mögen die Brownings nicht. Nach dem unglücklichen Tod deines Onkels schadete deine Familie der meinen in mehr als einer Hinsicht. Das wurde nicht vergessen.«

Janet schmiegte sich an ihn.

»Wir wollen neu anfangen und das Alte vergessen«, sagte sie. »Warum lassen uns die alten Starrköpfe denn unser Glück nicht?«

Christian lächelte bitter.

»In unseren Kreisen werden die Ehen von der Familie gestiftet«, sagte er. »Die persönliche Neigung spielt nie die Hauptrolle dabei. Nur das niedere Volk paart sich nach Lust und Laune. Die Folgen – unglückliche Verbindungen – sieht man dann.«

»Würdest du dich denn dem Familiendiktat unterwerfen, wenn es gegen uns spräche?«, fragte Janet mit heftig klopfendem Herzen.

»Nein. Sondern ich würde alles tun, um dich als meine Frau zu gewinnen, Liebste. Dann sollten wir allerdings durchbrennen und ohne den Segen unserer jeweiligen Familien heiraten.«

Christian entstammte, wie schon erwähnt, einem Seitenzweig einer Lordsfamilie. Sein Großonkel war Lord Horatio Demarron, ein Seeadmiral, Minister und mächtiger, einflussreicher Mann. Christian suchte sein Heil und seine Karriere bei der Armee. Er hatte zwei ältere Brüder, von denen der eine Kaufmann und der andere Kapitän war.

Von ihnen ließ er sich wenig sagen. Doch auf den Großonkel, den mächtigen Lord, musste er Rücksicht nehmen – und der war absolut gegen die Sippe Browning.

»Schlechte Fechter, nachtragend, hinterlistig, keine Gentlemen, man sollte sie schneiden«, pflegte er, auf dieses Geschlecht angesprochen, zu sagen.

Mit Schneiden meinte er, dass mit den Brownings gesellschaftlich nicht verkehrt werden sollte. Seine Lordschaft und seine Angehörigen und Parteigänger luden die Brownings nicht ein und mieden Häuser und Feierlichkeiten, bei denen diese verkehrten. Umgekehrt war es genauso, wobei der Boykott Lord Demarrons

Earl Browning und seine Familie härter traf als umgekehrt.

»Es wird alles gut«, flüsterte Janet und schmiegte sich an ihren inoffiziellen Verlobten.

Er streichelte sie zärtlich und küsste ihr eine Haarsträhne aus der Stirn. Die Kutsche fuhr weiter, rollte durch den Hyde Park und zurück in die Stadt, zur Themse, die bei Nacht und Nebel verlassen lag. Tagsüber fuhren hier teils Lastkähne, die noch mit Seilen vom Ufer her gezogen oder getreidelt wurden.

Und zunehmend mehr von den neueren Dampfschiffen, die seit einigen Jahren in Betrieb genommen wurden. Die Reaktionäre liefen Sturm gegen die qualmenden, stinkenden Maschinen, die die Luft verpesteten und wegen möglicher Kesselexplosionen reine Mordmaschinen seien, wie sie sagten.

Wo soll das einmal enden, hieß es in diesen altmodisch denkenden Kreisen? Bald wird man wohl noch gar an dampf- oder sonst wie getriebene Landgefährte denken.

Der Fortschritt ließ sich jedoch nicht aufhalten. Seit 1818 verkehrte ein Dampfschiff mit zwei Segeln und einem hohen Mittelschornstein sogar im Liniendienst zwischen London und Margate. 1819 war gar dem amerikanischen Dampfer »Savannah« die erste Ozeanüberquerung gelungen. Wobei die »Savannah« wie alle Dampfozeanschiffe, Prototypen und selten vorhanden, außer der Dampfkraft noch drei voll bestückte Segelmasten als Antrieb nutzte.

Janet war sich bewusst, dass sie in einer prosperierenden und fortschrittlichen Zeit lebte. Sie war damit sehr einverstanden, konnte die Älteren nicht verstehen, die mitunter dagegen wetterten, und hoffte auf möglichst viele neue Erfindungen, die sie noch erleben wollte. Sie begrüßte sie.

London hatte zu der Zeit 1,2 Millionen Einwohner – aus einer beschaulich wirkenden Stadt, die hundertfünfzig Jahre zuvor eine halbe Million Einwohner gehabt hatte, war eine Metropole geworden. Das Zentrum des Britischen Empires, in dessen Auftrag, der Krone unterstellt, die East-India-Company mit einem General-Gouverneur an der Spitze den gesamten Indischen Subkontinent als Kolonie annektiert hatte.

Britannia rules the waves, hieß es. England regiert die Meere. Und nicht nur diese. Janet Browning und Christian Demarron gehörten der mächtigsten Nation der Welt an – dem Britischen Empire. Der Verlust der amerikanischen Kolonien, die sich 1776 vom Mutterland abgetrennt und selbständig gemacht hatten, ließ sich verschmerzen.

Die Kutsche rollte durch Mayfair, an hochgiebeligen Häusern und an Geschäften vorbei, über den Piccadilly Circus und dort am Brunnen mit der Figur des Engels der Barmherzigkeit vorbei.

Janet schaute auf die Engelsfigur im Nebel.

»Der Himmel wird uns beistehen«, sagte sie.

»Ja«, sagte Christian. »Aber es gibt auch den Hass und die Hölle.«

»Was sollen unsere Familien denn schon groß unternehmen, wenn wir uns lieben und einig sind?«, fragte Janet naiv.

Genau in dem Moment, fast gleichzeitig, schmiedeten die jeweiligen Familien dazu ein Komplott, das sich ergänzte. Obwohl sie keinerlei Absprache hatten, gelangten sie zu demselben Ergebnis. Das Liebespaar ahnte nicht, wie sehr sein Glück von mächtigen Leuten und Kräften bedroht wurde.

»Wie?«, fragte Lord Horatio Demarron in seinem Schloss in Devonshire seinen Privatsekretär, der ihm die Nachricht brachte. »Christian, dieser junge Tollkopf, der Sohn des ungestümen Lawrence, der uns genug Probleme bereitete, will Janet Browning heiraten? Ist die Nachricht zuverlässig.«

»Ja, Euer Lordschaft.«

»Das kommt überhaupt nicht in Frage.« Lord Demarron, mit bestickter Weste und langhaariger Perücke, saß in seinem Arbeitszimmer im Licht des mehrarmigen Kerzenleuchters an seinem Schreibtisch. »Eine Browning kommt mir nicht in die Familie, auch wenn sie nur meinen Großneffen heiraten will. – Niemals. – Was kann man da tun?«

Der Privatsekretär, ein serviler, kleiner und schmaler Mann, flüsterte ihm ins Ohr.

»Wie?«, fragte der Lord, der ein wenig schwerhörig war und legte die Hand ans Ohr. »In die Kolonien schicken? Das wäre nicht schlecht. Es muss ja nicht gleich Australien sein, wo wir unsere Sträflinge und sonstigen unliebsamen Elemente abschieben. – Indien, da ist er weit weg und kann der Krone dienen, sich auszeichnen, Karriere machen.«

Lord Demarron nickte.

»Einem offiziellen kurzfristigen oder noch besser sofortigen Marschbefehl kann er nicht widersprechen. Er *muss* sofort gehorchen, oder er ist als Befehlsverweigerer und Deserteur gebrandmarkt. Er wird denken, dass er in absehbarer Zeit Heimaturlaub bekommt, um seine Angelegenheiten mit diesem Browning-Mädchen zu ordnen. – Aber da kann er lange warten. – Ich weiß auch schon, an wen ich schreiben muss, um das zu bewerkstelligen, vertraulich natürlich. – Eine Hand wäscht die andere, und wo ein Fuß hintritt, da folgt bald der zweite. – Gib mir das Tintenfass, John, und meine privaten Briefbögen. – Wir wollen nun eine höfliche Bitte formulieren.«

Ein Wunsch Lord Demarrons war vielen Befehl. Der Lord mit der Adlernase und dem tiefgefurchten Gesicht schrieb schon bald mit krakeligen Schriftzügen. Schwungvoll setzte er seine Unterschrift darunter.

»John, lösch das ab – jetzt noch das Siegelwachs – mein Siegel – so. Und sorg' für die Zustellung. Sie muss unverzüglich erfolgen. Sonst brennen die jungen Leute vielleicht noch zusammen durch, und dann haben wir die Bescherung. – Brownings in unserer Familie, pfui! – Fast hätte mir diese Sippschaft die Karriere vereitelt, nur weil jener Richard Browning nicht richtig fechten konnte und zudem noch über die eigenen Füße stolperte. – Wegen einer Schauspielerin haben sie sich seinerzeit duelliert, was ohnehin schon ein Skandal war. Wie kann man wegen einer solcher Person einen Gentleman fordern?«

Lord Horatio Demarron brummte und murrte. Er war meist schlechter Laune, die seine Gicht und das Rheuma, das er sich auf See zugezogen hatte, nicht verbesserten. Sein Sekretär ging mit dem Brief, der in einem gesiegelten Umschlag steckte, hinaus.

Lord Horatio steckte das gichtgeplagte rechte Bein vorm Kaminfeuer aus und legte es auf einen Schemel.

»Ab nach Indien mit Christian«, brummte er und kraulte den Jagdhund, der auf dem Teppich lag, hinter den Ohren. »Aus den Augen, aus dem Sinn. Die kleine Browning wird unseren Christian schon mit der Zeit vergessen, nachdem sie sich eine Weile um ihn die Augen ausgeweint hat. – Nach Indien gelangt sie nie, und dass er England ein paar Jahre nicht wiedersieht, dafür habe ich nun gesorgt.«

Lord Demarron war zufrieden.

## 2. Kapitel

Auch Earl Winston of Browning gelangte bei dem Familienrat in Stratford upon Avon zu dem Ergebnis, man sollte dafür sorgen, dass Christian Demarron in die Kolonien versetzt wurde.

»Nach Indien. Kavallerist ist er ja. Mein alter Freund Generalmajor Hastings, der für die Reglementierung der Indischen Regimenter verantwortlich ist, wird mir den Gefallen tun. Wir haben zusammen bei der Armee gedient. Zehn Jahre ist es nun her, als wir unter Wellingtons glorreicher Führung bei Waterloo den elenden Napoleon auf das Haupt schlugen. Hastings war damals mein Regimentskommandeur, und ich rettete ihm das Leben, als Napoleons Dragoner ...«

Die Familie hörte nicht hin. Nach der Schlacht bei Waterloo, bei der er verwundet worden war, hatte Earl Winston den Armeedienst quittiert. Wenn er erst einmal von seinen Soldatenerinnerungen und besonders von Waterloo anfing, gab es so schnell keine Ende.

Besonders schimpfte er dann auf die Preußen und den Feldmarschall Blücher, der a) zu spät zur Schlacht gekommen sei und b) danach versucht habe, den Engländern ihren Siegesruhm zu stehlen.

»Dieser alte Aufschneider Blücher!«, dröhnte der Earl.

»Du wolltest dich an Generalmajor Hastings wenden?«, unterbrach Lady Eleanor die Soldatenerinnerungen ihres Ehegatten.

»Ja, heute noch schreibe ich ihm. Ein Eilbote wird ihm die Depesche ins Ministerium bringen. Er wird seinem alten Kameraden und Lebensretter die Bitte nicht versagen.«

»Wie Janet wohl darauf reagiert, wenn ihr Geliebter quasi über Nacht abberufen wird?«, fragte Lady Eleanor, die sich um die Tochter sorgte.

»Sie wird es überleben«, sagte ihr Gatte. »Auch andere Mütter haben Söhne, und zwar solche, die nicht Demarron heißen. Es kann und es darf diese Ehe nicht geben.«

Alle nickten, außer Lady Eleanor. Aber sie konnte nichts tun, nicht einmal die Tochter warnen, was sie nicht verantworten mochte. Das Schicksal nahm so seinen Lauf.


Generalmajor Hastings staunte im Ministerium für Auswärtige Angelegenheiten nicht schlecht, als er sowohl von den Demarrons als auch von den Brownings jeweils einen Brief mit der gleichlautenden Bitte erhielt, den Kavallerieleutnant Christian Demarron unverzüglich nach Indien in Marsch zu setzen.

Hastings hielt die beiden Briefe nebeneinander und betrachtete sie durch sein Monokel.

»Ja, da brate mir doch einer einen Storch«, sagte er. »Was hat der junge Mann denn getan, dass man ihn unbedingt aus dem Land haben will? Sei es nun, wie es sei, in Indien können wir tüchtige Offiziere wie ihn gebrauchen, es wird seine Karriere fördern. Und ich kann einem alten Freund – Earl Winston – und Lord

Demarron einen Gefallen tun. – Da will ich nun wirklich nicht zögern.«

So kam es, dass Christian Demarron, Kavallerieleutnant seiner Majestät König Georgs IV aus dem Hause Hannover noch am selben Tag seinen Marschbefehl erhielt. Er möge unverzüglich nach Portsmouth reisen und sich nach Indien einschiffen, wo er sich auf dem Landweg nach Gwalior zu begeben habe, was eine Stadt im nördlichen Teil von Zentralindien war, um sich bei dem Garnisons-Kommandeur Sir Robert Flight als Kavallerieoffizier zum Dienst zu melden.

Unverzüglich hieß auf der Stelle.

Christian war wie vom Donner gerührt, als er in der Kommandantur der Horse Guards Kaserne der Königlichen Kavallerie von seinem Vorgesetzen den Marschbefehl ausgehändigt bekam. Es war kurz nach 11 Uhr, die traditionelle Wachablösung vor der Kaserne hatte gerade stattgefunden.

1760 war die Kaserne von dem Architekten William Kent errichtet worden. Im nicht weit entfernten Buckingham Palace wurde restauriert und umgebaut. Die Königliche Familie wollte hierher ziehen und ihren offiziellen Wohnsitz nehmen, was jedoch noch eine Weile dauern würde.

»Packen Sie«, sagte der Oberst der Horse Guards Christian militärisch knapp. »In einer Stunde sind Sie unterwegs.«

»Aber … ich habe private Angelegenheiten zu regeln. Meine Verlobte …«

»Schreiben Sie ihr einen Brief. Das können Sie auch unterwegs tun.«

»Meine Familie …«

»Wird die Ehre zu schätzen wissen, dass Sie dringend in Gwalior gebraucht werden, einem Maharadschahtum, wo es Unruhen gibt und die Lage kritisch ist, um dort der Krone zu dienen. – Sonst noch Fragen?«

»Nein, Herr Major.«

Christian salutierte. Sein Vorgesetzter klopfte ihm auf die Schulter.

»Alles Gute, Leutnant Demarron. Sie werden sich auszeichnen können. Machen Sie unserem Regiment Ehre, auch wenn Sie nun in ein anderes versetzt werden. Ich werde Ihnen ein Empfehlungsschreiben an Sir Robert Flight mitgeben.«

»Aber warum geschieht das so plötzlich? Gestern noch war keine Rede davon, dass ich nach Indien versetzt werden soll.«

»Bin ich der Generalstab, kann ich Gedanken lesen? – Gehen Sie, packen Sie, Ruhm und Ehre warten. Die Krone braucht Sie.«

Christian verließ die Kommandantur. Ihm schwirrte der Kopf. Er erwog, sich in die Stadt zu begeben, doch das hätte ihm nichts genützt. Janet unternahm mit der Freundin, bei der sie in London wohnte, eine Landpartie.

Sie würde erst spät zurückkehren. Christian konnte sie nicht erreichen. Er setzte sich in sein Quartier und überlegte. Desertieren konnte und durfte er nicht. Er musste dem Marschbefehl folgen. Er schrieb also einen Brief an Janet, in der er ihr alles erklärte, sie seiner glühenden Liebe zu ihr versicherte und schloss: »Sobald ich nach England zurückkehre, heiraten wir unverzüglich. Bleibe mir treu und vergiss mich nicht – tausend Küsse – ich denke immer an Dich – Dein Christian.«

Christians Bursche hatte für ihn gepackt, mit der Auflage: »Du weißt ja, was ich brauche. Sieh zu, dass du nichts vergisst, sonst schreibe ich einem Kameraden, dass er dich in den Hintern tritt.«

Der Kavallerieleutnant Christian Demarron ritt bald darauf hoch zu Ross und in voller Uniform zur Postkutschenstation, von seinem Burschen gefolgt. Dort verabschiedete er sich knapp von diesem und gab ihm ein Trinkgeld. Dem Offiziersburschen standen die Tränen in den Augen. Er war ein Landei aus Lancasshire, schlichten Gemüts und mochte den jungen Leutnant.

»Da, kauf dir Tabak und eine Flasche Gin und leiste dir eine gute Mahlzeit. Hier hast du einen Brief, den wirst du persönlich abgeben und der jungen Lady Janet Browning aushändigen.«

Der hochgewachsene, schwarzlockige Leutnant nannte seinem Burschen die Adresse in Mayfair. Der Bursche salutierte.

»Viel, viel Glück, Herr Leutnant. Und passen Sie auf, wenn Sie in Indien sind, lassen Sie sich nicht von den Tigern fressen. Trinken Sie nur abgekochtes Wasser, oder am Besten gar keins, nur Whisky – man hört da so manches. Und seien Sie vorsichtig mit den Eingeborenen, da sind Mörder dabei. Und …«

»Ja, ja, ich will es mir merken. Gehe, die Kutsche kommt.«

Der Leutnant stieg ein. Sein Bursche sollte das Pferd zurückbringen. Den Brief wollte er später zustellen. Das gelang jedoch nicht. Lord Horatio Demarron kannte die Tricks und Schliche – er war auch einmal jung gewesen. Er ließ seine vielfältigen Beziehungen spielen.

Christians Bursche wurde, als er das Pferd Christians in den Kasernenstall gebracht hatte und in die Stadt wollte, von einem Hauptmann abgefangen. Der nahm ihn zur Seite.

»Du hast doch Leutnant Demarron zur Kutschenstation gebracht, Bursche. Sicher hast du einen Auftrag von ihm Post zu besorgen.«

»Ja, nun, hm …«

»Lüg mich nicht an, oder du wirst arretiert. Widerspenstigkeit und Insubordination werden bei der Armee streng bestraft.«

Der Bursche händigte mit gesenktem Kopf den Brief aus, den ihm Christian gegeben hatte. Der Hauptmann mit dem gezwirbelten Schnurrbart las die Anschrift.

»An eine Lady, so, so. Wenn dich jemand fragt, hast du ihn zugestellt – ich werde das für dich übernehmen. Wem du den Brief übergabst, brauchst du nicht zu sagen.«

Der höhere Dienstgrad hatte Recht, ihm musste der Untergebene gehorchen. So war es bei der Armee.

»Jawohl, Herr Hauptmann.«

»Geh, Bursche, du hast deine Pflicht getan.«

So kam es, dass Christians Abschiedsbrief Janet nie erreichte. Er schrieb ihr von unterwegs einen weiteren Brief, den er jedoch noch Browning Hall bei Stratford upon Avon adressierte, da Janet in Kürze nach Hause zurückkehren sollte oder musste. Dieser Brief, den die Königliche Post zustellte, wurde abgefangen.

Auf die Idee, an Janets Freundin zu schreiben und sie um die Weiterleitung seiner Nachrichten zu bitten, verfiel Christian erst später. Da war er schon auf See und fragte sich, ob er alles richtig getan hatte.

Er redete sich ein, dass er in einigen Monaten zum Heimaturlaub in England sein würde. Länger als höchstens ein Jahr blieb normalerweise kein britischer Offizier ohne Heimaturlaub, es sei denn, er wollte es. Oder jemand mit viel Einfluss sorgte dafür …

Janet wartete beim Monument, das 1677 zur Erinnerung an das Große Feuer errichtet wurde, das 1666 den größten Teil Londons in Schutt und Asche legte, auf ihren Verlobten. Sie umwanderte die 66 m hohe, von einer hohen Bronzeflamme gekrönte Säule ungeduldig.

Es war 11 Uhr vormittags. Eine Droschke wartete in der Nähe auf die junge Frau. Sie trug eine modische Krinoline, ihr Rock bauschte sich über einem Gestell.

Aufs Fischbeinkorsett hatte Janet verzichtet, ihr Taille war auch so schlank genug, und sie wollte atmen können. Ihr Rocksaum berührte fast den Boden. Nur die Schuhspitzen waren zu erkennen.

Ein paar Gassenjungen versuchten vergeblich, einen Blick auf Janets schlanke Fesseln zu erhalten, was zu der Zeit bei der hochgeschlossenen Mode als der Gipfel der öffentlichen Ansicht weiblicher Reize galt. Haube und Mantel sowie ein besticktes Spitzenhandtäschchen vervollständigten Janets modebewusste Aufmachung.

Sie war kein Zierpüppchen, kleidete sich jedoch gern elegant und liebte es, in den Londoner Geschäften zu bummeln und hin und wieder etwas einzukaufen. Ein Pariser Modehaus mochte sie ganz besonders, die englische Damenmode war ihr zu ihr zu konservativ.

Obwohl ihre Mutter den Hoflieferanten persönlich kannte, der hier führend war und sich fast überschlagen hatte, um seine Position zu erhalten. Die vielen Bücklinge, die er dafür gemacht hatte, hätten einem anderen einen Rückgratschaden eingebracht.

Seine Meinung las er grundsätzlich in der Hofgazette des Königs, und jedem Mitglied des Königshauses, selbst wenn es geistig zurückgeblieben sein sollte, vermochte er noch etwas Genialisches und Majestätisches abzugewinnen.

Auf der Straße herrschte Verkehrsgewimmel. Droschken und von Pferden gezogene, beladene Wagen und Karren fuhren. Zudem kam die Pferdebahn vorbei, die Passagiere beförderte und die als öffentliches Nahverkehrsmittel innerhalb Londons diente.

Ein Dampfschiff tutete von der nahen Themse. Der Himmel war grau und wolkenverhangen, und es sah ganz nach dem englischen Standardwetter – Regen – aus.

Janet schaute auf die öffentliche Uhr. Christian war sonst sehr pünktlich. Des Soldaten Pünktlichkeit ist fünf Minuten vor der Zeit, lautete seine Devise, und meistens gab er noch fünf weitere Minuten Vorlauf dazu.

Wo bleibt er denn bloß, dachte Janet? Es wird ihm etwas dazwischengekommen sein. Sie wartete bis um halb zwölf. Die Kirchturmuhr in der Nähe schlug mit tiefem, hallendem Gong.

Janet schüttelte missbilligend den Kopf und rümpfte das Näschen. Es passte ihr nicht, dass Christian nicht da war und sie für umsonst wartete. Sie schaute aus, hoffte, sie würde ihn sehen, er würde hoch zu Ross, in voller Uniform mit schnüren- und tressenverzierter

Jacke und Bärenfellmütze, ein Augenweide für alle Frauen, herangetrabt kommen.

Auch Reiter waren auf den Londoner Straßen unterwegs, auch Husarenabteilungen von den Horse Guards des Königs.

Als ein Husar um die Ecke bog, schöpfte Janet Hoffnung. Doch es war nicht ihr Angebeteter, sondern ein anderer. Janet erwog, ihn anzuhalten und nach Christian zu fragen, verwarf diese Idee aber.

Es wäre ihr zu aufdringlich erschienen.

Ein Geck mit hohem Zylinder, Gehrock, gelben Hosen und einem Spazierstock, den er unternehmungslustig schwang, trat an sie heran. Die Herrenmode wie auch die der Damen war bunt und farbig.

»Sie warten sicher auf mich«, sagte der Geck, zweifellos ein reicher Nichtstuer, der von seiner Unwiderstehlichkeit überzeugt war und sich für einen Segen für alle Frauen hielt. »Sie sehen, ich bin gekommen.«

»Was fällt Ihnen ein, mich auf offener Straße anzusprechen?«, fragte Janet empört. »Ich bin die Tochter des Earls of Browning.«

»Sehr erfreut, Ihre Bekanntschaft zu machen«, antwortete ihr der Geck, verbeugte sich schwungvoll und lüftete seinen Zylinder. »Darf ich Sie zu einer Tasse Tee einladen oder Ihnen die Sehenswürdigkeiten von London zeigen, gnädiges Fräulein?«

»Scheren Sie sich zum Teufel, Sie Flegel! Ich warte hier auf meinen Verlobten. Wenn er sieht, dass Sie mich belästigen, wird er Ihnen Beine machen.«

»Oh, da fürchte ich mich aber. Wo ist denn der Herr Verlobte? Hat er Sie etwa versetzt? Das ist unverzeihlich. Ich an Ihrer Stelle würde nicht länger auf diesen Unwürdigen warten.«

Janets meergrüne Augen blitzten.

»Ich habe Sie nicht gerufen! Sie sind flüssiger als die Themse, nämlich überflüssig.«

Der Geck lachte nur. Doch jetzt trat der grobschlächtige Droschkenkutscher hinzu, der speziell für Janets Londoner Freundin arbeitete. Er trug eine flache Mütze und grobe Kleidung.

»Ist etwas mit dem Herrlein?«, fragte er. »Belästigt er Sie, Mylady?«

»Nein, der Herr hat mich nur nach dem Weg gefragt. Dieser führt dort entlang.«

Janet deutete in eine beliebige Richtung. Der aufdringliche Geck sah die starken Arme und die breiten Schultern des Droschkenkutschers. Mit diesem derben Proleten wollte er sich lieber nicht anlegen.

Der Kutscher fuhr sich mit dem Finger unter der Nase entlang. Der Geck stammelte, er wolle nicht länger stören, und entfernte sich eilig.

»Möchten Sie noch länger warten, Mylady?«, fragte der Kutscher in anderem, freundlichen Ton. »Sie sehen, Sie werden angesprochen. Sie sollten nicht länger herumstehen, mit Verlaub gesagt.«

»Sie haben Recht. Fahren Sie mich zurück«, antwortete Janet.

Sie war so bitter enttäuscht, dass ihr, als sie in der Droschke saß, die Tränen kamen. Sie hatte sich so danach gesehnt, Christian zu sehen, seine Stimme zu hören, ihn in der Kutsche umarmen zu können. Wo war er, was hielt ihn von ihr fern?

Sie ahnte nicht, dass ihr über alles Geliebter zu der Zeit bereits mit dem Schiff auf hoher See unterwegs war. Am Vortag war er aus London abbeordert worden und hatte innerhalb einer Stunde abreisen müssen.

Es hätte Janet das Herz gebrochen, wenn sie gewusst hätte, wie lange es dauern würde, bis sie ihn wiedersah.

Und was noch alles auf sie zukam.

Noch glaubte sie, sein Dienst würde Christian abhalten – das konnte schon einmal geschehen und hatte noch nie besondere Folgen für das Liebespaar gehabt. In diesem Fall aber schon.

Christian Demarron schaute in die Richtung, wo Englands Küste seinen Augen entschwunden war und die Küste sowie die Insel Wight immer kleiner geworden und immer weiter zurückgeblieben waren. Der 24-jährige Kavallerieleutnant der Royal Horse Guards befand sich an Bord des Linienschiffs HMS »Glory«, eines Dreimasters mit vier Geschützdecks. Rund siebzig Meter lang, fünfzehn Meter breit, mit einer Takelage, deren Masten zwanzig Meter hoch in die Luft ragten, war es ein Stolz der englischen Admiralität.

Eine frische Brise blähte die Segel. Matrosen kletterten in den Wanten. Auf der Kommandobrücke schritt steifrückig der Käpten auf und ab, den Dreispitz am Kopf, in voller Seeuniform, und gab dem Steuermann und dem Rudergänger Anweisungen.

Zahlreiche Passagiere, ausschließlich Soldaten sowie einige Offiziers- und Soldatenfrauen, befanden sich an Bord. Mehrere hundert Menschen, Besatzung und Passagiere, hatten die weite Reise angetreten, die an Afrikas Küste entlang um das Kap der Guten Hoffnung herum aus dem sturmumtosten Atlantik durch die Straße von Madagaskar an der Gewürzinsel vorbei durch den Stillen Ozean ins ferne Indien führen würde.

Acht Wochen waren für diese Fahrt vorgesehen, je nach Wind und Gezeiten konnte es länger werden. Bei einer Flaute, wenn man Pech hatte, konnte das Schiff tage- oder gar wochenlang in glühender Sonne in bleierner See liegen und für seine Mannschaft zu einem Bratofen und zu einer Tortur werden.

Der Indische oder Stille Ozean trug letzteren Namen zu Unrecht, er war für seine Stürme und teils haushohen Wellen bei diesen berüchtigt. Doch die englischen Seeleute, Teerjacken genannt, trotzten Wind und Wetter und fürchteten weder Tod noch Teufel.

Das Schiff machte gute Fahrt – 7 ½ Knoten, was 13,5 Stundenkilometern entsprach. Auf den Decks herrschte mäßiges Treiben. Die Passagiere vertraten sich die Füße. Von den Landratten darunter wurden bereits die ersten seekrank.

Christian litt fürchterlich unter der Trennung von Janet. Endlos klaffte vor ihm der Abgrund der Zeit, die er sie nicht sehen würde. Sechs Wochen bis Indien – dann die Zeit, bis er in seiner Garnision war – der Dienst dort. Mindestens ein Jahr würde vergehen, bis er Janet wiedersah.

Was ihn in Indien erwartete, wusste er auch noch nicht. Hitze, Staub, tropische Krankheiten, der Monsunregen, feindliche Einheimische und Unruhen, ein völlig anderes Klima, eine andere Kultur, eine komplett andere Welt. Dschungel, riesige Flüsse, der Größte von allen der Ganges, Menschen mit anderer Mentalität außerhalb der britischen Forts und Garnisonen, die sich teils nur sehr ungern von der Ostindien-Gesellschaft beherrschen ließen, die im Dienst der Krone stand und von deren Armee unterstützt wurde.

Eine farbenprächtige und blütenreiche Vegetation gab es dort genauso wie Giftschlangen, deren Biss innerhalb weniger Minuten grausam tötete.

Über ein Jahr Trennung – und erst der erste Tag davon hatte begonnen. Christian war am Vortag nach Portsmouth gereist, in wechselnden Kutschen, und hatte sich sofort eingeschifft, wie ihm befohlen war.

Er trug seinen roten Uniformrock. Möwen flogen kreischend über ihm, eine frische Brise umwehte ihn, doch sie vertrieb ihm die trüben und traurigen Gedanken und seine Schwermut nicht. Er schaute in die Ferne, wo er dort, wo England – und Janet! – war, nur noch den Horizont und die Wolken sah.

Ach, wäre ich doch eine Möwe, dachte Christian, dann könnte ich über das Meer fliegen, zu ihr, zu meiner Janet.

»Du schaust traurig drein, Kamerad«, sagte ein mitreisender Offizier neben ihm. Er schlug ihm auf die Schulter. »Bist du verheiratet?«

»Leider nein.«

»Was heißt denn hier leider? Ich kenne manchen, den würde es freuen. – Dann denkst du wohl an dein Liebchen, das zu zurückließest?«

»So ist es.«

»Du wirst dich schon trösten und eine andere finden. Irgendwann, irgendwo. Die Frauen sind alle gleich.«

»Lass mich in Ruhe.«

Der andere Offizier ging weg. Soviel Zartgefühl hatte er, Christian nicht auf den Geist zu gehen. Oder er wollte sich einen unterhaltsameren und lustigeren Gesprächspartner suchen als einen, der traurig vor sich hin übers Meer stierte.

Hoffentlich hat Janet meinen Brief erhalten, dachte Christian. Aber das muss sie ja wohl. Die Wahrheit kannte er nicht. Später lag er in seiner Koje und konnte nicht schlafen. Doch dann wurden seine Gedanken von Janet abgelenkt, deren liebes Gesicht er ständig in einer Fantasie sah und zu der es ihn mit allen Herzensfasern hinzog.

Die Seekrankheit packte ihn übel. Tagelang lag er in der Koje, konnte nichts zu sich nehmen und wünschte sich endlich zu sterben. Mit stumpfen Augen schaute er hin und wieder auf Janets Abbild, das er in einem Medaillon immer bei sich trug.

Sie werden mich auf See begraben, dachte er, denn ihm war sterbenselend. Leb wohl, Geliebte, mein letzter Gedanke gilt dir.

Dann verging ihm dieser jedoch, weil wieder einmal seine Eingeweide sich schmerzlich zusammenzogen und revoltierten. Man brachte ihn an Deck. Kameraden fragten ihn mitleidsvoll, denn er sah aus wie schon tot, ob sie ihm helfen könnten.

»Ja, erschießt mich, damit ich es hinter mir habe. Meinen Leichnam werft in die See.«

»Du wirst schon wieder auf die Beine kommen. An der Seekrankheit ist noch keiner gestorben.«

»Dann bin ich der Erste«, ächzte der junge Leutnant der Royal Horse Guards. »In diesem Leben wird es nichts mehr mit mir.«

»Denke an England, an deine Familie. Denke an deine Braut. Denke an König Georg.«

»Dem wünsch' ich die Pest an den Hals, denn er ist dran schuld, dass ich nach Indien muss. Ich … mein Magen, mein Herz, mein Leib …«

Er beugte sich über die Reling. Die Kameraden hörten weg bei dem, was er wegen Seiner Majestät gesagt hatte. Einen, der mehrere Tage lang seekrank war, in der krassen Form, durfte man nicht für ernst nehmen.

Christians starke Natur triumphierte – er erholte sich. Bald konnte er wieder aufrecht gehen, sein Gesicht nahm eine normale und gesunde Farbe an. Es wurde ihm nicht mehr schon bei dem bloßen Gedanken ans Essen speiübel. Er hatte die Seekrankheit überwunden und gewöhnte sich an die See.

Nur bei hohem Seegang, wenn das Schiff krängte, hatte er noch Probleme, denn der geborene Seemann war er nicht. Doch er konnte sogar in den Wanten herumturnen und tat es bald den Matrosen gleich, die wie die Affen zu klettern verstanden.

Der Schmerz, dass er von Janet getrennt war, blieb, doch er ließ etwas nach. Christian war jung, und er hatte Hoffnung. Nachts träumte er von seiner Geliebten, tagsüber dachte er oft an sie.

Sein Schönstes war es, wenn er unter dem herrlichen Sternenhimmel nachts hoch in den Mastkorb stieg. Losgelöst von allem Irdischen umklammerte er dann das Medaillon mit Janets Bild und sandte seine Gebete, sie möglichst bald wiederzusehen, zum Himmel empor und seine Liebe zu ihr.

Im Geist sprach er mit Janet, und er erinnerte sich an jede Einzelheit aus der Zeit, die sie zusammen verbracht hatten. Er schmeckte ihre Küsse nach, erinnerte sich an ihren Duft, an die Art, wie ihre Augen funkelten, wie sie eine widerspenstige Haarsträhne aus der Stirn strich, wie sie lachte, sich bewegte.

Wie reizvoll und schön sie war.

»Janet«, flüsterte er dann und vereinte im Klang ihres Namens all seine Sehnsucht.

Er schaute auf einen Stern im Großen Bären, den er ihr früher einmal gezeigt und von dem er gesagt hatte, dass es ihr Stern, der Stern ihrer Liebe, sei. Damals hatten sie verabredet, wenn sie getrennt seien diesen Stern anzuschauen.

Zwar gab es Zeitzonen und Unterschiede. Jedoch, der Stern würde ihre Verbindung sein. Ihr Stern. Der Stern ihrer Liebe, die sie wieder vereinen sollte.

Flüchtig war Christian der Gedanke gekommen, er hätte vielleicht doch desertieren und seine Janet heiraten sollen. Doch was für ein Leben hätten sie dann gehabt? Die Desertion hätte Christian ewig angehangen.

Eine schwere Strafe würde ihn erwartet haben, denn auch die größte Liebe war keine Entschuldigung für die Nichtbefolgung oder Aussetzung eines Marschbefehls und eine wenn auch nur zeitwelige Fahnenflucht. Das konnte und durfte nicht sein.

So segelte Christian Demarron Indien und seinem dortigen Dienst entgegen. Jede Stunde führte ihn weiter weg von England und von der Frau, bei der sein Herz blieb.

# 3. Kapitel

Auch Janet war tieftraurig und litt. Zunächst war sie völlig aufgelöst und außer sich, weil Christian sich nicht bei ihr meldete und nichts von sich hören ließ. Sie blieb länger als vorgesehen bei ihrer Freundin Angela Warfield im vornehmen Londoner Stadtteil Mayfair in deren Stadtwohnung. Angela, die zwei Jahre älter als Janet war, stammte aus einer schwerreichen Reedersfamilie, die auf allen Weltmeeren Schiffe unter Segel hatte.

Die Weltmeere hatten die Dampfschiffe längst noch nicht erobert. Die große Zeit der schnellsegelnden Klipper stand zudem noch bevor.

Da Janet sich überhaupt keinen Rat mehr wusste, erkundigte sie sich bei Kameraden Christians in der Horse Guard Kaserne. Durch Vermittlung von Angela, die Gott und die Welt kannte, traf sie sich mit einem Captain und einem Lieutenant von Christians Bataillon in einem Londoner Teehaus.

Dorthin konnten zwei Damen von Janets und Angelas Stand gehen, ohne sich etwas zu vergeben. Die beiden schneidigen Kavallerieoffiziere führten die elegant gekleideten Damen zum Tisch. Ein befrackter Kellner mit Perücke rückte die Polsterstühle zurecht und fragte die Herrschaften nach den Wünschen.

Die Damen wählten Tee und Gebäck, die Herren ein Glas Punsch, denn es war kalt draußen. Die letzten

Blätter waren von den Bäumen gefallen. Eisiger Wind wehte, und der berüchtigte Londoner Nebel kroch bereits von der Themse her durch die Straßen und hüllte den Buckingham Palast und den Tower und die London Bridge ein.

Das Gaslicht leuchtete in den Straßen. Die Gentlemen begaben sich in ihre Klubs, wo sie zwischen paneelgetäfelten Wänden ihren Whist spielten, und wer immer es konnte, zog sich in eine warme Stube zurück. Arme Kinder, die Streichhölzer und Kurzwaren verkauften, standen noch auf der Straße.

Kastanienverkäufer boten den vorbeieilenden Passanten heiße Maronen an. Janet konnte Christians Kameraden endlich befragen.

Drei Tage war sie nun schon ohne Nachricht von ihm. Am Vortag schon hätte sie nach Browning Hall zurückkehren sollen.

»Was ist mit meinem Verlobten?«, fragte Janet die beiden Uniformierten.

Betreten schauten der dickliche Captain und der eher dürre Lieutenant sie an.

»Wir dürfen eigentlich nicht darüber sprechen«, sagte der Captain – Hauptmann – dann. »Es ist … äh, eine Dienstsache.«

»Kommen Sie, Hauptmann Masterton, spielen Sie hier nicht den Schweiger«, ermahnte ihn Angela. Sie war eine Brünette mit ein paar Pfund zuviel an Gewicht, die sie jedoch nicht einschnüren wollte. Ein robuster, gesunder Frischlufttyp, passionierte Reiterin, die von Pferden mehr hielt als von Männern und die gerade heraus war. »Sonst kann ich Sie nicht mehr in meinen Salon einladen.«

Dort traf sich ein elitärer Zirkel, und es ging vergleichsweise locker zu. Künstler waren da, Schauspieler, zahlreiche Damen, auch Bankiers und Geschäftsleute sowie Studenten aller Couleur. Studentinnen gab es nicht.

Den Frauen war dieser Bildungsweg verwehrt. Wahlberechtigt waren sie nicht, das war nur ein Bruchteil der männlichen Bevölkerung des 200 Millionen umfassenden Britischen Empires. Um an den Parlamentswahlen teilzunehmen, musste ein bestimmtes hohes Vermögen nachgewiesen werden.

Janet hatte ehe sie Christian kennenlernte mitunter bedauert, eine Frau zu sein, weil Frauen von vielem ausgeschlossen waren. Doch nachdem Christian in ihr Leben trat, fiel das Bedauern weg und wünschte sie nichts sehnlicher, als seine Frau zu sein.

Der Hauptmann druckste herum. Der lange Leutnant erwies sich als mutiger.

»Christian ist nach Indien versetzt worden«, raunte er den beiden Damen am Tisch zu. »Nach Gwalior, um genau zu sein.«

»Wo in aller Welt ist das?«, fragte Angela.

»Ich kann es dir auf der Landkarte zeigen«, erwiderte Janet, »und ich weiß einiges über die Stadt und die dortige Garnison, die von Sir Robert Flight befehligt wird.«

»Ach?«, sagten alle anderen am Tisch. »Woher kommt diese Kenntnis?«

»Mein Bruder Stephen ist dort stationiert«, erwiderte die rotblonde junge Frau. »Er hat uns einiges über Gwalior geschrieben. Dschungel und Felder umgeben die Stadt. Die Gassen sind öd und bei Nacht gefährlich. Der Maharadscha von Gwalior hat dort seinen

Sitz und lebt in einem prächtigen Palast. Er gilt als britenfreundlich, bei seinen Untertanen ist die Stimmung geteilt.«

Nach dieser kleinen Orts- und Länderkunde fügte Janet hinzu: »Das ist wirklich ein Zufall, dass Christian ausgerechnet nach Gwalior abkommandiert wurde. – Es befindet sich sozusagen am anderen Ende der Welt. Stephen ist schon fast ein Jahr nicht mehr in England und zu Hause gewesen. – Warum in aller Welt ist Christian so plötzlich dorthin abkommandiert worden?«

Der Hauptmann und der Leutnant wussten es nicht. Sie baten beide die jungen Ladies, ihr Wissen für sich zu behalten oder jedenfalls ihre Informationsquelle nicht bekannt zu geben.

»Sonst heißt es am Ende, wir hätten Militärgeheimnisse verraten.«

»Beim Militär ist alles geheim, sogar die Information, auf welcher Seite der Säbel scharf oder wo beim Gewehr die Kugel herauskommt, damit es der Feind nicht vorher weiß«, sagte Angela Warfield sarkastisch. »Auch dass es nachts dunkel ist, sollte der Feind nicht erfahren.«

Die beiden jungen Offiziere lachten. Janet überlegte hin und her, woher Christians plötzliche Abkommandierung kam. Plötzlich fiel es ihr wie Schuppen von den Augen. Ihr Vater musste dahinter stecken. Sie wusste, dass er zahlreiche Verbindungen hatte, und er musste dafür gesorgt haben, dass Christian nach Indien versetzt wurde.

Um sie beide zu trennen. Das war ihm gelungen. Von dem parallel laufenden und sogar noch stärkeren Wirken des Lord Demarron fürs gleiche Ziel wusste

Janet nichts. Das brauchte sie auch nicht – für sie zählten die Fakten – Christian befand sich auf dem Weg nach Gwalior im fernen Indien.

Und es konnte sehr, sehr lange dauern, bis sie ihn wieder sah. Frühestens in einem Jahr. Ein Jahr aber war für eine verliebte Neunzehnjährige, die den Mann ihrer Träume hatte heiraten wollen, eine Ewigkeit. Oder vielmehr, das waren zahllose Ewigkeiten, denn jede Stunde des Getrenntseins zählte für die Liebenden endlos lang.

Solange Christian in London stationiert war, hatten sie die Stunden gezählt, bis sie sich wieder sahen, und dem Wiedersehen entgegengefiebert. Jetzt brach für beide – Christian wie Janet – die Welt zusammen.

Janet war wie vor den Kopf geschlagen. Das Blut brauste ihr in den Ohren. Sie bekam nicht mehr mit, was um sie herum geschah. Zum ersten Mal in ihrem Leben und gleichzeitig zum letzten fiel sie in Ohnmacht.

Die Ohnmacht dauerte nur wenige Sekunden. Ihre Freundin und der Hauptmann Masterton fingen Janet auf, als sie auf dem Stuhl zusammensackte. Angela sprengte ihr ein wenig Wasser aus der Karaffe am Tisch ins Gesicht.

Janet schlug die Augen auf. Sie versicherte, dass es ihr gut gehen würde.

»Es besteht keine Gefahr, es war nur ein vorübergehender Schwindel«, versicherte sie.

Sie bestand jedoch darauf, bald zu gehen. Die Herren übernahmen selbstverständlich die geringe Zeche. Sie sahen die Damen gehen. Der Leutnant wendete sich an den Hauptmann.

»Sie ist ohnmächtig geworden, als sie erfuhr, dass Christian Demarron nach Indien versetzt wurde. Was das wohl zu bedeuten hat?«

»Was wohl? Sie sind heimlich verlobt.«

»Peinlich, peinlich, wo er nun so weit weg ist – und für so lange. Da hat jemand im Hintergrund die Fäden gezogen.«

»Kann schon sein.«

Hinter der vorgehaltenen Hand tuschelte der Leutnant zum Hauptmann: »Ob Lady Janet vielleicht von Christian schwanger ist?«

»Er ist ein Gentleman, Hugh!«

»Was hat das damit zu tun? Möglich wäre es doch, oder?«

»Kümmere du dich um deine Angelegenheiten. Damit haben wir nun wirklich nichts zu tun. Das ist nicht unser Problem, und man weiß es nicht.«

»Nein, aber man wird es wissen, wenn es so ist. Vielleicht hat Christian sogar um seine Versetzung gebeten, um seinen Verpflichtungen zu entgehen.«

»Du meinst – er könnte sich aus dem Staub gemacht und Lady Janet sitzen gelassen haben? Aber dann wäre er bestimmt nicht nach Gwalior gegangen, wo ihr Bruder stationiert ist, der ihm in dem Fall die Hölle heiß machen wird.«

»Er muss ja nicht gewusst haben, dass er nach Gwalior geschickt wird. Oder dass Stephen Browning dort ist. – Man weiß es nicht.«

Die beiden Offiziere bezahlten. Sie hängten ihre Säbel um, die sie an der Garderobe abgegeben hatten, wo diese zwischen Schirmen und Spazierstöcken standen. Dann verließen sie das Teehaus und tasteten sich durch den Londoner Nebel.

Mit ihren Erörterungen legten sie den Grundstock für hässliche Gerüchte, was Janet und Christian betraf. Der Hauptmann und auch der Leutnant redeten, ganz im Vertrauen, zu anderen oder verplapperten sich im Offizierscasino, wo man zu vorgerückter Stunde mit reichlich Whisky und Portwein im Bauch gern über verfängliche Themen sprach.

Das Gerücht, Leutnant Christian Demarron habe die junge Lady Janet Browning geschwängert und sich nach Indien aus dem Staub gemacht, verbreitete sich mit Windeseile nicht nur in den Salons von London.

Nördlich der Cottswold Hills, an dem Flüsschen Avon, hundert Meilen nordwestlich von London, in der Grafschaft Warwickshire, lag das Städtchen Stratford upon Avon. Nachdem sie von Hauptmann Masterton und dem Leutnant im Teehaus die Information erhalten hatte, dass Christian sich auf dem Weg nach Indien befand, zögerte Janet nicht.

Am folgenden Tag setzte sie sich sofort am Victoria Place, wo ein Verkehrsknotenpunkt war, in die Expresskutsche. Sie wäre am liebsten schon am Vorabend losgefahren, doch wegen des Nebels war dies nicht möglich gewesen. Angela, ihre beste Freundin, verabschiedete Janet.

»Nimm es dir nicht so sehr zu Herzen, Liebste. Du wirst Christian wiedersehen. Sie können ihn nicht ewig in Indien behalten.«

»Ja, ich sehe ihn wieder, aber wann, wann, wann? Du bist nie richtig verliebt gewesen, teure Freundin, du weißt nicht, was ich leide.«

»Fast beneide ich dich darum«, sagte Angela, die im grünen langen Kleid und mit Umhang und Mantel dastand. »Es hat noch nie einen Mann gegeben, dem mein ganzes Herz gehörte.«

Am Victoria Place trafen ständig Kutschen in alle möglichen Richtungen ein oder fuhren ab. Es war die größte Kutschenstation Londons. Von den Werkstätten nebenan schallten Hammerschläge. Gespanne wurden ausgewechselt. Es herrschte ein reges, pulsierendes Treiben.

Angela winkte, die Kutsche fuhr ab. Janet fieberte danach, ihren Vater zu sehen und mit ihm zu sprechen. Wie hatte er sich nur erdreisten können, ihr den geliebten Mann wegzunehmen – wegen alter Familiengeschichten?

Der Postillon ließ das Horn schmettern. Janet war jung, stark und unternehmungslustig. Sonst freute sie sich zu reisen. Die holprige Fahrt und durchgeschüttelt zu werden machten ihr nichts aus. Diesmal war sie nicht erfreut.

Es ging aus London hinaus – vier Pferde zogen die Kutsche mit dem Wappen der Königlichen Post – und auf Landstraßen Stratford upon Avon entgegen. Alle paar Stunden hielt die Kutsche an, um die Pferde zu wechseln. Dafür gab es Postkutschenstationen, zu denen gemütliche Gasthäuser gehörten, damit die Reisenden eine Erfrischung oder auch eine Mahlzeit zu sich nehmen konnten.

Oder Übernachten, wenn es sich um eine längere Reise handelte, um dann die Fahrt mit einer anderen Kutsche am nächsten Tag fortzusetzen. Janets bisher weiteste Reise war nach Paris gewesen – da war sie Sechzehn gewesen.

Sie kannte Schottland recht gut, weil sie dort entfernte Verwandte hatte, und hatte auch die grüne Insel Irland schon einmal besucht. Obwohl die Iren den Engländern meist nicht freundlich gesinnt waren.

Janet musste ständig an Christian denken. Ihre Gedanken eilten zu ihm, ihr Herz rief nach ihm. Ich muss und ich werde ihn wiedersehen, schwor sie sich. Sie dürfen uns einfach nicht trennen.

Nach ein paar Aufenthalten mit Pferdewechsel sah sie nachdem sie die Nacht durch gereist war am Morgen die Burg Warwick Castle. 1068 von Wilhelm dem Eroberer erbaut, war sie die besterhaltene Burg des Mittelalters und ragte immer noch stolz und trotzig auf. Jetzt war es nicht mehr weit bis nach Stratford-upon-Avon.

Janet fühlte sich ähnlich wie Julia, die Shakespeare, der berühmteste Sohn der Stadt, in seinem Drama »Romeo und Julia« verewigt hatte. Jetzt konnte Janet nachvollziehen, was Julia empfunden haben musste, weil ihre Liebe zu Romeo sich nicht erfüllen durfte.

Unserer, sagte sich Janet, muss ein glücklicherer Ausgang beschieden sein. In dem Städtchen Stratford mietete sie sich eine eine Droschke und ließ sich nach Browning Hall fahren. Das Herrenhaus stand auf einem Hügel am Fluss.

Kahl waren die Bäume, das Wetter trist und nasskalt. Es passte zu Janets Stimmung. Der Kutscher trug ihr das Gepäck in das stattliche Herrenhaus hinterher. Ihre Tante Heather war die Erste, der Janet in der eichenholzgetäfelten Eingangshalle begegnete.

Mit raschelnden Röcken schritt die umfangreiche Tante auf Janet zu.

»Kindchen«, sagte sie mit ihrem schrillen Diskant, »du bereitest uns Sorgen. Kehre reuig in den Schoß deiner Familie zurück, beuge dich dem Wort deines Vaters und bereite deiner Mutter und uns allen keinen weiteren Kummer. – Wir meinen es alle nur gut mit dir.«

Janet war so zornig, dass sie mit dem Fuß aufstampfte, noch in der Reisekleidung mit Haube und Bändern daran.

»Es ist mein Leben. Das lasse ich mir nicht nehmen und gestalte ich so, wie ich will!«

»Oh, oh, oh, dieser Trotzkopf!«, rief die Tante und entfloh röckeraschelnd.

Sie tastete schon nach ihrem Riechsalz, das sie wieder einmal nicht fand.

»Züchtigkeit ist die Zierde der Jungfrau!«, hörte Janet sie noch rufen, als sie um die Flurecke bog und im Westflügel verschwand, wo sie vermutlich wieder einmal einen ihrer berühmten Zustände haben würde.

Unter anderen Umständen hätte Janet sich über die schrullige Tante, eine alte Jungfer, amüsiert. Jetzt nicht.

Sie fragte den Butler nach ihrem Vater.

»Er erwartete Sie schon in seinem Arbeitszimmer«, antwortete ihr der livrierte James, das Faktotum und die Stütze des Hauses, der nie eine Miene verzog. »Wir haben die Droschke ankommen sehen.«

Mit kriegerischem Schritt ging Janet sofort zu dem großen Arbeitszimmer ihres Vaters, wo er hinter dem mächtigen Schreibtisch thronte. Durch die bleigefassten Fenster schien trüb die Wintersonne. Janets Mutter stand hinter ihrem Gatten, der in einem hochlehnigen Sessel saß und streng dreinschaute.

»Was hast du dir dabei gedacht?«, fragte er statt einer Begrüßung.

»Wobei, bitte?«

»Dich mit Christian Demarron einzulassen. Konntest du keinen anderen finden? Du weißt genau, dass wir nicht mit den Demarrons verkehren, und warum, weißt du auch. Das Blut deines Onkels Richard steht zwischen den beiden Familien.«

»Blut kann nicht stehen«, antwortete Janet, obwohl sie sich unter des Vaters Blick unbehaglich fühlte. »Es ist eine Flüssigkeit.«

»Werde nicht frech, Göre. Ich verbiete dir, diesen Mann jemals wiederzusehen oder auch nur ein Wort mit ihm zu wechseln, ihm zu schreiben oder überhaupt irgendeine Verbindung mit ihm zu haben. – Hoffentlich hast du dich nicht weiter mit ihm eingelassen, als es einer Browning und sittsamen Höheren Tochter geziemt.«

»Und wenn es so wäre, wäre es nicht deine Sache, Vater. Wir wollen heiraten.«

»Niemals!« Earl Winstons Rechte krachte auf den Tisch, dass die Teetasse, die dort stand, hochsprang. »Eher sollst du den Teufel heiraten als einen Demarron!«

»Der Teufel steht als Gatte leider nicht für mich zur Verfügung«, erwiderte Janet. Sie wusste selbst nicht, welcher Teufel sie ritt, ihren cholerischen Vater zu reizen. »Ich wusste zudem nicht, dass er uns für eine Ehe standesgemäß ist?«

»Frech bist du auch noch. Das ist … ist …«

Empört schaute Sir Winston seine Gattin an. Lady Eleanor versuchte zu vermitteln. Sie sagte ihrer Tochter, dass sie nur ihr Bestes wollten und besser beurteilen könnten als sie, mit welchem Mann sie glücklich würde.

»Was habt ihr denn eigentlich gegen Christian?«, hielt Janet dagegen. »Ihr kennt ihn doch gar nicht. Er ist jung, gebildet, intelligent und ein Offizier, entfernter Verwandter von Lord Demarron …«

»Der in der Hölle schmoren soll!«, entfuhr es Earl Winston.

»Das einzige, was gegen ihn spricht, ist die Tatsache, dass er ein Demarron ist«, sagte Janet. »Warum könnt ihr denn diese alte Fehde nicht einfach begraben und uns zusammen glücklich werden lassen?«

»Es kann und es darf nicht sein«, erwiderte ihr der Vater. »Das ist mein letztes Wort. Es wird keine Versöhnung zwischen unseren Familien geben. Die Demarrons haben uns zuviel angetan.«

»Du hast sie auch geärgert«, sagte Janet, »und nach dem Tod deines Bruders Richard versucht, die Karriere Lord Horatio Demarrons zu hintertreiben und ihr zu schaden. Auch andere, die auf deiner Seite standen, taten das. – Ihr seid garstige alte Männer, die nicht umdenken und die nicht vergessen und vergeben können.«

»Was erlaubst du dir? Lieber will ich dich tot sehen, als mit einem Demarron zusammen. – Nein, nein, nein!«


Sir Winston hatte sich so in den Zorn und in seine Ablenkung hineingesteigert, dass er vernünftigen Argumenten und Zureden nicht mehr zugänglich war. Zudem hatte der Familienrat schon entschieden.

»Du bist dafür verantwortlich, dass Christian nach Indien versetzt wurde«, sagte Janet, die noch immer im Mantel und Reisekleid dastand. Mantel und Haube legte sich nun ab, weil ihr zu warm wurde im beheizten Zimmer. »Nach Gwalior, wo auch Stephen stationiert ist.«

»Nach Gwalior?«, fragte Sir Winston. »Das passt mir nun nicht. Konnte Fred Hastings ihn nirgendwo anders hinbeordern? Womöglich schlagen die beiden jungen Hitzköpfe Stephen und Christian gegenseitig die Schädel ein oder duellieren sich.«

»Du gibst es also zu, Vater?«, fragte Janet.

»Ja, wenn du es unbedingt und genau wissen willst, ich schrieb einen Brief an das Armeehauptquartier wegen deinem … deinem … diesem Menschen. Warum soll er nicht in Indien der Krone dienen? Es ist eine Ehre. Viele tun das. Es dient dem Aufbau des Empires.«

»Ich bin nicht dagegen, dass Christian in Indien als Offizier dient. Aber vorher hätte er mich heiraten sollen, dann wäre ich mit ihm gegangen.«

Sir Winston und auch Lady Eleanor staunten.

»Du würdest mit diesem Mann nach Indien gehen? Die Strapazen einer langen Seereise auf dich nehmen? In dem mörderischen Klima in einem fremden Land leben? Von feindlichen Eingeborenen, Tropenkrankheiten und wilden Tieren bedroht? Fern von deiner Familie und all deinen Freunden?«

»Ja. Wenn ich mit Christian zusammen sein kann, möchte ich das.«

Sir Winston und Lady Eleanor wechselten einen Blick. Dass ihre Tochter derart entschlossen war, hatten sie nicht gedacht.

»Es geht nicht«, sagte Sir Winston kühl. »Es ist ausgeschlossen. Es spricht zuviel dagegen.«

»Dann verlasse ich euch«, sagte Janet. »Ich bin kein Kind mehr, ich kann meine eigenen Entscheidungen treffen.«

Lady Eleanor seufzte. Sie stand innerlich auf der Seite ihrer Tochter, aber sie hatte sich immer untergeordnet und die Stellung akzeptiert, die die Gesellschaft einer Frau zudiktierte. Aus dieser Rolle konnte sie nicht mehr heraus.

»Du bist meine Tochter«, sagte Earl Winston, »und noch nicht volljährig. Das wirst du erst in zwei Jahren.«

»In meinem Alter mit Neunzehn sind andere schon verheiratet und Mutter, Vater.«

»Wenn du heiraten willst, steht dem nichts im Weg. Wir werden dir einen standesgemäßen Gatten suchen und die Hochzeit ausrichten.«

»Du weißt genau, wen ich heiraten will: Christian Demarron.«

»Und du weißt, dass das nicht geht. Warum sollen wir immer über dasselbe sprechen? Wenn festgestellt worden ist, dass die Nacht dunkel ist, muss man es nicht immer wieder diskutieren und überlegen, ob man das ändern kann.«

»Ich gehe. Ich verlasse Browning Hall auf der Stelle.«

Als Janet sich umdrehte, rief ihr Vater: »Halt! Da habe ich auch noch ein Wörtchen mitzureden. Wohin willst du?«

»Nach London zurück, zu meiner Freundin Angela.«

»Du hast schon genug Dummheiten getrieben und angefangen, weil du so oft in London bist, Janet. — Es reicht. Du hast Hausarrest, auf unbestimmte Zeit.«

»Willst du mich einkerkern, Vater?«

»Ich will dir Zeit geben, dich zu besinnen. Geh in dein Zimmer.«

»Und wenn ich nicht will?«

»Lasse ich dich von einem Dienstboten hinbringen. Von dem Hausknecht oder dem Stallburschen. – Willst du das so haben?«

Lady Eleanor legte sich nun ins Zeug. Der Familienzwist belastete sie, weil sie gern Eintracht und Frieden innerhalb der Familie hatte. Warren Benedict, ihr Bruder, und seine Gattin, die am Familienrat ein paar Tage zuvor teilgenommen hatten, waren schon abgereist.

»Geh in dein Zimmer, verbring dort die Nacht«, bat sie die widerspenstige Tochter. »Tue es mir zuliebe und triff keine übereilte Entscheidung.«

Sie wendete sich an den Gatten.

»Du sei nicht so hart zu ihr, Winston. Sie hat großen Kummer.«

Der grauhaarige Earl schluckte. Janet war immer sein Liebling gewesen. Er wollte sie nicht verlieren, doch aus seiner Haut heraus konnte er nicht. Er handelte so, wie es seinem Charakter entsprach.

»Ja«, sagte er, weniger schroff als zuvor. »Wir wollen uns morgen weiter darüber unterhalten. Wir sind alle aufgeregt. Christian ist weg, du kannst ihn nicht wiederholen. – Schlafe, Kind, und beruhige dich.«

»Beruhige du dich, Vater. Du hast etwas getan, was für immer zwischen uns stehen wird und was ich dir nie verzeihe. Du trenntest mich von dem Mann, den ich liebe. – Gut, ich übernachte hier, aber bleiben werde ich nicht.«

Earl Winston wollte noch etwas sagen, doch seine Gattin legte den Finger auf die Lippen. Da ließ er die Tochter gehen. Als sie draußen war, zündete er seine lange Stielpfeife an und hüllte sich finster blickend im Rauchwolken, die seine Perücke umgaben.

»So ein Sturkopf!«, schalt er. »Sie will unbedingt und partout diesen vermaledeiten Husaren zum Mann. – Hol ihn der Teufel! – Hoffentlich stürzt er in Indien vom Pferd und bricht sich den Hals, oder eine Kobra beißt ihn.«

»Winston, man soll keinem Menschen den Tod wünschen. Es ist eine Sünde. Du wolltest mich doch seinerzeit auch unbedingt zur Frau und setztest Himmel und Hölle in Bewegung, um das zu bewerkstelligen, obwohl ich noch andere Bewerber hatte.«

»Das ist etwas anderes. – Janet wird sich wieder beruhigen. Christian ist weg, den sieht sie auf Jahre nicht wieder. Dafür sorge ich schon. – Wir müssen sie auf andere Gedanken bringen. Nach London will sie, zu ihrer Freundin, der reichen Angela Warfield, die sie von der Schule für Höhere Töchter kennt. London ist mir zurzeit zu gefährlich für sie – wer weiß, auf welche Gedanken sie dort noch verfällt. Obwohl, wenn sie da viel Abwechslung hat, vergisst sie diesen Christian vielleicht um so schneller. – Aus den Augen, aus dem Sinn.«

»Ich weiß nicht, ob das in dem Fall so ist, wenn es eine wirklich große Liebe ist. London bringt Abwechslung, aber es birgt auch Gefahren für ein junges Mädchen. Wir sollten Janet zunächst einmal zu unseren Verwandten nach Schottland schicken. In der Einsamkeit des schottischen Hochlands wird sie sich beruhigen.«

»Das ist eine sehr gute Idee. Spaziergänge unter dem schottischen Winterhimmel in den Highlands, Picknicks an abgelegenen Lochs. Beschauliche Abende am Kaminfeuer bei Stickerei oder Hausmusik. Das ist jetzt das Rechte für unsere Janet.«

Die schottischen Verwandten waren zu weitläufig verwandt, als dass man sie zum Familienrat eingeladen hätte. Gastfreundlich waren sie jedoch immer und für Ausflüge gut.

Es wurde jedoch nichts aus der beschaulichen Zeit in den Highlands, die ihre Eltern Janet of Browning zugedacht hatten. Sie stimmte zwar scheinbar zu und setzte sich in die Kutsche, die sie nach Schottland bringen sollte. Doch sie kam nie dort an.

Janet stieg unterwegs um, bei der nächsten Station schon, und nahm eine andere Postkutsche Richtung London. Dort wendete sie sich an ihre Freundin Angela Warwick, die ihr Unterkunft bot.

Angela war erfreut, die Freundin wiederzusehen, warnte sie jedoch, sich mit ihrer Familie zu überwerfen.

»Nur, wenn es gar nicht anders geht. Es sind deine Eltern, es ist deine Familie.«

Sie führte Janet, die übernächtigt wirkte und blass war, ins Haus.

»Meine Wohnung steht dir zur Verfügung, so lange du willst. Das kann ich allerdings verstehen, dass du dich nicht nach Schottland abschieben ließest, obwohl der Lachs in den Highlands ausgezeichnet schmeckt.«

»Ich habe sowieso keinen Appetit«, erwiderte Janet, »seit Christian fort ist, bringe ich kaum einen Bissen hinunter.«

»Du Ärmste. Ich werde der Köchin sagen, sie soll einen Plumpudding für dich zubereiten. Du kannst dir den leisten, du hast keine Sorgen um deine Figur. Niemand kann einen so guten Plumpudding zubereiten wie meine Köchin Mrs. Merriwether. Ich könnte sterben dafür.«

Janet musste zum ersten Mal seit vielen Tagen herzlich lachen. Der Gedanke, dass Angela für einen Plumpudding starb, erheiterte sie.

»Andere sterben für Ruhm und Ehre. Du für den Plumpudding.«

»Jedem das Seine. Wobei der Plumpudding sowieso nahrhafter und bekömmlicher ist als der Ruhm und die Ehre.« Sie betraten den Salon. »Es ist eine verfahrene, verzwickte Situation. Christian ist weit, weit fort. — Weshalb er dir keinen Abschiedsbrief schrieb, verstehe ich nicht.«

»Das tat er sicher, man wird den Brief abgefangen haben. Er liebt mich, ich weiß es.«

»Und eure Familien sind gegen die Verbindung. Ich habe mich umgehört, du weißt, ich habe Beziehungen. Lord Demarron denkt genau wie dein Vater, mit dem er verfeindet ist. Er begrüßt es, dass Christian fort ist. Ich könnte mir sogar vorstellen, dass er seinerseits deshalb intrigierte, die alte Schlange.«

Angela wusste nicht, dass sie damit ins Schwarze traf.

»Ja«, sagte sie, »wenn ihr verheiratet wärt und die alten Starrköpfe vor vollendete Tatsachen stellen könntet. Dann würden sie einlenken müssen. — Was bliebe ihnen nach dem ersten Zorn denn wohl anders übrig? — Aber Christian ist ja unterwegs nach Indien, an das andere Ende der Welt.«

»Ja«, sagte Janet. »Ja. Eine Heirat, das wäre die Lösung. Eine Ehe ist nicht mehr aufzulösen. Aber, um eine schließen zu können, muss man gemeinsam vor einen Priester treten.«

Sie hatte den Mantel, Haube und Handschuhe abgelegt. Ihre Augen blitzten, und sie wirkte nicht mehr so niedergeschlagen und verzweifelt wie die ganze Zeit. Janet klatschte in die Hände.

»Angela, ich hab's.«

»Was hast du denn jetzt ausgeheckt?«, fragte die Freundin. »Das letzte Mal habe ich dich so gesehen, als wir noch im Internat waren und du Mrs. Gables, der Französischlehrerin, einen Frosch in die Handtasche schmuggeltest.«

»Hier geht es nicht um Frösche, sondern um Heirat, Angela. Du hast mich auf eine Idee gebracht.«

»Ich? Wie? Welche? Verstehe, du willst Christian heiraten, wenn er wieder in England ist. Das wissen wir doch schon die ganze Zeit, bis dahin wird noch viel, viel Wasser die Themse hinunterfließen, und dir bleiben die Seufzer und Tränen der unerfüllten Sehnsucht und Liebe.«

»Es hat sich ausgeseufzt, liebe Freundin.«

»Wie? Was hast du vor?«

»Ich reise Christian hinterher, treffe ihn in Indien und heirate ihn dort. In Gwalior, vor Ort.«

Angela blieb der Mund offen stehen, so erstaunt war sie.

»Du – willst – gegen den Willen deiner – Eltern – um die halbe Welt nach Indien segeln? Ja, bist du denn noch bei Sinnen?«

»Mehr denn je. Wenn Christian so schnell nicht nach England zurückkehren kann, weil es ihm sein

Diensteid verbietet, muss ich zu ihm. Ich habe keinen Dienst und keinen Fahneneid, der mich abhält. Und so weit weg und so gefährlich ist Indien nun auch nicht. Andere sind auch schon hin und wieder zurück gekommen.«

»Weißt du denn, was du dir da vorgenommen hast, Janet? Du brauchst einen Reisepaß, Geld, eine Schiffspassage. Du bist noch nicht volljährig. Du müsstest die Erlaubnis deiner Eltern vorweisen. Du brauchst …«

Janet unterbrach sie.

»Ich will nach Gwalior, und ich werde hinkommen. Punktum. – Freilich nicht ohne deine Hilfe, Angela. Ich werde mit falschem Paß reisen.«

Angela blieb der Mund offen stehen.

»Ja, hast du denn einen?«

»Nein, aber das wird sich wohl regeln lassen. Ich benötige einen Pass auf einen anderen Namen, in dem ich zwei Jahre älter und volljährig bin. Ich gebe an, die Frau oder die Schwester eines in Gwalior stationierten Offiziers zu sein. Ein paar von Stephens Offizierskameraden dort kenne ich dem Namen nach aus seinen Briefen, manche hat er sogar ausführlicher erwähnt. – Dann brauche ich nur noch Geld und eine Schiffspassage.«

»Ein Brevier der East India Company benötigst du auch noch. Sie verwaltet Indien im Namen und Auftrag der Krone.«

»Deine Beziehungen …«

»… dürften ausreichen. Geld und Charme öffnen viele Türen. Die Reise kostet natürlich. Aber ich strecke dir gern das Geld vor. Das ist keine Frage.«

»Ich könnte meinen Schmuck versetzen.«

»Behalt ihn. Wir Warfields sind reich. Das Geld ist hier nicht das Problem. – Ach, das ist ja so romantisch. Wie gern würde ich dich begleiten, aber ich bin und bleibe eine Großstadtpflanze. In Indien würde ich mich unsterblich langweilen, Reisen sind nicht mein Ding, und die Ballsaison und die Theater- und Opern-aufführungen in London würde ich auch verpassen. – Nein, leider, da muss ich dich enttäuschen, wenn du damit gerechnet hast, liebe Janet.«

»Das habe ich nicht.« Janet umarmte die Freundin und küsste sie. Eine Zentnerlast war ihr vom Herzen gefallen. »Du tust so schon genug für mich. Du bist meine beste-beste-aller-allerbeste Freundin.«

Janet war fest entschlossen. Das Abenteuer reizte sie. An die Sorgen, die sie ihren Eltern bereitete, wenn sie spurlos verschwand, dachte sie nicht.

# 4. Kapitel

Unsere Janet ist jetzt schon in Schottland bei unseren Verwandten«, sagte Earl Winston an diesem Tag zu seiner Gattin. »Es wird ein paar Tage dauern, bis wir Nachricht von ihr haben. Schade, dass das nicht schneller geht. Es gibt ja elektrische Batterien, die ein gewisser Volta erfand – 1801, vor 24 Jahren. Ihr praktischer Nutzen ist allerdings beschränkt, von wissenschaftlichem Interesse. – Ich las auch in einem Fachblatt, dass ein gewisser Sömmering, ein Deutscher, ein Mediziner, 1809 einen elektrischen Telegrafen erfand, der Zeichen übermittelt.«

»Ein Sichttelegraf mit Licht- oder Spiegelzeichen?«, fragte Lady Eleanor, die strickend am Kaminfeuer saß.

»Nein, ein elektrischer, der Signale wiedergibt. Er ist jedoch noch nicht in der Praxis einsetzbar. Zwischen Sender und Empfänger müssen 27 Leitungen gezogen werden. Damit kann man über beliebige Entfernung, je nachdem, wie weit die Leitungen reichen, jeweils zwei Zeichen gleichzeitig übertragen. Mit der Gasentwicklung in Anoden und Kathoden, das ist was Elektrisches, hat es was zu tun. – Vielleicht gibt es irgendwann mal eine Zeit, in der die Menschen durch Drähte über große Entfernungen miteinander sprechen können. – Stell dir vor, du könntest von hier aus mit jemand in London reden.«

»Was du alles weißt, Winston, und wie klug du bist. Das sind jedoch Träume und Zukunftsvisionen – pferdelose Kutschen, Apparate, mit denen die Menschen durch die Luft fliegen können, durch Drähte sprechen, all so ein Zeugs.«

»Der Dampfmaschine prophezeie ich jedenfalls eine große Zukunft«, dozierte der Earl. »Sie spielt ja jetzt schon eine erhebliche Rolle. Am 27. September dieses Jahres 1825 wurde zwischen Stockton und Darlington die erste Eisenbahnlinie der Welt in Betrieb genommen. Weitere sollen gebaut werden. Ich bin selbst einmal mitgefahren – Janet begleitete mich, du leider nicht, Eleanor. – Ich persönlich reite lieber oder fahre mit der Kutsche.«

»Mir ist das gut genug, was wir haben. Das Gaslicht lobe ich mir freilich sehr, und es ist eine Schande, dass es in Stratford upon Avon noch keine öffentliche Gasbeleuchtung für die Straßen gibt. Das müsste geändert werden. Auch hier im Haus könnten wir Gaslicht gebrauchen.«

»Ach, die Kerzen und Öllampen sind gut genug. Weißt du, was dieses Gaslicht kostet?«

»Nein, aber du wirst es mir bestimmt gleich sagen.«

»Man kann in die Luft fliegen damit, sich mit dem Gas vergiften, wenn es ausströmt.«

»In London gibt es das Gaslicht schon lange, und bisher ist London noch nicht in die Luft geflogen. Wissenschaftliche Artikel liest du, Winston, aber Geld für den Fortschritt willst du nicht ausgeben. – Du bist rückständig. Ein Bremsklotz und Fossil von der alten Zeit.«

Über die Gaslicht-Debatte vergaßen der Earl und die Lady Demarron kurzfristig die Sorge um ihre

Tochter Janet, die sie ohnehin in Schottland wähnten. Lady Eleanor war entschlossen, dass Gaslicht ins Haus kam. Von ihren Freunden und Freundinnen hatten bereits welche dieses. Da mochte Lady Eleanor nicht zurückstehen.

»Irgendwann wirst du der Letzte sein, der mit dem Armleuchter durch die finsteren Gänge tappt, Winston«, sprach sie.

Sir Winston zog sich aus dem Salon in die Bibliothek zurück. Er las zwar keine Bücher, aber da hatte er seine Ruhe. Er wünschte sich, die wissenschaftlichen Artikel aus einer Science-Postille nicht erwähnt zu haben.

Gaslicht, dachte er. Teuer. Muss denn das sein?


Dank Angela Warfields Verbindungen und Kontakten erhielt Janet einen Pass auf den Namen Jane Smith – sehr prosaisch – und das begehrte Reisebrevier der Ostindien-Kompanie, das praktisch der Einreisepass für Indien war. Zudem gewährte es den Schutz und die Unterstützung der dortigen britischen Behörden, die zwar nominell der Ostindien-Gesellschaft mit dem General-Gouverneur an der Spitze unterstellt waren, jedoch de facto zum Verwaltungsapparat der Britischen Krone und des Empires gehörten.

Großbritannien war die mächtigste Nation der Welt. Als englische Staatsbürgerin genoss Janet erhebliche Vorteile.

Natürlich war die Passfälschung oder der Gebrauch eines gefälschten Passes ein kriminelles Delikt. Doch Janet und Angela vertraten die Ansicht, der Zweck würde die Mittel heiligen. Die beiden Freundinnen besorgten die Passage für Janet auf einem schnellen Westindien-Segler, der weniger Zeit brauchen würde als das schwere Kriegsschiff mit 112 Kanonen und einem Tiefgang von 7,5 Metern, an dessen Bord sich Christian befand.

Der backenbärtige Kapitän schaute Janet skeptisch in seiner Kabine an, wo sie ihn mit seiner Freundin zusammen extra aufgesucht hatte, um ihre Passage zu erhalten. Der Käpten sog an seiner Meerschaumpfeife.

Der Zahlmeister stand hinter ihm.

»Es ist Winter«, sagte der Kapitän, »das Wetter ist kalt und stürmisch. Sie sollten besser bis zum Frühjahr warten, Miss Smith, dann wird die Überfahr einfacher sein.«

»Sie laufen doch auch aus, Käpten.«

»Ja, weil ich eine Eilfracht habe – Büchsen und andere Waffen für Madras, dazu Handelsware. Zudem will ich keine Weibsleute an Bord nehmen. Weiber an Bord bringen Unglück.«

»Aber wir haben von Ihrem Kontor in London die Zusage für die Passage erhalten, Käpten.«

»Dann segeln Sie mit dem Kontor in London, wenn der seetüchtig ist. Das ist mein letztes Wort.«

Die beiden Freundinnen waren extra von London nach Portsmouth gereist, samt Janets Gepäck. Die junge Frau wollte verzweifeln.

»Käpten, ich flehe Sie an, haben Sie ein Einsehen. Ich muss nach Indien, um meinen Bruder wiederzusehen. Es sind wichtige Familienangelegenheiten abzuklären.«

»Schreiben Sie ihm einen Brief.«

»Aber ich *muss* nach Indien.«

Der Käpten zeigte ein wenig Einsehen.

»Mit mir können Sie nicht segeln, aber es gibt noch andere Westindienfahrer. Versuchen Sie es in Plymouth, da werden Sie eher jemanden finden, der Sie mitnimmt.«

Janet und Angela mussten sich damit abfinden. Nach Plymouth an der Nordostküste Englands war es noch mal eine Strecke von 200 Meilen, die sie in holpernden Kutschen zurücklegten. Angela klagte sehr.

»Mein Rückgrat, meine Knochen, all meine Glieder sind durcheinander. Ich fühle mich wie gerädert. Die Landstraßen sind schlecht, und die Kutscher der Königlichen Post wahre Menschenschinder. Wie gern würde ich jetzt in London in der Oper in meiner Loge sitzen.«

Es war kurz hinter Exeter, als sich die beiden jungen Frauen bei einer Pause die Beine vertraten. Nach Plymouth war es immer noch eine Strecke. Janet tröstete die Freundin.

»Du wolltest mitkommen und mich verabschieden, wenn ich auslaufe.«

»Mit dem Schiff auslaufe, meinst du. Sonst wird dir ja wohl kein Malheur mehr passieren.«

Die Freundinnen kicherten. Sie waren jung, schön, elegant gekleidet, mit langen Kleidern und Reisemänteln, schick nach der Mode der Zeit, mit Rüschen und Bänden geschmückt. Die männlichen Mitreisenden sahen sie mit Wohlgefallen.

Der Postillon rief zum Einsteigen, und gleich ging es in sausender Fahrt übers Kopfsteinpflaster, von der umfriedeten Postkutschenstation mit dem kleinen Gasthof weg, an dessen Wänden Kletterrosen wuchsen. Weiter durch die kahle und karge Landschaft, wo es nur Dörfer und Weiler gab, nach Plymouth, das seit jeher ein wichtiger Seehafen gewesen war.

»Wenn wir Glück haben, hängen sie jemanden auf dem Marktplatz, wenn wir eintreffen«, sagte Angela.

Janet knuffte sie in die Seite.

»In Plymouth ist schon lange niemand mehr öffentlich hingerichtet worden. Das ist barbarisch und entspricht nicht dem Geist unserer aufgeklärten Zeit. Heutzutage führt der Henker die Hinrichtungen fachgerecht mit dem Strick durch, in einem Zuchthaus oder an einem anderen, geschlossenen Ort.«

»Weiß ich doch.«

In Plymouth gingen die zwei gleich zum Hafen und erkundigten sich bei der Hafenmeisterei über die Möglichkeit einer Passage nach Westindien. Janet war besorgt, ihre Familie könnte bereits bemerkt haben, dass sie ausgebüxt war und die Häfen sperren lassen.

Über den Lichttelegrafen und mit Eilboten konnte die Nachricht rasch durchgegeben werden. Doch anscheinend war das nicht der Fall. Bei einer genauen Personenbeschreibung hätte Janet der falsche Pass nicht viel genützt. So viele junge Frauen mit grünen Augen und rotblonden Haaren wollten nicht nach Indien.

Der Hafenmeister schüttelte bedauernd den Kopf.

»Bedaure, Myladies, aber es ist kein Westindiensegler mehr im Hafen. Wegen der Winterstürme ist keine Ausfahrt mehr möglich.«

»Das kann doch nicht wahr sein.«

Janet beschwor den Hafenmeister.

Schließlich sagte er: »Versuchen Sie es bei Kapitän Jean Mairot. Er ist zwar ein Franzose, aber ein tüchtiger Seemann und verrückt genug, jetzt noch die Passage zu versuchen. Ich hörte, er habe Fracht für Bombay genommen. Normalerweise würde ich Sie nur auf ein Schiff Ihrer Majestät schicken, junge Lady, aber da Sie mich so dringlich bitten ...«

So kam es, dass die Freundinnen im Hafen vom Kai aus die »Belle Marie« betrachteten. Angela zeigte sich skeptisch.

»Ich bin zwar kein Seemann, aber das Schiff scheint mir ein übler Seelenverkäufer zu sein. Schau nur die Takelage an.«

»Sie ist extra so gebaut worden. Das ist eine Spezialanfertigung.«

»Aber keine gute. Und dann noch ein Franzose – den Franzmännern kann man nicht trauen. Denk an Napoleon, den wir erst vor zehn Jahren endgültig geschlagen haben und der erst vor vier Jahren auf Sankt Helena starb, diese Bestie von einem Korsen, der Europas Schlachtfelder mit Blut düngte.«

»Der Krieg ist vorbei, Angela.«

»Trotzdem. Du hast ja gesehen, wozu sie fähig sind. Womöglich fallen sie unterwegs über dich her oder verkaufen dich in einen Harem der Mamelucken. Oder beides.«

»Das werden Sie nicht wagen. Ich bin Britin von Geburt und von Adel.«

Janet sagte das überzeugt. Trotzdem hatte sie innerlich Angst. Ein englisches Schiff wäre ihr lieber gewesen. Aber sie wollte unbedingt nach Indien, und vielleicht konnte sie unterwegs, wenn ein Hafen angelaufen wurde, auf britisches Schiff überwechseln.

Sie winkten, das Gangway wurde heruntergelassen, und sie gingen an Bord. Das Schiff war sauber und erschien Janet seetüchtig, was nicht viel bedeuten musste.

Der Käpten war einäugig und klein und hatte das sprühende Temperament und den Charme des Südfranzosen.

»Naturellement ich Sie kann nehmen mit, Mademoiselle. Es wird mir sein eine Ehre und ein Vergnügen.«

Am selben Abend noch liefen sie mit der Flut aus. Angela stand am Kai und winkte mit einem Spitzentuch. Die Tränen des Abschiedsschmerzes standen ihr in den Augen. Würde sie die Freundin denn jemals lebend wiedersehen?

»Es muss eine sehr große Liebe sein, dass sie Janet bis nach Indien treibt«, sagte Angela zu sich selbst, als sie zu dem Hotel zurückkehrte, wo sie logierte.

Am folgenden Tag wollte sie wieder nach London zurückkehren. Der Himmel war düster, kein Stern war zu sehen. Eiskalter Wind blies und brachte Regen und Graupelschauer. Angela eilte übers nasse glatte Kopfsteinpflaster, durch die Straßen zu ihrem Hotel.

Lichtbahnen fielen aus dem Häusern. Gaslichtlaternen brannten. Nur selten begegnete Angela Passanten oder einem behelmten Konstabler mit Regenpelerine, der sie misstrauisch musterte.

Die Freundin fehlte ihr jetzt schon. Doch Janet hatte sich nicht damit begnügen wollen, nur glühende und verlangende Liebesbriefe an den fernen Geliebten zu schreiben und auf seine Rückkehr zu warten. Sie war eine unternehmungslustige, zupackende Natur.

Die Liebe trieb sie und gab ihr die Kraft. Zudem, nachdem sie etwas unternehmen konnte aktiv geworden war, wichen Kummer und Schmerz und die Verzweiflung von ihr. Die Lust am Abenteuer regte sich in Janet, die unter falschem Namen reiste.

Sie freute sich auf das, was ihr bevorstand. Sie war kein ängstliches Pflänzchen, sondern eine echte Tochter Britanniens im positiven Sinn.

Aufgrund der fortgeschrittenen Jahreszeit erwies sich die Überfahrt als stürmisch. Gut 13.000 Seemeilen waren bis Bombay zurückzulegen. Das bedeute viele Tage und Wochen auf hoher See.

Im Atlantik war das Wetter sehr stürmisch. Man sah den ganzen Tag nur die graue, wogende See. Auf der Höhe von Cadiz geriet die »Belle Marie« in Seenot und musste den Hafen anlaufen, bis die Sturmschäden ausgebessert waren.

Janet vertraute jedoch darauf, dass dies nicht der Auftakt zu einer Pechsträhne sein würde und blieb an Bord das französischen Schiffs. Ihre beste Freundin Angela Warfield entstammte zwar einer Reedersfamilie, ihre nautischen und schiffskundlichen Kenntnisse hielten sich jedoch in sehr engen Grenzen.

Zudem hatte sie Janet keine Passage auf einem der Schiffe der Warfield-Linie verschaffen wollen, das wäre zu auffällig gewesen. Denn wenn Janet verschwand, würde sie – Angela – überprüft werden.

Die »Belle Marie« verließ Cadiz und segelte an der Westküste Afrikas entlang, die jedoch außer Sicht blieb. In Luanda löschte Kapitän Mairot Fracht und nahm neue an Bord.

Janet schaute schaudernd auf die Sklavenpferche am Ufer, in denen schwarze Männer und Frauen, viele mit Jochen oder Ketten gefesselt, auf ihre Einschiffung warteten. Ein fremdartiger Geruch von Dschungel, Moder und Gewürzen drang vom Land her.

»Das Sklavengeschäft bringt hohe Gewinne«, sagte der einäugige Kapitän, der hinter Janet getreten war, die an der Reling stand.

»Wohin gehen diese Sklaven?«

»In die USA, in die Südstaaten vornehmlich, wo die Baumwollbarone sie für ihre Plantagen bleiben. Auch anderweitig in Übersee ist die Sklaverei noch im Gang.«

»Auch in Indien?«

»Nein, da nicht, aber die paar Rupien, die den Einheimischen bezahlt werden, sind nicht viel besser.«

»Immerhin sind sie frei.«

»Zu verhungern, ja.«

Kapitän Mairot sagte einiges über die Sklaverei. Er wollte damit nichts zu tun haben.

»Ich habe schon Sklaven verschifft, wenn sich nichts anderes bot, jedoch ist es mir ein zu schmutziges Geschäft. Viele sterben bei der Überfahrt. Ein richtiges Sklavenschiff hat spezielle, niedere Laderäume, in denen die menschliche Fracht angekettet ist. Man erkennt es daran, dass Haifische hinterherschwimmen, die sich an den über Bord geworfenen Leichen laben.«

»Das ist unmenschlich«, sagte Janet. »Die Krone sollte dagegen einschreiten.«

»In England und in den Kolonien gibt es keine Sklaven«, antwortete Kapitän Mairot. »Meine Landsleute in ihren Kolonien halten welche. Die Krone hat anderes zu tun, als die Sklaverei zu bekämpfen. Indien wird ausgebeutet. Das Mutterland England profitiert ungeheuer davon.«

»Wir helfen der Entwicklung des Landes und er-schließen es«, sagte Janet. »Wir bringen den Fort-schritt.«

»Sie sind dort jahrhundertelang ohne die Briten aus-gekommen und hatte in früheren Zeiten unter den Mogulkaisern eine Hochkultur«, sagte Kapitän Mairot und ging weg.

Janet hatte festgestellt, dass sie Seemannsbeine hat-te. Sie war kaum von der Seekrankheit tangiert worden. Die Fahrt wurde fortgesetzt, ums Kap der Guten Hoffnung herum, mit einem weiteren Zwischenstopp auf Madagaskar, wo man drei Tage lang blieb und wieder Fracht löschte und aufnahm.

Entgegen Angelas Befürchtungen erwies sich Kapi-tän Mairot als ein perfekter Gastgeber und Kavalier. Janet speiste oft mit ihm und grundsätzlich in der Of-fiziersmesse. Außer ihr gab es nur noch drei Passagiere an Bord, zwei Franzosen und eine Portugiesin, zu denen sie wenig Kontakt hatte.

Vier Fünftel der ungeheuren Strecke waren zurück-gelegt, als es einen gefährlichen Zwischenfall gab.

Bei einer Flaute lag die »Belle Marie«, die sich als ausgezeichnetes, schnelles Schiff erwiesen hatte, still. Fliegende Fische flogen meterweit mit ausgestellten Flossen in der glühenden Hitze. Janet hob zwei der mehr als handlangen Fische auf, die aufs Deck gefallen waren. Sie schaute hoch in die Wanten.

Ein paar Mal war sie schon dort herumgeklettert, in Männerhosen, zum Entsetzen der übrigen Passagiere und zur Erheiterung der Mannschaft. Janet, die als Kind gern auf Bäume gestiegen und wild wie ein Junge gewesen war, liebte das Klettern und sah die Masten und die Takelage der »Belle Marie« als Herausforderung an.

Sie überlegte sich, was ihre Tante Heather in Browning Hall wohl gesagt hätte, wenn sie sie wie ein Schiffsjungen oder Leichtmatrosen hätte in der Takelage herumklettern sehen. Sie wäre vermutlich in Ohnmacht gefallen und hätte sich danach nicht mehr eingekriegt.

Janet dachte selten an ihre Familie, an Christian jedoch jeden Tag. In Gwalior würde sie auch ihren Bruder Stephen wiedersehen.

Bei der Flaute lag die »Belle Marie« still. Eine arabische Dhau näherte sich, ein flaches Schiff mit nur einem großen Segel, das jetzt gerefft war. Die Matrosen der Dhau ruderten sie an den französischen Segler heran.

Als sie nahe genug heran waren, sie näherten sich vom Heck her und befanden sich somit außerhalb von dem Bereich der paar Schiffskanonen, außer der in der Geschützpforte am Heck, zogen sie einen blutroten Wimpel mit dem Halbmond und gekreuzten Säbeln hoch. Dann krachte ein Warnschuss aus einer kleinen Kanone und ließ an der Backbordseite der »Belle Marie« eine Wasserfontäne aufspritzen.

»Das sind arabische Piraten aus einem der Emirate«, sagte Kapitän Mairot, der sich wahlweise in Englisch oder Französisch mit Janet unterhalten konnte. Sie beherrschte beide Sprachen. »Gnade uns Gott, wenn sie an Bord kommen.«

»Was haben Sie vor, Kapitän?«

»Das werden Sie sehen.«

Der einäugige Franzose rief mit dem Sprachtrichter hinüber. Er schaute immer wieder nach Osten, wo

Janet ein kleines Wölkchen entdeckte, in das Jean Mairot seine Hoffnung zu setzen schien. Während die Dhau sich weiter näherte, wurden mit Hauruck von den halbnackten, schwitzenden Matrosen zwei Feldschlangen – leichte Kanonen – auf die Brücke geschleppt und gehoben.

Dann gab Kapitän Mairot das Zeichen. Die Feldschlangen und die Heckkanone krachten und spuckten Rauchwolken und ihre Ladung aus. Kartätschen, einer groben Schrotladung zu vergleichen, hagelten auf die Dhau und die beiden von ihr ins Wasser gesetzten Boote nieder.

Schmerzensschreie erschallten. Ein Ruderboot mit zwanzig Männern an Bord sank. Die Araber feuerten ihre Kanonen ab. Von einem der drei Maste der »Belle Marie« brach der obere Teil herunter.

Aber dann verdüsterte sich rasend schnell der Himmel. Ein Tropensturm brach los. In dem Fall war er die Rettung. Wind kam auf. Kapitän Mairot kappte den zerschossenen Teil des Masts und setzte die restlichen Segel. Mit glimpflichem Schaden kam er davon und entrann den arabischen Piraten.

»Dem Himmel sei Dank«, sagte er hinterher, obwohl er kein frommer Mann war.

Der Sturm pfiff, aber er konnte die »Belle Marie« nicht in Gefahr bringen. Janet schauderte nachträglich bei dem Gedanken an das Schicksal, das ihr geblüht hätte, wäre sie den Araber-Seepiraten in die Hände gefallen. Geschändet, entehrt, hätte sie sich letztendlich glücklich schätzen können, in einem muselmanischen Harem zu landen.

Und England – wäre ihr je die Flucht gelungen oder hätte ein britischer Konsul sie freigekauft, was manchmal geschah, welche Aussichten und Möglichkeiten hätte sie dann noch in ihrer Heimat gehabt?

Janet bedankte sich bei dem Seebär Kapitän Mairot und küsste ihn auf die stoppelbärtige Wange.

»Sie sind ein großer Seeheld und Kämpfer«, lobte sie ihn.

Der kleine Kapitän wuchs gleich um ein paar Zoll.

»Für ein paar Araber reicht es«, antwortete er bescheiden. »Ich bin kein solcher Seeheld wie Ihr Admiral Nelson, gegen den ich 1798 die Ehre hatte, bei Abukir in der Seeschlacht zu kämpfen. Damals, ein junger Seefähnrich noch, verlor ich mein Auge. Auch Nelson war einäugig. Er fiel bei Trafalgar, wo er seinen glorreichen Sieg und die Vernichtung der französischen Flotte nicht überlebte.«

»1805«, sagte Janet. »Damals war ich noch nicht geboren.«

Zwei Abende später, nachdem sich der Sturm gelegt hatte, trank sie nach dem Abendessen in der Offiziersmesse mit Kapitän Mairot und seinen Offizieren ein paar Glas Rum auf das Andenken von dem britischen Admiral Nelson. Danach hatte sie Mühe, in ihre Kabine zurückzugelangen, die ihr allein zur Verfügung stand.

Um sie herum drehte sich alles. Die Koje schien mit ihr Schlitten zu fahren. Janet war es entsetzlich übel.

»Isch gaube isch bin betunken«, lallte sie. »Ein Schück – Gück – Glück, dasch Chischtian misch scho nischt schieht. Eine höhere Goch... Tochter tut scho etwasch nischt.«

Janet hatte sich verändert, seit sie der Enge Englands und ihrer dortigen Verhältnisse entronnen war. Braungebrannt war sie, in einer Zeit, in der Frauen ihre

Haut vor der Sonne schützten und mit Buttermilchpackungen und Sonnenschirmen für eine vornehme Blässe sorgte.

Janet hatte manchen Zwang hinter sich gelassen. Christian würde das hinnehmen müssen. Ein braves Mädchen, das sich in alles fügt, wäre ihm nicht nachgereist und hätte all die Gefahren und die Strapazen der Reise nach Indien nicht auf sich genommen, dachte sie. Er wird sich daran gewöhnen müssen.

Am Tag nach der Siegesfeier und Admiral Nelsons Gedenktrank war ihr speielend. Nie wieder, schwor sie sich, würde sie Rum trinken. Allenfalls einmal ein Glas Sherry.

# 5. Kapitel

Als die »Belle Marie« in Bombay einlief, stand Janet an der Reling und schaute mit großen, leuchtenden Augen auf das sich ihr bietende Bild. Sie war jung und gesund, schwungvoll und voller Optimismus – alle Zweifel und die Unentschlossenheit lagen hinter ihr. Eine neue Welt bot sich ihr dar – der riesige Subkontinent Indien, von dem es hieß, dass er Britische Kronkolonie werden sollte.

Ein Land, von Maharadschas regiert, die untereinander uneins waren, gewaltig, mit himmelragenden Bergen, tiefen urwüchsigen Dschungeln mit Tigern und Elefanten, mächtigen Flüssen, in denen es Krokodile und zahlreiche Fische gab, mit fremdartigen Menschen und Gebräuchen, voller Rohstoffe und Schätze, gewaltig, gigantisch und erst zum Teil erschlossen.

Großbritanniens beste und stolzeste Söhne hatten sich hier erprobt, um den Subkontinent, eine Welt für sich, unter die Herrschaft der Krone zu bringen. Das war teilweise gelungen, die Engländer waren die stärkste Macht im Land, hatten jedoch keineswegs alles und alle unter ihrer Kontrolle.

Fremdartige Menschen mit exotischen Gebräuchen gab es hier, eine wimmelnde Vielfalt von Sprachen – über 1.600 verschiedene Muttersprachen gab es, darunter Hauptsprachen. Die Verwaltungssprache der Einheimischen war immer noch Persisch, aus der Zeit der

Mogulkaiser übernommen, die prächtig bis in die Mitte des 18. Jahrhunderts geherrscht hatten.

Das Gewimmel am Kai, eine fremdartige Stadtsilhouette mit Kuppelbauten und gegenüber den Londoner Docks altmodisch und primitiv erscheinenden Ladekränen, manuell betrieben, und einem einzigen Gewirr von Kulis, Lastenträgern und den vielen verschiedenen Schiffstypen in dem riesigen Hafen erstaunten Janet. Das englische Fort auf der Landzunge, das die Hafeneinfahrt mit seinen Kanonen kontrollierte, zog Janets Blick kurz auf sich.

»Christian, ich komme«, sagte sie zu sich, verabschiedete sich von dem Käpten und seinen Offizieren, die ihr alle die Hand küssten und sich vor ihr verbeugten, und ging entschlossen an Land.

»Eine tapfere junge Frau«, sagte der einäugige Kapitän Jean Mairot zu seinem Ersten Offizier. »Was sie betrifft, konnte ich meine Abneigung gegen die Engländer überwinden.«

Matrosen trugen Janets Gepäck an Land, darunter befanden sich auch zwei Hutschachteln. Das Winterklima war trocken und warm, für englische Verhältnisse erträglich. In den Sommermonaten hingegen war Bombay – Mumbai in der Landessprache – eine Hitze- und Fieberhölle. Den Heiligen Abend, die Weihnachtsfeiertage und Neujahr hatte Janet an Bord der »Belle Marie« verbracht, wobei sie weiteren Umtrunkaktionen auswich und nur bescheiden an ihrem Sherry nippte.

Man schrieb das Jahr 1826. 1825 war Bolivien unabhängig von Spanien geworden, in Russland war ein Offiziersaufstand, der Dekabristenaufstand von dem Russischen Dekabr für Dezember, gegen den neuen Zaren Nikolaus I. gescheitert. Fünf Rädelsführer hatte der Zar hängen lassen, 120 anderen wurden nach Sibirien geschickt.

In England war die erste öffentliche Eisenbahn der Welt eingerichtet worden, mit der Janet einmal begeistert mitgefahren war. Sie hatte ihren Vater so lange genervt, bis er mit ihr an der Jungfernfahrt dieser Bahn teilnahm.

Jetzt war Janet mit ihren eigenen Angelegenheiten beschäftigt und dachte nicht viel darüber nach, welche Veränderungen das erst einige Tage alte Neue Jahr der Welt bringen würde.

Vom Land her wehte der Monsun auf das Meer hinaus. Er brachte Unruhe, und am Nachmittag würde es wolkenbruchartig regnen. Eine strahlende Sonne schien vom Himmel, der Janet größer und weiter zu sein schien als der über England.

Janet hatte kein Heimweh, obwohl sie viele Wochen weg war von England. Sie fieberte dem Neuen entgegen – und dem Wiedersehen mit Christian. Mit hellem, langem Kleid, dessen Oberteil mit Rüschen und Spitzen besetzt war, und Kragen, den modischen Sonnenhut auf dem Kopf, schlank in der Taille, stand sie am Kai.

Janet fühlte sich hilflos in dem Gewimmel – es war, als ob sie in einen Ameisenhaufen gefallen wäre und eine fremde Ameise sei, die sich nicht auskannte. Kulis boten ihr ihre Dienste an, Bettler und Kinder umringten sie, mit englischen Brocken und in Hindusprachen und Dialekten schnatterten alle möglichen und unmöglichen Gestalten auf sie ein.

Frauen sah Janet kaum – sie huschten in langen Seiden- oder Leinengewändern mit dem Kastenzeichen auf der Stirn dahin. Eine vornehme Inderin wurde in einer Sänfte herangetragen. Ihr Gesicht war von einem Schleier verhüllt – sie musste wohl Mohammedanerin sein – und ein Mohrensklave fächelte ihr mit einem Pfauenfederwedel Kühlung zu.

Die Inderin ging an Bord eines Schiffs, vielmehr sie wurde über die Gangway an Bord getragen. Ihre Dienerschaft folgte ihr, dreißig Personen im Ganzen. Hinduismus, der Islam, der Buddhismus und der Brahmanismus stellten die Hauptreligionen Indiens dar, wobei der Hinduismus die älteste Religion war, viel älter noch als das Christentum, das sich nur zögernd verbreitete.

Während Janet noch staunte, trat ein hochgewachsener Mann mit buntem Turban und langen Haupt- und Barthaar auf sie zu. Er trug ein eisernes Armband und hatte einen Dolch an der Seite.

»Mein Name ist Anwar Singh, Lady«, sagte er mit volltönender Stimme in gutem Englisch. »Ich bin ein Sikh und arbeite für die hiesige Hafenmeisterei. Ich bin sozusagen ein Aufseher und Ordnungshüter hier.«

Zwei weitere Sikhs, ebenfalls mit Turbanen und den übrigen Abzeichen ihrer Kaste, zum Dolch noch mit Säbel und Gewehren bewaffnet, folgten ihm und schauten mit wachsamen Augen.

»Kann ich Ihnen behilflich sein?«, fragte Anwar Singh, in dessen Schärpe um den Leib eine langläufige doppelläufige Pistole neben dem Dolch – rituelles Abzeichen der Sikhs – steckte.

»Ich weiß nicht recht … Ich bin auf dem Weg nach Gwalior, wo ich meinen Bruder treffen will, der dort stationiert ist. Jane Smith ist mein Name.«

»Darf ich Ihren Pass und das Dekret der East-India-Company sehen?«

Janet, hell gekleidet, wozu ihre rotblonden Haaren und die meergrünen Augen reizvoll kontrastierten, zeigte beides vor. Der Sikh schaute es an, wobei er es ein wenig von sich weghielt, weil er etwas weitsichtig war. Ohne Kommentar gab er Janet beides zurück.

»Warum sind Sie mit einem französischen Schiff angekommen?«, fragte er.

»Es stand kein englisches zur Verfügung«, erwiderte Janet lakonisch.

Um sie herum war die sie bedrängende Menge zurückgewichen. Die Sikhs genossen Autorität. Sie hatten im Pandschab im Vorgebiet des Himalaja einen eigenen Staat und bildeten eine Kriegerkaste, die mit den Engländern kooperierte. Es gab Sikh-Regimenter, und sie wurden gern für Dienste verwendet, wie Anwar Singh im Hafen von Bombay einen ausübte.

Ein Sikh log nicht, und er wendete einem Feind nie den Rücken zu. Die Männer hießen mit Beinamen alle Singh, was Löwe bedeutete. Wegen ihrer absoluten Ehrlichkeit und Loyalität waren sie den Briten als Bündnispartner willkommen und ein Glücksfall für diese.

Anwar Singh empfahl Janet, sich zunächst eine Unterkunft zu besorgen – er empfahl ihr eine – und dann im Verwaltungsgebäude der East-India-Company vorzusprechen. In Bombay war ein örtlicher Gouverneur stationiert, der Wichtigkeit dieses Ortes entsprechend.

Der Generalgouverneur residierte im Landesinnern. Es gab an allen Knotenpunkten hohe Verwaltungsbeamte sowie eine Garnison der Briten. Die britische Verwaltung funktionierte – fast zu gut, wie Janet feststellte, als sie am Nachmittag in einen Behördenhaus, das in einem früheren Palast untergebracht war, wegen ihrer Passtempel warten musste.

»Nach Gwalior sind es über sechshundert Meilen. Ich würde Ihnen den Weg über Surat, Vandadora und Mandasor empfehlen, zunächst an der Küste entlang. Sie müssen jedoch warten, übermorgen bricht ein militärisch bewachter Konvoi nach Surat auf. Dem können Sie sich anschließen.«

»Sind die Verhältnisse so unsicher?«, fragte Janet den Beamten, einen Angestellten der Ostindien-Kompanie, die hier allgegenwärtig und fast allmächtig war.

»Mal so, mal so«, erwiderte er, nachdem er die Pässe abgestempelt hatte. »Eine junge Lady wie Sie kann jedenfalls nicht allein reisen. Es schickt sich nicht.«

»Mich interessiert weniger, was sich schickt, sondern wie ich vorankomme, Sir. Ich habe nicht vor, wochenlang herumzusitzen und zu warten, bis ich mich irgendeinem Konvoi anschließen kann, der mich mitnimmt und zudem noch langsam vorankommt. – Es muss doch Verkehrsmittel und Wege geben?«

»Die gibt es, aber die der Einheimischen, die zudem meist arm sind und zu Fuß gehen, können Sie nicht benutzen. Das ist unmöglich. Ansonsten – Kutschen und Wagen, im Sattel, wie überall. Wenn Sie sich allein durchschlagen wollen, kann ich Sie nicht hindern, obwohl ich Ihnen davon abraten möchte. – In dem Fall empfehle ich Ihnen jedoch dringend, einen vertrauenswürdigen Diener zu suchen, der die gängigsten Landessprachen beherrscht und sich auskennt. Sonst sind Sie verloren. – Natürlich können Sie jederzeit eine Niederlassung der Ostindien-Kompanie aufsuchen und dort um Unterstützung bitten.«

»Ich habe nicht vor, das ständig zu tun.«

»Da Sie eine Soldatenfrau beziehungsweise - schwester sind, würde ich mich an Ihrer Stelle sowieso an die Armee wenden.«

Janet war jedoch entschlossen, es auf eigene Faust zu versuchen. Sie bedankte sich und bat lediglich noch um den Rat, wo sie einen vertrauenswürdigen und tüchtigen Diener und Führer für sich ergattern könnte.

»Da gehen Sie zum Konsulat.«

Der Beamte beschrieb Janet den Weg, auf den sie sich machte. Unterwegs musste sie allerdings vor dem wolkenbruchartigen Monsunregen Zuflucht suchen, wobei sie in ein Lokal für die Einheimischen geriet. Sie war die einzige Engländerin oder Nichtinderin dort, die einzige Frau überhaupt. Die am Boden an flachen Tischen hockenden Männer, manche nur mit dem Dhoti, dem Lendenschurz bekleidet, starrten sie an.

Janet war froh, wieder hinauszukommen. Sie benutzte dann lieber eine Rikscha, was sie allerdings bald bedauerte. Der Rikschakuli verstand plötzlich kein Wort mehr, was sie ihm sagte, und fuhr sie kreuz und quer umher und wollte dafür dann einen entsprechenden Lohn verlangen. Janet sah so einiges von Bombay, nicht nur die Prachtstraßen.

Ein Elend, das nicht in Worte zu fassen war, sprang sie an und ergriff ihr das Herz. Außerhalb der britischen Zone und der der reichen Inder erstreckten sich Jammerbauten und Baracken. Unter Palmen und Tamarisken in der Ebene vor den Höhen im Landesinnern, manchmal inmitten von flammenden Hibiskus- und Gul Mohur-Blüten sah Janet rachitische Kinder, Bettler, Arme und Menschen teils mit solchen Gebrechen, dass es sie entsetzte.

Blinde oder halbblinde Kinder mit Augengeschwüren tasteten sich dahin. Die Hindus ertrugen das Elend mit Stoizismus, glaubten sie doch an die Wiedergeburt und dass jeder in seinem Leben nur das erduldete, was er in früheren Leben verschuldet hatte.

Janet hatte in ihrem Hotel, das ein Engländer mit einer indischen Frau führte, britische Pfund in Rupien eingetauscht, die arg lappig waren und von denen sie ganze Bündel in ihrer Handtasche trug. Als sie ein paar Scheine zückte, um sie den armen Kindern zu geben, verwehrte es ihr der Rikschakuli.

Seiner Gestik und seinen paar Brocken Englisch, die er plötzlich wieder konnte, entnahm Janet, dass sie nur Münzen geben sollte, und möglichst kleine. Sonst würde sie Kinder- und Bettlerscharen hinter sich herziehen wie ein Topf Honig die Bienen.

Münzen hatte sie keine. Also musste sie auf die Spende verzichten, denn Geldscheine hätten ein blutiges Massaker unter denen ausgelöst, die sich darum schlugen und wären am Ende in Fetzen gerissen worden.

Die Fahrt in der zweirädrigen Riksha ging weiter. Dann sah Janet eine ganz in Weiß gekleidete Prozession, hierzulande die Farbe der Trauer. Sie zog, eine eingehüllte Gestalt auf einer Bahre tragend, Türmen an der Küste zu, auf denen zahlreiche Geier hockten und über den Geier- und sonstige Aasfresservogelscharen kreisten.

Janet überlief es. Sie hatte von den Parsen gehört, die ihre Toten auf Gitterrosten auf Türmen niederlegten, damit sie von den Geiern gefressen wurden, was ihre Art der Bestattung war. Nur die übriggebliebenen

Knochen wurden dann jeweils gesammelt und in Krematoriumsöfen verbrannt, die Asche zerstreut.

Andere Länder, andere Sitten. Der Kuli bequemte sich endlich, ins Zentrum zurückzukehren und Janet zum Konsulat zu bringen, wo sie schon vermisst wurde. Als er seinen Lohn verlangte, radebrechte und gestikulierte er, er habe verstanden, sie wolle sich die Stadt und die Umgebung ansehen.

Dem konnte Janet nicht einmal gründlich widersprechen, sie war so fasziniert gewesen, dass sie ihn nicht nachhaltig zur Umkehr und zu einem kürzeren Weg aufgefordert hatte.

Also bezahlte sie, wenn auch nicht den geforderten Preis – dass man in Indien handeln musste, wusste sie bereits. Während der Schiffspassage hatte sie einiges gelesen – sie hatte sich Reiseführer mitgebracht, sollte in der Folgezeit allerdings feststellen, dass die meisten davon in der Praxis hauptsächlich zum Feueranzünden gut waren.

Jedoch, Kapitän Mairot hatte ihr viel über Indien erzählt, auch welche von seinen Offizieren, und sie mit praktischen Tipps versorgt. Manche, die Hygiene betreffend, waren ebenso einfach wie teils drastisch.

»Trinken Sie nie, nie, nie einen Schluck Wasser aus einem Brunnen der Einheimischen, sondern nur abgekochtes«, hatte der Käpten ihr gesagt. »Auch im Hotel seien Sie vorsichtig. Kaufen Sie niemals Speisen oder Getränke bei Straßenhändlern oder an Imbissständen. Sonst holen Sie sich todsicher eine Krankheit. Die Einheimischen sind gegen die Krankheitserreger immun.«

Bakterien waren erstmals 1676 von dem Holländer Antoni von Leeuwenhoek mithilfe eines selbstgebauten Mikroskops in Gewässern und im menschlichen Speichel beobachtet und beschrieben worden. Janet wusste, dass sie Krankheiten hervorriefen, jedoch diesen Bakterien beizukommen, damit taten die Medizin und die Forschung sich schwer.

»Wie soll ich mich dann überhaupt ernähren?«, hatte Janet den Käpten gefragt.

»Halten Sie sich an die britischen Gaststätten und Versorgungsstellen«, hatte er ihr geantwortet. »Oder weisen Sie Ihre Bediensteten entsprechend an.«

Die Dienerschaft war in Indien spottbillig, und es war bei den Einheimischen ein begehrter Job, für einen Europäer oder eine Europäerin zu arbeiten.

Janet wusste, dass sie trotz aller Vorsichtsmaßnahmen um die Ruhr oder eine harmlosere Darmerkrankung nicht herumkommen würde. Die Bakterien schienen in der Luft zu liegen und die Europäer anzufliegen. Auch vor der Malaria und anderen Fiebererkrankungen, die weit mehr Briten außer Gefecht setzten als Kampfhandlungen, musste sie sich in Acht nehmen, so gut sie es konnte.

Das Konsulat hatte bereits geschlossen. Janet kehrte also mit der Rikscha zu ihrem Hotel zurück, wo sie den Besitzer in heller Aufregung fand.

»Wo sind Sie gewesen? Ich habe schon eine Vermisstenmeldung nach Ihnen aufgegeben. Die Stadtwache sucht Sie.«

»Ich bin unterwegs gewesen und habe mir die Stadt angesehen.«

»Ohne Begleitschutz und Leibwache und Diener? Eine junge Frau allein? Sind Sie von Sinnen? Das dürfen Sie nie, nie, nie wieder tun.«

»Beruhigen Sie sich, Sir. Ich lebe ja noch. Und ich will mich schnellstmöglich auf die Reise nach Gwalior begeben. – Dazu brauche ich einen zuverlässigen und erfahrenen Diener, denn ich werde allein reisen.«

»Allein? Nicht in einem Konvoi oder mit einer Reisegesellschaft?«

»Sie haben richtig gehört.«

»Nun, wenn Sie es unbedingt wollen, kann ich Sie nicht davon abhalten. Aber ich rate Ihnen dringend ab, weil …«

»Danke, Sir, ich weiß, was ich tue. Kennen Sie jemand?«

Der Hotelbesitzer schaute Janet an. Er sah, dass er sie nicht umstimmen konnte.

»Nur Männer wagen so eine Reise allein«, sagte er jedoch noch. »Sie sind eine Frau.«

»Darauf wäre ich nie gekommen. Woran haben Sie das bemerkt, Sir?«

»Hrm, hm. – Nun, ich werde sehen, dass ich Ihnen den bestmöglichen Schutz und Führer besorge, da Sie wohl unbedingt Ihren Starrkopf durchsetzen wollen. Es wäre schade, wenn Sie unterwegs verloren gingen. – Können Sie mit einer Waffe umgehen? Einer Pistole oder zumindest Taschenpistole? Das würde nämlich nicht schaden.«

»Ich mag nicht auf Menschen schießen, um sie zu verletzen oder gar umzubringen. Das wollte ich noch nie.«

»Hören Sie, junge Frau, es gibt handliche Taschenpistolen, Derringer werden sie genannt, und ich rate Ihnen sehr, eine mitzunehmen. Oder wollen Sie jemand, der Sie angreift, mit Ihrer Hutnadel stechen? Wir sind hier nicht in Yorkshire in England, sondern in einem fremden und durchaus nicht völlig kolonialisierten Land. Natürlich wird eine Strafexpedition unternommen, wenn Ihnen etwas zustößt, Mylady. – Doch davon haben Sie eventuell gar nichts mehr.«

Janet entschied sich, sich zu bewaffnen. Schließlich wollte sie die britische Garnisonsstadt Gwalior und ihren Verlobten Christian lebend und bei guter Gesundheit erreichen.

Am nächsten Tag schon verließ sie Bombay in einer Reisekutsche. Diese unterschied sich in der Bauart nicht viel von den in England gebräuchlichen, war jedoch natürlich anders angestrichen und lackiert. Die beiden Kutscher waren Inder in Dhotis, wie die langen Gewänder hießen. Janet gegenüber in der Kutsche saß als ihr Führer, Begleitschutz und Diener ein junger Sikh mit beeindruckendem Bart, Turban und den üblichen Sikh-Utensilien. Er hieß Jahlal Singh und war ein Neffe des Hafenaufsehers Anwar Singh, der ihm mit dröhnender Stimme gesagt hatte, er würde mit seinem Kopf für das Leben der jungen Lady haften.

Jahlal Singh war die beste Lebensversicherung, die Janet erhalten konnte, und ein Glücksfall für sie. Die Sikhs überlegten sich nämlich gut, bei wem sie in Dienst traten, und waren weder zu kaufen noch mit Schmeicheleien zu überzeugen.

In Gwalior wollte sich Jahlal Singh allerdings wieder von Janet treffen und seiner Wege ziehen. Die Reise hatte Janet schon wahrhaftig aufregende Erlebnisse und Bekanntschaften beschert, die sie daheim nie gemacht hätte. Sie wünschte sich, die Kutsche, die sie beförderte, hätte Flügel gehabt.

Es ging ihr viel zu langsam. Mit aller Macht zog es sie hin zu ihrem Geliebten, von dem sie nicht wusste, wie es ihm erging und ob er seinen Bestimmungsort Gwalior überhaupt schon erreicht hatte.


Nach der langen und strapaziösen Überfahrt war Christian in Karatschi an Land gegangen. Von dort aus setzte er sich unverzüglich mit einem Militärkonvoi, der Nachschub und Waffen brachte, über Haiderabad und Jodhpur in Marsch.

Er ritt stolz zu Ross, in seinem roten Uniformrock und mit dem Tropenhelm ein stolzer Husar, der deutlich die Macht des Britischen Empires zeigte, in dem die Sonne nicht unterging. Der meilenbreite schlammige Indus war mit der Dampffähre überquert worden und lag längst weit hinter der Truppe, die auf der Hauptstraße dahinmarschierte.

Durch die Arawalli-Berge mit ihren dschungelbestandenen Hängen ging es über die Distriktshauptstadt Ajmer mit ihren gewaltigen Tempelanlagen auf Gwalior zu.

Der Husarenleutnant staunte über die exotische Vielfalt, die Indien ihm bot. In der fruchtbaren Indusebene standen die Reisfelder unter Wasser. Die Bauern arbeiteten mit Wasserbüffeln, die ihre landwirtschaftlichen Geräte zogen. Bambushaine, in denen Affen kreischten, unterbrachen mitunter die Felder.

Das Land war aufgeteilt und gehörte meist Großgrundbesitzern, die es wiederum in Parzellen verpachteten. Neunzig Prozent der Inder lebten in Dörfern, die aus einfachen weißgetünchten Häusern bestanden, die nach englischen Maßstäben keine waren. Schnell errichtet, planlos erbaut, wenn mehr Wohnraum gebraucht wurde, wurde angebaut.

Oder in Bambushütten. Kaum jemand in den Dörfern konnte schreiben und lesen. Das Elend war erschreckend, doch die Menschen schienen Christian meist heiter und glücklich zu sein. Das strenge Kastenwesen der Hindus, der weitverbreitetsten Religion, unterteilte sie. Ganz unten standen die Unberührbaren, die Parias, mit denen alle anderen Kasten nicht verkehrten.

»Geheiratet wird nur innerhalb der eigenen Kaste«, erklärte ein Kamerad, der sich im Land auskannte, Christian.

Die Truppe zog dahin, mit Wagen und von marschierenden Sepoys, einheimischen Soldaten, begleitet. Plötzlich stockte der Zug.

»Was ist jetzt los?«, fragte Christian.

Er ritt nach vorn und sah erstaunt, dass eine magere Kuh sich mitten auf dem Weg niedergelassen hatte und nicht wegzubringen war. Die stolze Truppe der Briten musste anhalten.

Der Major, der den Trupp führte, erklärte Christian: »Das ist eine Heilige Kuh. Die Kühe sind Wischnu geweiht, einer Reinkarnation Krischnas, und dürfen nicht angerührt und belästigt werden. Das ist das einzige, was wir uns nicht erlauben dürfen. Wenn Menschen den Weg blockierten, könnten wir über sie wegreiten.«

Der Trupp wartete, bis aus dem nahen Dorf Männer kamen, um die Kuh wegzulocken und zu bitten, was eine Weile dauerte. Das stumpfsinnig wiederkäuende Rindvieh wollte nicht einsehen, weshalb es von seinem Platz mitten auf der Landstraße wegsollte, nur um einem marschierenden Trupp den Weg freizumachen.

Es schlug nur mit dem Schwanz nach den Fliegen, wenn sie ihm lästig wurden. Rechts und links von der Straße war der Weg sumpfig, die mitten auf der Straße lagernde Kuh konnte man mit den Planwagen nicht umfahren.

Endlich, nach längerer Zeit, wurde es der Kuh doch zu langweilig. Sie stand auf, glotzte umher und lief mit dumpf hallendem Muh in die Felder.

Die vier Inder, die aus dem Dorf gekommen waren, Männer mit dunklem Teint, dunklen Augen und Haaren, in einfache Gewänder gehüllt, die sie um sich geschlungen hatten, verbeugten sich mit gekreuzten Händen.

»Endlich ist das Beefsteak weg«, murrte ein Kamerad Christians, als sich der langgestreckte Trupp wieder in Marsch setzte. »So weit kann es mit der Glorie Englands in Indien nicht her sein, wenn wir uns nach einer dummen Kuh richten müssen.«

»Wir achten die Sitten der Einheimischen«, sagte der Major, der den Trupp führte, »wenn möglich. Wir wollen sie nicht mit Gewalt gegen uns aufbringen.«

»Schöne Sitten«, murrte der landeskundige Kamerad. »Mit Witwenverbrennung und Säuglingstötung und –aussetzung.«

Christian hörte hier aus erster Hand von der Hindusitte, dass die Ehefrau nach dem Tod des Gatten mit ihm den Scheiterhaufen bestieg, auf dem er verbrannt wurde.

»Nur wenige tun das freiwillig«, erklärte Christians Kamerad, wie er ein Leutnant, der allerdings nach Allahabab abkommandiert war, ihm. Von Gwalior aus würde er weiter reisen. Dieser Leutnant kehrte von seinem Heimaturlaub zurück und war schon seit Jahren in Indien stationiert und kannte Land und Leute.

»Oft heiraten reiche Männer viel jüngere Frauen. Naturgemäß sterben sie dann eher. Die Hauptfrau muss mit ihnen in den Tod, ins Nirwana, da sie als Teil ihres Mannes angesehen wird und sich von ihrer Herkunftsfamilie getrennt hat. Niemand würde mehr für sie sorgen, als Bettlerin müsste sie geächtet umherziehen.«

»Wie ist es mit den anderen Frauen eines solchen Mannes?«, erkundigte sich Christian.

»Sie sind als Konkubinen zu betrachten. Irgendwie und irgendwo kommen sie unter.«

»Die armen Frauen, die lebend mit verbrannt werden, werden unter Drogen gesetzt«, sagte der Leutnant aus Allahabad. »Zimbeln und andere Musikinstrumente und Gesänge übertönen ihre Schreie. Sie sind auf dem Scheiterhaufen natürlich gefesselt.«

Christian schauderte es.

»Im Parlament läuft eine Debatte, die Witwenverbrennung zu verbieten«, sagte er. »Ich hörte in London davon.«

Sein Kamerad winkte ab.

»Dass das durchgeht, bezweifle ich«, sagte er. »Und selbst wenn, werden wir es in den abgelegenen Landesteilen und außerhalb unserer Kontrolle nicht verbieten können. Dann wird dieser fürchterliche Brauch heimlich ausgeübt.«

»Im Einflussbereich der Briten aber nicht mehr«, antwortete Christian. »Da können wir kontrollieren, wer starb und ob er eine Frau hat, die mit ihm auf den Scheiterhaufen soll.«

»Und wenn sie es will, weil sie fanatisch an dieser Sitte hängt oder nicht in Armut und Schande leben will, was willst du dann machen?«, fragte der Kamerad.

»Verbot ist Verbot.«

»Sie werden einen Weg finden, es zu umgehen.«

»Trotzdem gehört es offiziell verboten.«

Der Leutnant aus Allahabad zuckte die Achseln. Er sprach mit Christian darüber, dass hauptsächlich weibliche Säuglinge mitunter gleich nach der Geburt getötet und ausgesetzt wurden. Der Grund war die immens hohe Aussteuer, die Hindufamilien für ihre Töchter aufbringen mussten.

Söhne erhielten die Eltern im Alter und waren ihnen eine Stütze und Hilfe. Eine Familie, die nur oder hauptsächlich Töchter hatte, hingegen war ruiniert, wenn diese standesgemäß verheiratet werden sollten. Oder sie mussten ledig bleiben, was jedoch als Schande galt.

Christian hörte von Fakiren, die mitunter wahre Wunder verrichteten. Manche von ihnen galten als heilig. Viele konnten über glühende Kohlen laufen oder ruhten auf Nagelbetten, ohne sich zu verletzen. Andere meditierten tagelang oder ließen sich in einem luftdicht verschlossenen Sarg begraben, um nach Tagen oder gar Wochen lebend wieder aus diesem hervorzusteigen.

»Ich habe selbst gesehen, wie ein Fakir mit Flötenklang ein Seil sich in die Lüfte erheben ließ«, schilderte der andere Leutnant. »Ein Teil blieb am Boden, der Rest stieg senkrecht empor. Oben entstand eine Wolke. Dann kletterte zuerst ein Knabe am Seil empor und verschwand in der Wolke. Der Fakir stieg hinterher, mit einem Messer zwischen den Zähnen. Dann fielen die blutigen Glieder des Knaben aus der Wolke und in die Menge. Der Fakir stieg wieder herunter. Er klatschte in die Hände, und der Knabe sprang unversehrt und guter Dinge aus der Menge der Schaulustigen hervor.«

»Ein Gauklerstück«, sagte Christian. »Das sind Tricks oder eine Massensuggestion. So etwas kann nicht echt sein.«

»Ob echt oder nicht, jedenfalls geschehen hier Dinge, die normal nicht zu erklären sind. – Und es ist gefährlich im Land, die Engländer sind nicht bei allen beliebt. Unter anderem die Mördersekte der Thugs, die finsteren Diener der Göttin Kali Durga, trachten ihnen nach dem Leben und wollen sie vertreiben.«

Die Thugs töteten ihre Opfer mit einer Seidenschnur oder einem Seidentuch, weil es ihnen verboten war, im Dienst ihrer Göttin Blut zu vergießen. Kali Durga oder Kali die Würgerin wurde mit mehreren Armen dargestellt, wie auch andere indische Götter, und mit einer Kette von Menschenschädeln um den Hals.

Die Götterwelt der Hindus war ungeheuer vielfältig und wurde nur von Eingeweihten der Brahmanen- oder Priesterkaste vollends verstanden. Diese hatten sie dem niederen Volk mitzuteilen. Verschiedene Verzweigungen und Nebenrichtungen, die wieder andere Religionsrichtungen einbetteten, sowie die Gattinnen der obersten Götter sowie deren Inkarnationen gab es. So wurde Buddha als die neunte Inkarnation des Erhalter-Gotts Wischnu verstanden, dem eine Gattin zugesellt war, die wiederum neun Inkarnationen hatte.

»Von den Abkömmlingen und göttlichen Söhnen der Gottheiten wie dem elefantenköpfigen Ganesha will ich erst gar nicht anfangen«, sagte der Leutnant aus Allahabad.

»Parvati, die auch als Durga oder Kali bekannt ist, oder unter dem Doppelnamen Kali Durga ...«

»Hör auf, oder ich schlage dich vom Pferd!«

»... hat aus sich selbst heraus drei Söhne erzeugt, von denen einer Ganesha ist. Kali Durga hat auch ihr Gutes, sie tötete Tausende von Dämonen. – Hier ist meine Wange, Kamerad. – Hau drauf.«

»Was für ein Land. Kein Wunder, dass sie bei so einer Götterwelt Eingeweihte brauchen, die sie ihnen erklären und den Kontakt dazu vermitteln.«

Der Marsch verlief ohne größere Zwischenfälle. In den Wintermonaten war das Klima erträglich. Es gab trotz aller Vorsichtsmaßnahmen ein paar Fälle von Ruhr und anderen Erkrankungen, von den Christian jedoch verschont blieb. Manchmal hatte er unterwegs Gelegenheit, sich Sehenswürdigkeiten zu betrachten wie das Grab des mohammedanischen Heiligen Khwaja Muin du Din Chishti in Ajmer in den Arawalli Bergen, die prachtvolle Arhai din ka jhonpra Moschee, die über und über mit Steinmetzarbeiten verziert war, und den Palast des Mogulkaisers Akbar aus dem 16. Jahrhundert und den künstlich angelegten Ana Sagar See dort.

Bei diesen Besichtigungen traten die Engländer nie allein an. Die Vielfalt der Kultur, herrliche fremdartige Bildhauereien und Kunstwerke sowie die Menschen und die ungeheuer reichhaltige Pflanzen- und Tierwelt faszinierten Christian, der alles mit wachen Sinnen in sich aufnahm. Er sah Elefanten, in deren Nacken Mahauts, die Elefantenführer, hockten, bei der Arbeit.

Die Dickhäuter entwurzelten und transportierten Bäume und schwere Lasten. Bei Tigerjagden und anderen Gelegenheiten, auch harmlosen, wurden sie mitunter als Transportmittel eingesetzt. Mit einer Sänfte auf dem Rücken, in der Menschen saßen, marschierten sie dann stetig und unermüdlich viele Kilometer weit.

Die indische Wunderwelt, die er erlebte, lenkte Christian jedoch nicht von seinen Gedanken an Janet ab, nach der er sich heftig sehnte. Manchmal schmerzte es ihn geradezu körperlich, wenn er an sie dachte. Und er verwünschte das Schicksal, das ihn von seiner großen Liebe trennte.

# 6. Kapitel

Die Reiseroute von Bombay nach Gwalior war weiter und beschwerlicher als die von Karatschi, die Christian mit seiner Truppe nahm. Janet benutzte zunächst die Verkehrsmittel, die sich boten, wurde dessen jedoch schnell überdrüssig. Britische Ladies reisten in diesem Land fast ausschließlich mit Begleitschutz, Truppenkonvois oder Handelstransporten, denen sie sich anschlossen.

Janets Ungeduld erlaubte das nicht. Gegen die heftigen Proteste von Jahlal Singh, ihrem Sikh-Begleiter und Diener, kaufe sie schon in Navsari, einem Küstenstädtchen vor dem größeren Surat, zwei Pferde. Jahlal Singh, der gut Englisch sprach, vertrat die Meinung, eine Lady müsste in der Kutsche oder könnte allenfalls in einem Einspänner fahren.

Janet war jedoch eine passionierte Reiterin. Zu Hause in England hatte sie an zahlreichen Fuchsjagden teilgenommen und war über Stock und Stein geritten. Sie mochte auch nicht im Damensitz reiten, bei der Fuchsjagd wäre sie nicht weit damit gekommen, obwohl ihre Tante Heather jeweils Zeter und Mord geschrien hatte, wenn sie in Reitkleidung wie ein Mann zu Pferde saß.

»Kein anständiger Mann wird dich jemals heiraten wollen, wenn du so schamlos zu Pferde sitzt!«, hatte die an Körper wie Moral gleichermaßen sehr schwere Tante gezetert. »Mir wäre das nie eingefallen.«

Janet verkniff sich dann jeweils die Bemerkung, dass ihre Tante mit Pferden auf dem Kriegsfuß stand. Allenfalls vor einer Kutsche, in der sie saß, mochte sie sie.

»Was ist denn dabei?«, hatte sie jedoch gefragt. »Mein Reitrock ist lang, oben hochgeschlossen. Zudem trage ich hohe Reitstiefel und lange Beinkleider.«

»Aber – man könnte die Rüschen an deinen Beinkleidern sehen.«

»Dazu müsste sich schon jemand auf den Boden legen, während ich über ihn wegreite, und selbst dann würde er davon nicht in Ohnmacht fallen.«

»Du schwitzt, du gerätst in Wallung, das ist nicht ladylike.«

»Ach Tantchen, Ladies pflegen sogar Kinder zur Welt zu bringen, was anstrengender als ein Ritt auf dem Pferderücken ist.«

Da hatte die Tante schrill aufgeschrien und sich bekreuzigt.

»Shocking ist das, einfach shocking! Wie kannst du solche Dinge erwähnen? Hat man dich das im Internat gelehrt? Es ist grässlich, was sich die heutige Jugend herausnimmt, die keine Zurückhaltung und keine Scham mehr kennt. – Hoffentlich kommt wieder einmal ein sittenstrengeres Zeitalter.«

»Heute nicht mehr, Tantchen«, hatte Janet dann jeweils gesagt und der ältlichen Tante einen Kuss auf die Wange gedrückt.

Tante Heather war dann jeweils zu ihrem Bruder Sir Winston gelaufen und hatte ihn gebeten, Janet das Reiten möglichst ganz und die Fuchsjagd sowieso zu verbieten. Doch der Earl of Browning hatte hier ein absolut taubes Ohr. Er war stolz auf die Reitkünste seiner Tochter, die er zärtlich einen Wildfang nannte und der er viel durchgehen ließ – bis dann die Beziehung zu Christian Demarron kam, die er nicht tolerierte.

»Mit der Fuchsjagd hat es angefangen«, orakelte diesbezüglich Tante Heather, »und mit der Liaison mit dem Mördersohn Demarron hörte es auf. – Das musste so kommen. Ich habe gewarnt, aber auf mich hörte niemand.«

»Der junge Demarron ist kein Fuchs«, brummte Sir Winston bei diesen Vorwürfen. »Und beim Reiten hat sie ihn auch nicht kennengelernt.«

In Indien kam es Janet sehr zugute, dass sie eine passionierte Reiterin war. Von Subat aus wählte sie eine andere Reiseroute, als ursprünglich vorgesehen und ihr in Bombay empfohlen. Jahlal Singh hielt sich schlechter als Janet im Sattel, hätte jedoch um keinen Preis Schwäche gezeigt.

Bis an die Zähne bewaffnet, seiner Herrin treu ergeben, war der stattliche Sikh eine unbezahlbare Hilfe und ein erstklassiger Leibwächter. Er wäre ohne zu Zögern einem Tiger in den Rachen gesprungen, um Janet zu retten.

Der Ritt führte die beiden durch die Berge und am Flusslauf des Chambal entlang in Richtung Gwalior. Manchmal schlossen sie sich einer Reisegesellschaft an, wenn sich die Gelegenheit bot und es passte, was jedoch selten der Fall war. Janet lernte viel über Land und Leute, Eindrücke, die sie niemals vergessen würde.

Ein paar Mal übernachteten sie unter freiem Himmel, weil sich keine andere Möglichkeit bot. Dann hörte Janet die Tierstimmen als nächtlichen Chor, während sie zum Sternenhimmel emporschaute, ehe sie einschlief. Sie sah zu dem Stern, den ihr Christian gezeigt hatte, dachte an ihn und hoffte, dass auch er diesen Stern anschauen würde.

Meist jedoch bot sich ein festes Quartier, ein Gasthaus für Reisende oder privat. Die Inder waren gastfreundlich. Janet konnte jedoch nicht jedes Quartierangebot annehmen. Manches erschien ihr zu verdächtig, was Tierchen betraf, die zwar nicht zu den großen und gefährlichen Bestien zählten, die aber sehr lästig und vor allem schwer wieder loszuwerden waren.

Janet sah jede Menge Tiere – Wildziegen und – schafe, wildlebende Moschusrinder, Edelhirsche, Antilopen, Schnepfen, Wildenten, viele Affenarten, Mungos, Geckos, Schlangen, die sie oft erschreckten, und zahllose Vogelarten. Sogar wildlebende Elefanten liefen ihr über den Weg, wobei ihr Führer und Diener sie aufforderte, sich ruhig zu verhalten, denn mit den Dickhäutern war nicht zu spaßen.

Zweimal erblickte Janet Leoparden. Eine gefleckte Raubkatze lag satt und offensichtlich zufrieden in einer Astgabel am Banyanbaum und riß den Rachen zu einem Gähnen auf, das fingerlange Reißzähne zeigte. Ein andermal trottete der Leopard aus dem Bambusdickicht, verschwand jedoch schnell und scheu, als er die Reiter und Pferde sah.

Bären und Tigern begegnete Janet nicht, sie legte auch keinen Wert darauf. Jahlal Singh beruhigte sie.

»Der Tiger geht nicht auf Menschenjagd, Menschen fällt er nur an, wenn er sich von ihnen bedroht fühlt. Er jagt andere Beute. Es gibt jedoch sogenannte Man eater, die sich auf die Menschenjagd spezialisiert haben, weil dies für sie eine leichte Beute ist.«

Einmal wäre Janet fast von einer Kobra gebissen worden, als sie sich unter einen flammend bunten Hibiskusstrauch setzte, um sich auszuruhen.

Janet zuckte zusammen, als Jahlal Singh sich blitzschnell bewegte. Er hatte den Säbel so schnell in der Hand, dass es wie ein Zauberkunststück aussah. Die Klinge pfiff durch die Luft, haarscharf an Janet vorbei, die entsetzt aufschrie, und enthauptete die anderthalb Meter lange Kobra, die sich schon aufgerichtet hatte und gerade zubeißen wollte.

Sie spaltete den gespreizten Nackenschild des Reptils samt dem Leib. Janet sprang auf. Bebend klammerte sie sich an den Sikh, der ihr das Leben gerettet hatte.

Er zeigte keine Regung, bis sie ihn losließ, wischte dann nur seinen Säbel ab und steckte ihn wieder in die Scheide.

»Mein Leben ist dein Leben, Memsahib. Jahlal wird nicht zulassen, dass dir etwas zustößt.«

Er brachte sie heil durch die Hindustan-Berge, an deren nördlichen Rand Gwalior lag. Jahlal Singh trabte hinter Janet in die Stadt und zum monumentalen Fort. Er lieferte sie bei dem britischen Posten ab. Damit war sein Auftrag erfüllt.

Gut drei Wochen hatte die Reise gedauert. Mitte Februar war es jetzt.

Jahlal Singh bat um seinen Lohn. Janet wollte ihm eine großzügige Prämie geben. Doch der Sikh lehnte ab.

»Mein Stolz und die Ehre des Sikhs verbieten es mir, mehr als den vereinbarten Lohn anzunehmen, Memsahib Jane.« Er kannte nur ihren falschen Namen.

»Doch gib mir dein Halstuch als Geschenk und Erinnerung, ich werde es hoch in Ehren halten.«

Janet sah in die dunklen Augen des bärtigen, hochgewachsenen Mannes mit dem bunten Turban. Sie erkannte Achtung darin und noch mehr – Liebe. Doch Jahlal Singh hatte sein Wort gegeben, und er wusste, wo sein Platz war. Zu der Engländerin konnte er seine Augen nicht erheben – und durfte es nicht.

Janet gab ihm das Seidentuch. Sie war abgesessen, genau wie der Sikh, reckte sich auf die Zehenspitzen und küsste ihn auf die bärtige Wange.

»Geh, Jahlal Singh, ich werde dich nie vergessen. Behalte dein Pferd, du wirst es für den Rückweg brauchen.«

Die Schildwache am Portal gaffte. Jahlal Singh verbeugte sich mit gekreuzten Händen. Dann ritt er wortlos davon, bis er hinter einer Baumgruppe verschwand. Ein Krieger und edler Mann.

Janet war am Ziel angekommen. Sie fühlte sich klein vor den winzigen Mauern der gewaltigen Festung. Ihr Herz klopfte heftig.

In Kürze würde sie Christian wiedersehen, der normalerweise schon ein paar Tage da sein musste. Janets Schiffspassage hatte sich durch die Flaute verlängert, auch durch die nicht eingeplante Zwischenstation in Madagaskar. Sonst wäre sie früher da gewesen mit dem an sich schnellen Schiff des Kapitäns Mairot.

Auch Stephen war da. Jetzt regten sich Zweifel in Janet, ob sie richtig gehandelt hatte. Sie hatte Hemmungen, durch das Portal zu schreiten, das sich gewaltig erhob und mehrere Meter lang war, mit Steinmetzarbeiten darüber.

Rasch schüttelte sie die Zaghaftigkeit ab. Es war nur ein Anflug gewesen. Christian, jubelte ihr Herz, gleich werde ich in deinen Armen liegen.

Christian träumte fast jede Nacht von Janet. Er machte sich seine Gedanken, mittlerweile hegte er heftige Zweifel, dass es mit seiner raschen Versetzung mit rechten, normalen Dingen zugegangen war. Beweise dafür hatte er keine. Es konnte schon einmal geschehen, dass ein Marschbefehl irgendwo herumlag, weil irgendein höherer Rang ihn zu unterzeichnen hatte, und dann urplötzlich wieder auftauchte.

In dem Fall war eine rasche Erledigung vonnöten, damit die Panne nicht bekannt wurde. Im Zweifelsfall, wie immer bei der Armee, nicht nur in England, hatte der niederere Rang es auszubaden. Dass die alte Fehde zwischen den Demarrons und den Brownings der Grund für seine Blitzabkommandierung nach Indien gewesen war, mochte Christian nicht glauben.

Er war eine gerade Natur, jung und sehr anständig. Ränke und Intrigen waren ihm fremd – er wusste zwar, dass es sie gab, hatte sich aber nie an solchen Dingen beteiligt und lehnte sie ab. Er glaubte eher an ein Zusammentreffen unglücklicher Umstände, die seine rasche Abkommandierung bewirkt hatten.

Mit seinem Großonkel Lord Demarron hatte er wenig Kontakt. Dieser hatte sich nie viel für ihn interessiert, da Christian der Sproß einer unbedeutenden Seitenlinie der Demarrons war. Dass es eine Prinzipienfrage für den Lord Demarron sein konnte, ihn und Janet auseinanderzubringen und dass er aus altem Hass und Starrsinn handelte, auf den Gedanken verfiel Christian nicht.

Er wusste, dass seine Verbindung mit Janet Browning, der Tochter des Earls of Browning, den alten Starrköpfen beider Familien, die sich seit vielen Jahren schnitten, ein Dorn im Auge war. Doch mit derartigen Ränkespielen und Interventionen rechnete er nicht.

Janet sah das realistischer als er. Das unglückselige Duell zwischen Richard Browning und Lawrence Demarron hatte vor fast 26 Jahren stattgefunden, vor Christians Geburt. Er fühlte sich dafür nicht verantwortlich. Sein Vater, der Sieger jenes Duells, war gestorben, als Christian zwölf Jahre alt gewesen war.

Er war in einem Internat groß geworden, wie es bei Englands Upper Class üblich war. Mehr als verbalen Widerstand gegen seine Verbindung mit Janet und allenfalls finanzielle und familienrechtliche Konsequenzen hatte sich Christian nicht erwartet. Die Verbohrtheit der älteren Generation war seiner großzügigen Natur fremd.

Nach mehreren Wochen endlich erreichte der Trupp, der sich inzwischen erheblich verkleinert hatte, den Maharadschasitz und die englische Garnisonsstadt Gwalior. Zu dem Zeitpunkt verließ Janet gerade Navsari an der Ostküste und war aufs Pferd umgestiegen. Von weitem schon grüßte das imponierende Wahrzeichen der Stadt, das Fort von Gwalior, das die imponierendste Festung Indiens war.

Bereits im fünften Jahrhundert war mit dem Bau begonnen worden. Innerhalb von tausend Jahren wuchs durch Zubauten und Vergrößerungen ein von meterdicken wuchtigen Mauern umgebenes Areal von drei Kilometer Länge und 110 bis 700 Meter Breite.

Das Fort befand sich auf einem Bergsattel. Durch sechs Portale gelangte man in das Innere. Fort Gwalior enthielt zahlreiche Paläste, unter anderem den Sommerpalast des Maharadschas von Gwalior, Moscheen, Hindutempel, Wasserteiche, Depots und die britische Garnision samt ihren Kasematten.

Ein Teil des Monumentalbaus mit seinen unzähligen Fresken, Kapitellen, Erkern, Türmchen, Wällen, Wehrgängen und Schießscharten war dafür mit Beschlag belegt worden. Ein Regiment war dort stationiert, bestehend aus zwei Bataillonen, die durch Krankheitsfälle zusammengeschrumpft waren.

Insgesamt rund 900 Briten befanden sich im Fort, einschließlich einiger Soldaten- und Offiziersfrauen und ziviler Verwaltungsbeamter der Ostindien-Kompanie, die in Gwalior einen Kontor unterhielt. Letzterer diente den Handelsinteressen der Kompanie, die Verwaltung war dem Militär angegliedert.

Sir Robert Flight, der Garnisons- und Regimentskommandeur, war nicht glücklich über sein bis an die Mindest-Sollstärke zusammengeschrumpftes Regiment, mit der er ein riesiges Gebiet zu kontrollieren und zahlreiche Aufgaben zu erfüllen hatte. Er erhoffte sich dringend Verstärkung und Entsatz aus dem Mutterland England.

Die nächste Garnison befand sich in Kanpur – 120 Meilen weit weg. Die in Allahabad war 300 Meilen entfernt, auch sonstige lagen weit. Die militärischen und sonstigen Aufgaben waren äußerst schwierig und erforderten ein Höchstmaß an Einsatz und Disziplin.

Der Maharadscha von Gwalior hatte seinen prächtigen Palast ebenfalls innerhalb des Forts. Da man ihm von englischer Seite aus jedoch nicht so recht traute, waren die beiden Bezirke autark voneinander und durch Mauern getrennt.

Der englische Bezirk war zudem höher gelegen. Die Engländer hatten ihr Fort im Fort mit Kanonen und Wachtposten gesichert und beanspruchten drei der gewaltigen Zugangsportale für sich.

In die Felswände des Forts eingehauen, für das man die Geländebeschaffenheit benutzt hatte, sah Christian beim Einreiten Kolossalstatuen. Auf seine Frage hin wurde ihm gesagt, bei diesen mit hohen Schmuck- und Ritualhauben verzierten Idole würde es sich um die Tirthankaras, die geistigen Führer und Wegbereiter, der Jainismus-Religion handeln.

»Die Jains, wie die Anhänger dieser Religion heißen, gibt es seit dem 5. Jahrhundert. Sie ernähren sich ausschließlich vegetarisch. Willst du noch mehr wissen?«

»Nein, Kamerad, das Wissen, dass sie Vegetarier sind, weil sie jedes lebende Wesen achten, genügt mir. Mir schwirrt sowieso schon der Kopf von all den vielen Eindrücken und Neuigkeiten, die ich hier empfangen habe. – Gibt es in Gwalior viele Jains?«

»Wohl gar keine mehr, oder nur noch vereinzelte. Sie haben jeglichen Einfluss hier verloren. Ihr ethisches Grundprinzip der Ahimsa, der Gewaltlosigkeit gegen alle lebenden Wesen, zählt hier nicht mehr. Die Zeiten sind nicht mehr so friedlich. In Gwalior musst du aufpassen, wenn du nachts auf die Straße gehst – sonst wachst du am nächsten Morgen auf und wunderst dich, dass du einen Schnitt durch die Gurgel hast.«

»Gut zu wissen«, murmelte Christian.

Er trabte ins Fort. Wagen und Mannschaften sowie weitere Reiter folgten ihm. Der Garnisonskommandeur, Sir Robert Flight, Oberst vom Dienstgrad her, begrüßte die Neuankömmlinge, die allerdings nicht alle zu seiner Garnison abkommandiert waren.

Zunächst traten sie zu einem Willkommensappell an. Dann erhielten sie ihre Quartiere zugewiesen.

In der Kommandantur in einem Palastflügel, aus dem aller Prunk entfernt worden war, studierte der backenbärtige Kommandant die Liste der Zugänge für seine Garnison an Männern und Material. Drei Soldatenfrauen waren zudem mitgekommen.

»Mehr Zugänge habe ich nicht«, murmelte der in Ehren und mit Auszeichnungen ergraute Berufssoldat. »Es sind immer zu wenig.«

Am folgenden Tag brachen diejenigen, die an andere Standorte sollten, mit einigen Wagen auf. Christian gewöhnte sich rasch in den Garnisonsbetrieb ein. Er war überrascht, aber nicht besonders verwundert, Stephen Browning, der mittlerweile Oberleutnant geworden war, in Gwalior anzutreffen, als dieser von einer Patrouille zurückkehrte.

Die Begrüßung war frostig, gehörten die beiden Männer doch verfeindeten Familien an. Stephen war zum Bataillonschef aufgestiegen, Christian seinem Bataillon zugeteilt worden. Von dem Liebesverhältnis Christians zu seiner Schwester wusste der rotblonde, robuste, stämmige Stephen nichts.

Die Post aus der Heimat hatte ihn noch nicht erreicht.

Es war Schicksal oder ein Zufall, dass Christian gerade in sein Bataillon geraten war. Stephen schaute sich seine Papiere an. Er stand hinter dem Schreibtisch in der Schreibstube, Christian in strammer Haltung, den Tropenhelm unter dem Arm, davor.

»Leutnant Christian Demarron«, sagte Stephen. »Mit den Demarrons der Demarron-Linie verwandt, deren Oberhaupt im Parlament sitzt?«

Er meinte Lord Horatio Demarron.

»Ja, Sir.«

Stephen stutzte.

»Mit Lawrence Demarron verwandt?«

»Er war mein Vater, Sir.«

Jetzt war es heraus.

Stephen wendete sich abrupt ab. Er ließ Christian strammstehen, ohne ihm wie üblich Rühren und eine lockerere Haltung zu befehlen. Er schaute aus dem Fenster auf den Exerzierplatz vor einem blühenden Park mit Palmen.

»In England sind unsere Familien verfeindet«, sagte Stephen dann, ohne Christian anzusehen. »Aber wir sind hier in Indien. Wenn Sie sich gut führen und Ihren Dienst einwandfrei erledigen, werden Sie mit mir keine Probleme haben, Leutnant Demarron.«

»Das werde ich, Sir. Danke, Sir.«

»Abtreten.«

Beim Hinausgehen überlegte sich Christian, dass er seine Beziehung zu Janet besser nicht bei ihrem Bruder erwähnte. Stephen war großzügig, was die alte Familienfehde betraf, aber so großzügig vielleicht auch wieder nicht. Man soll den Bogen nicht überspannen, dachte Christian.

Er gewöhnte sich rasch in den Garnisonsdienst ein. In seiner Freizeit spielte er Polo und Kricket mit den anderen Offizieren. Die Engländer hatten ihre Sportarten nach Indien mitgebracht und übten sie mit Leidenschaft aus.

Oder er schrieb Briefe an Janet, die er mit der Regimentspost nach England schickte. Inzwischen wusste sie sicher schon, dass er in Indien war, es konnte nicht geheim geblieben sein. Sicher würde sie sich nach ihm sehnen und auf ihn warten, daran hatte er keinen Zweifel. Lang, lang würde die Trennung sein, quälend und schmerzvoll.

Dass Janet quasi schon vor der Tür stand, ahnte er nicht.


Der Captain John Smith in Fort Gwalior staunte sehr, als seine Ordonnanz ihm die Ankunft seiner Schwester Jane meldete. John Smith saß auf dem Bett und hatte die Schnurrbartbinde angelegt, weil er als Trendsetter seine Schnurrbartspitzen unbedingt nach oben zeigend haben wollte.

Er war im Unterhemd.

»Wie, meine Schwester soll im Fort eingetroffen sein? Mit dem Entsatz für das Regiment und dem Material? – Aber Jane ist doch leider Gottes vor drei Jahren vor der Küste im Seebad Margate ertrunken, als eine Grundwelle sie hinauszog?«

»Da ist jedenfalls eine junge Lady, die behauptet, sie sei Ihre Schwester, Sir.«

»Merkwürdig. Sollte sie von den Toten auferstanden sein?«

Der dunkelblonde, schlanke Captain kleidete sich rasch an. Er zog seine Reitstiefel an. Abenteuerliche Vermutungen jagten ihm durch den Kopf. Seine Schwester Jane war mit ihrem rüschenbesetzten Badeanzug, der bis zu den Knöcheln reichte, und Badehaube wie es sich für eine Lady ziemte im Badewagen hinausgefahren. Ein Fuhrknecht hatte sie mit dem Pferd hinausgezogen, damit sie ein wenig im Wasser planschen konnte.

Leider war eine Grundwelle gekommen, was selten geschah, und hatte die arme Lady, eine Nichtschwimmerin, ins Meer gezogen. Seitdem war sie verschwunden. Von ihrem Tod musste ausgegangen werden.

Oder, fragte sich der Captain, hatte sie es irgendwie geschafft, zu überleben? War sie von einem Fischerboot, Schiff, Boot, was auch immer aufgefischt und gerettet worden? Aber weshalb hatte sie sich da nicht früher gemeldet und erschien jetzt unverhofft wie vom Himmel gefallen in Indien?

Säbel- und sporenrasselnd eilte der Captain aus seinem Quartier.

»Sir, Ihre Schnurrbartbinde!«, rief ihm die Ordonnanz hinterher.

Hastig nahm er sie ab und eilte über das Kopfsteinpflaster, an Banyanbäumen vorbei, in denen sich wieder mal freche Affen tummelten, quer über den Exerzierplatz zur Kommandantur. Im Schatten des Vordachs sah er eine weißgekleidete Lady mit Sonnenschirm und Hut sowie drei weniger elegant gekleidete Frauen.

Er kannte keine davon. Er blieb auf der Veranda stehen.

»Ei, wo ist denn die Jane?«

Die hübsche weißgekleidete Lady wendete sich ihm zu.

»Ich bin Jane Smith. – Sind Sie der Captain John Smith?«

»Das möchte ich meinen, seit meiner Geburt. Aber …«

John Smith war so verdattert, dass ihm nicht aufging, dass er bei seiner Geburt schlecht schon ein Captain der Britischen Armee gewesen sein konnte.

Janet – sie war es – zog ihn am Ärmel zur Seite.

»Bitte, verraten Sie nicht, dass ich nicht Ihre Schwester Jane bin. Mein Name ist Janet Browning, und ich bin aus einem besonderen Grund hier.«

Captain Smith folgte ihr in die heiße Sonne.

»Browning? Doch nicht etwa die Schwester meines Regimentskameraden Oberleutnant Stephen Browning?«

»Dieselbe.«

»Aber warum in aller Welt sind Sie dann nicht als die Schwester des Oberleutnants Browning hergekommen und haben stattdessen den Namen meiner toten Schwester missbraucht? Das ist ein sehr schlechter Scherz, für den ich absolut kein Verständnis habe. Das muss ich sofort dem Regimentskommandanten Oberst Flight melden. – Unerhört!«

Janet sah, dass sie an einen ganz genauen und engstirnigen Menschen geraten war. Die Hintergründe ihrer Handlungsweise interessierten ihn nicht. Ihm ging die Dienstvorschrift über alles.

»Einen Moment noch«, sagte Janet, als er sich abwendete um sofort dem Regimentskommandeur Meldung zu erstatten. »Ich bin zudem die Verlobte von Leutnant Christian Demarron.«

»Ah, Ihretwegen seufzt er also bei Nacht, wie ich gehört habe, und schreibt stundenlang Briefe. Das verstehe ich nun überhaupt nicht. Mit dem einen sind Sie verlobt …«

»Heimlich, es ist gegen den Willen meiner und seiner Familie.«

»Noch schlimmer. Folgen Sie mir in die Kommandantur. Wie konnten Sie überhaupt bis hierher gelangen?«

»Per Schiff über den Ozean, dann von Bombay zuerst mit den üblichen Verkehrsmitteln, danach in Begleitung meines Sikh-Dieners und Leibwächters auf dem Pferderücken.«

»Sie … sind … quer durch das Land geritten? Das … das … Ungeheuerlich! – So etwas habe ich ja noch nie gehört. Unfassbar. Es ist ein Wunder, dass Sie nicht unterwegs von Tigern gefressen, von Elefanten zerstampft, von Aufständischen verschleppt oder einer Tropenkrankheit zum Opfer gefallen sind.«

Janet seufzte und schaute den Captain mit ihren meergrünen Augen an so betörend sie konnte. Ihr Blick unter den langen Wimpern hervor hatte sonst nie seine Wirkung verfehlt.

»Nun, da das Wunder vollbracht ist, wollen Sie es im letzten Moment noch zerstören?«, fragte sie mit weicher Stimme.

In dem Fall nutzte ihr weiblicher Trick nicht. Captain Smith entfernte sie von den neuangekommenen drei Soldatenfrauen, mit denen sie zusammengestanden hatte.

Janet musste im Vorzimmer des Kommandanten warten. Ein Posten mit aufgepflanztem Bajonett bewachte sie. Moskitos und Fliegen sirrten von außen gegen das Fliegengitter. Schließlich wurde Janet ins Dienstzimmer des Fortkommandanten gebeten.

Sir Robert Flight, ein stämmiger, untersetzter Haudegen mit rötlicher Gesichtsfarbe und einer Säbelnarbe auf der linken Wange saß hinter seinem wuchtigen Ebenholzschreibtisch. Die Flagge von Großbritannien sowie ein Ölgemälde von König Georg IV hingen hinter ihm an der Wand.

Captain Smith und ein blutjunger Fähnrich, der Ordonnanzdienste zu leisten hatte, standen in straffer Haltung in dem Zimmer.

Der Oberst musterte Janet abschätzend.

»Zeigen Sie mir Ihren Pass!«, befahl er.

Janet musste ihm wohl oder übel Pass und Dekret hinlegen. Sir Robert schaute darauf.

»Wie ist Ihr Name?«, fragte er dann.

»Janet Browning. Ich bin die Tochter des Earls of Browning und hier im Fort, um meinen Verlobten und …«

»Beantworten Sie vorerst nur meine Fragen«, unterbrach sie Sir Robert. Janet stand auf dem Tigerfell vor seinem wuchtigen Schreibtisch. Den Tiger hat Sir Robert selbst erlegt, mit einem einzigen Schuss, worauf er sehr stolz war. »In Ihrem Pass lese ich den Namen Jane Smith. – Sind Sie mit falschen Papieren gereist?«

Janet war es furchtbar peinlich, wildfremden Menschen, dazu noch einem grasgrünen Fähnrichen dabei, Rede und Antwort stehen zu müssen. Sie fasste ihre Handtasche fester und zeigte Haltung, obwohl ihr Herz bis zum Hals hinauf klopfte.

Sir Robert Flight, der alte Haudegen, schaute gar zu grimmig aus. Wie ein Menschenfresser, der vorwitzige junge Ladies zum Frühstück verspeiste, erschien er Janet. Angstphantasien, sie würde in den Kerker geworfen und in Ketten gelegt nach England zurückgeschickt, suchten sie heim.

Dennoch fasste sie sich ein Herz und sagte: »Die Liebe führt mich her, Sir Robert. Mein Verlobter Leutnant Christian Demarron und ich sind durch eine üble Intrige voneinander getrennt worden. Mein … mein Vater intervenierte beim Ministerium, dass er nach Indien versetzt wurde.«

»Und da sind Sie ihm einfach so nachgereist? Über Tausende Meilen hinweg, über zwei Ozeane, quer durch Indien, tausend Gefahren trotzend? Gegen den Willen Ihrer Familie. Mit einem falschen Pass und unter Vorspiegelung falscher Tatsachen?«

»Ja, Sir Robert.«

»Donner und Doria! Ich bin seit fast vierzig Jahren Soldat und diene seit zwei Dutzend Jahren in Indien. So etwas ist mir noch nie untergekommen.«

Dass auch der alte Ränkeschmied Lord Demarron die Finger im Spiel gehabt hatte, dass Christian nach Indien versetzt wurde, wusste niemand im Fort und spielte im Moment keine Rolle.

Captain Smith beugte sich vor.

»Sir«, sagte er zu seinem Oberst, »Lady Janet hat sich der Urkundenfälschung und des Passbetrugs schuldig gemacht, der illegalen Einreise und vielleicht noch anderer Vergehen. Diese Vergehen müssen bestraft werden. Man kann nicht darüber hinweggehen. Der Generalgouverneur muss von dem Fall wissen, zumindest sein Amt. – Dieser Vorfall ist ungeheuerlich!«

Sir Robert Flight nickte und ließ Janet von dem Fähnrich in das leerstehende Quartier einer Offiziersdame führen, wo sie unter Hausarrest bleiben sollte. Dort konnte sie sich nach der langen und anstrengenden Reise frisch machen, ein Bad nehmen und dergleichen.

»Eigentlich gehörte sie in den Kerker!«, zeterte Captain Smith, als Janet, deren umfangreiches Gepäck ihr von Surat, wo sie es hingesendet hatte, als Armeestück- und Transportgut auf anderen Wegen folgte, abgeführt wurde.

Janet hatte nur mitgenommen, was sie und Jahlal Singh, der Sikh, in den Satteltaschen und der Packrolle mitnehmen konnten. Unterwegs war sie bewaffnet gewesen. Der Sikh hatte ihr ein paar Schießstunden gegeben und sie ein wenig in der Handhabung des Säbels unterwiesen, der allerdings ziemlich schwer für ihre ungeübte Hand war.

»Flegel!«, wies Janet den aufgebrachten Captain von der Tür her zurecht. »Sie wollen eine Lady einkerkern lassen? – Sie sind kein Gentleman.«

»Da hört sich doch alles auf!«, empörte sich der Captain, als sich die Tür hinter Janet schloss.

Fliehen konnte und wollte sie nicht – sie musste ihr Schicksal abwarten. Der Fähnrich führte sie in das Quartier und stotterte mit hochroten Ohren, dass sie keinen Fluchtversuch unternehmen sollte.

»Ich b-b-bin n-nämlich d-dafür verantwortlich, dass Sie nicht entkommen.«

»Ich werde Sie nicht in Verlegenheit bringen, Sir.«

Der Fähnrich salutierte so stramm wie er konnte und schloss die Tür. Janet setzte sich auf das Bett. Bald schon klopfte eine indische Dienerin und fragte in zusammengestoppeltem Englisch, ob sie ihr Badewasser bringen oder sonst wie behilflich sein konnte.

Janet bat um Waschwasser und andere Dinge. Sie wusste, dass sie Christian und ihren Bruder in Kürze sehen würde. Sie fühlte es, spürte es – so grausam, engstirnig und uneinsichtig konnte der Fortkommandant nicht sein. Es hätte zudem keinen Sinn ergeben.

Doch was kam danach? Würde er sie wieder zurückschicken, unter Bewachung und in Hoffnungslosigkeit und Schande? Wenn Janets Angehörige in England erfuhren, dass sie in Gwalior war, würden sie Kopf stehen. Janet glaubte Tante Heathers entsetzten Aufschrei zu hören.

»In Indien, im Land der Tiger und der mörderischen würgenden Thugs? Unsere Janet? – Wo ist mein Riechsalz? – Ich sterbe. Der Schock bringt mich um.«

So war sie, die gute Tante Heather, eine Seele von Mensch, jedoch die Praktischste und Lebenstüchtigste nicht. Sir Winstons Mutter hatte ihm auf ihrem Sterbebett anempfohlen: »Sorge für deine Schwester Heather. Sie ist zu ungeschickt, um sich selbst zu erhalten, und einen Ehemann wird sie niemals finden. – Schwöre mir, dass du sie erhältst.«

Sir Winston hatte das geschworen und den Schwur gehalten. Seine ledige Schwester war für ihn nie ein Problem gewesen, seine Tochter Janet hingegen sehr.

# 7. Kapitel

In der Kommandantur lachte Sir Robert Flight laut und schlug sich auf die Schenkel, dass es krachte.

»Ein Teufelsmädel ist das, John! Sie hat das Herz auf dem rechten Fleck. Reißt einfach daheim aus und segelt und reist hierher zu ihrem heimlich Verlobten. Das ist ein gewaltiges Stück.«

»Aber Sir, bedenken Sie die Gesetzesverstöße, die falschen Pässe, die illegale Einreise, all diese Täuschungsmanöver.«

»Von Navsari ist sie hergeritten, quer durch die Berge, über Hunderte von Meilen durch wildes, gefährliches Land, nur mit einem Sikh als Begleiter. – Wo ist dieser Mann?«

»Weggeritten. Er hat sie nur abgeliefert und sich nicht aufgehalten.«

»Schade, ich hätte ihn hier gebrauchen können. Lady Janet Browning hat mehr Mumm in ihrem kleinen Finger als manch einer von meinen Offizieren im ganzen Körper. – Captain, sie soll in allen Ehren und mit Auszeichnung behandelt werden. Eine Weile werden wir sie freilich schmoren und im Ungewissen lassen, wie es mit ihr weitergehen soll. – Lassen Sie Leutnant Browning herkommen. Ich möchte ihm selbst sagen, dass er Besuch hat – den Namen erwähnen wir jedoch nicht.«

»Sir, Sie wollen das Verhalten von Lady Browning

doch wohl nicht auf die leichte Schulter nehmen? Der Generalgouverneur ...«

»Hat andere Dinge zu tun, als sich um ausgerissene Höhere Töchter und die Liebschaften seiner Offiziere zu kümmern.«

»Aber sie gehört bestraft! Wenn das jeder so tun wollte.«

»Reden Sie keinen Unsinn, Captain Smith. So etwas wagt nicht einmal eine unter Tausend. Das ist ein Husarenstück, und Mut und Unternehmungsgeist haben mir immer gefallen.«

Captain Smith sperrte den Mund auf und klappte ihn wieder zu. Er begriff, dass sein Vorgesetzter an Lady Janet Browning einen Narren gefressen hatte. Ihre Jugend und Schönheit und ihr unbekümmerter Schwung und Wagemut imponierten ihm.

Der Captain unternahm einen letzten Vorstoß. Er war ein penibler Paragraphenhengst, und den Vorschriften entsprach Janets Unternehmen wahrhaftig nicht.

»Sie kann nicht im Fort bleiben. Eine unverheiratete junge Engländerin. Ihre Familie sucht sie. Sie ist noch nicht volljährig und von zu Hause ausgerissen.«

»Da werden wir eine Lösung finden. Die öffentliche Meinung dürfte jedenfalls auf ihrer Seite sein. Wenn die Geschichte in die Gazetten kommt, und das wird sie, ist das eine Sensation. Da will ich nicht als der engstirnige Esel und Kommisskopf dastehen, der sie schlecht behandelte und fortschickte, der die Liebenden auseinanderriss. – Zudem muss man auch ihren Bruder fragen. Oberleutnant Stephen Browning vertritt in Abwesenheit seines Vaters Earl Winston sozusagen die Stelle des Familienoberhaupts der Brownings bei Lady Janet und ist ihr weisungs- und erziehungsberechtigt.«

Ja, dachte der Captain, der von der alten Fehde zwischen den Demarrons und den Brownings wusste, die zwischen Stephen und Christian in Fort Gwalior allerdings bisher nicht aufgeflammt war. Das konnte jedoch geschehen, denn bisher hatte Stephen Browning nichts von der Liebesbeziehung und heimlichen Verlobung von Christian Demarron und seiner Schwester gewußt.

Es war ein Unterschied, ob er Christian als Offizierskameraden auf Zeit in einem von England fernen Land akzeptieren musste oder als den Liebhaber seiner Schwester, der sein Schwager werden wollte. Ein sehr großer Unterschied.

Stephen Browning war hitzköpfig und beugte sich, wie Captain Smith annahm, der Familienehre. Er würde sich den Heiratsplänen seiner Schwester und Christians vehement in den Weg stellen.


Christian war zum Kommandanten bestellt worden, der ihm eröffnete, es sei unerwarteter Besuch für ihn eingetroffen.

»Um wen handelt es sich, Sir?«

»Gehen Sie ins Quartier der Offiziersdamen. Dort wird man es Ihnen sagen. – Wegtreten, Leutnant.«

Stephen salutierte. Er wunderte sich, als er wegging, weshalb er ins Quartier der Offiziersdamen sollte. Es diente dazu, auswärtige Besucherinnen unterzubringen. Dort logierten Damen, die auf der Durchreise zu anderen Garnisonen oder zu Besuch waren.

Sir Robert Flight schaute aus dem Fenster und sah

Christian über den Hof gehen. Ein schneidiger Offizier, dachte er, einer von meinen Besten. Er hielt jetzt schon große Stücke auf Christian, obowhl er ihn erst seit kurzer Zeit unter seinem Kommando hatte.

Der Oberst kannte jedoch seine Kadetten, wie er sie nannte, schon an der Art, und er täuschte sich selten. Mit seinem buschigen grauen Backenbart sah Sir Robert aus wie ein alter Uhu, der von seinem Baum herunter nach Mäusen Ausschau hielt.

Captain Smith war mit verdrießlichem Gesicht gegangen. Christian kam an der Messe vorbei. Er hatte einigen Wege zurückzulegen, bis er das Damenquartier in einem Palastseitenflügel erreichte. Wieder einmal staunte er über den Prunk und Pomp in der gewaltigen Fortanlage, der im englischen Teil allerdings nur ein Klacks war gegen den in dem marmornen Maharadschapalast mit seinen Bildhauerkunstwerken und Springbrunnen, Kuppelbauten und Türmchen und Erkern mit durchbrochenen marmornen Gittern.

Beim Maharadscha von Gwalior lagen die Juwelen herum. Christian hatte von seiner Schatzkammer gehört, deren Reichtum alle Vorstellungskraft übersteigen sollte. Aus den Elefantenpferchen und –ställen des Maharadschas, der sich zudem edle Pferde hielt, war das Tompeten von Elefanten zu hören.

Unterhalb des englischen Teils wurden Elefanten prächtig aufgezäumt, was Christian auf seinem Weg flüchtig sehen konnte. Der Maharadschi oder die Maharani – oder gar beide – beliebten sich mit großem Prunk und Pomp auf dem Elefantenrücken in ihren Prachtsänften in die Stadt zu begeben.

Christian ahnte nicht, wer ihn erwartete – eine Lady zweifellos. Dass es Janet war, darauf verfiel er nicht im

Traum. Er wusste noch nichts von ihrer Ankunft im Fort. Er nahm an, es handelte sich um eine Offiziersgattin, die er aus England kannte und die nun vielleicht einen anderen Namen trug, weil sie geheiratet hatte, und von seiner Anwesenheit in Gwalior erfuhr.

Während er noch nachdachte, wer das sein könnte, betrat er den Palastflügel. Eine Dienerin schickte ihn zu dem Raum, in dem sich Janet befand. Christian klopfte an.

Als niemand antwortete und er abermals klopfte und keine Antwort erhielt, drückte er die Klinke nieder. Die Tür war unverschlossen. Christian trat ein.

Er sah ein für eine Frau eingerichtetes Zimmer. Ein kleiner Nebenraum gehörte dazu. Die Bewohnerin des Zimmers musste sich dort befinden. Christian roch einen zarten Duft, der ihm bekannt vorkam.

Plötzlich klopfte sein Herz bis zum Hals.

Ein bunter Blumenstrauß stand auf dem Tisch in der Keramikvase. Vor dem Fenster zwitscherten kleine bunte Vögel.

Der Leutnant räusperte sich.

»Christian«, sagte da eine Stimme aus dem Nebenraum, in dem sich das Schlafgemach befand, während der andere Raum der Salon einer Lady mit einem Schreibsekretär in der Ecke, einer Frisierkommode sowie einer Chaiselongue war.

Christian war es, als ob ihn ein Blitzschlag durchzucken würde. Er glaubte, seinen Ohren nicht trauen zu können. Die Stimme, die er da hörte, hätte er unter Tausenden wiedererkannt.

Oft genug hatte sie zärtliche Liebesworte zu ihm gesagt.

Er riß die Tür auf. Janet hatte ihn durchs Fenster kommen sehen, hinterm Vorhang versteckt. Da stand sie nun vor ihm, in einem weißblauen Rüschenkleid, das sie extra für diesen Anlass, ihr Wiedersehen, in der Satteltasche mitgebracht hatte.

Janet hatte sich frisch gemacht, umgezogen, die Haare gebürstet und das Make-up erneuert. Verschwitzt und staubig von der Reise wollte sie Christian nicht unter die Augen treten. Dafür war sie zu sehr eine Frau mit allen Gefühlen, Reizen, Geheimnissen und Eitelkeiten.

Ihre Augen leuchteten. Christians nicht, er riss sie im Gegenteil weit auf. Eine Frau, die nicht ihn verliebt war wie Janet, hätte gesagt, er schaute drein wie eine Kuh, wenn es donnert.

Er sperrte Mund und Augen auf, wischte sich über die Augen.

»J-J-Janet? Bist du es wirklich? Wie kommst du hierher nach Gwalior?«

»Zu Schiff, in der Kutsche und im Sattel, Liebster. Dich bindet dein Diensteid, du kannst nicht weg von deinem Posten. So bin eben ich zu dir gekommen.«

Christian brauste das Blut in den Ohren. Dann jedoch leuchtete sein Gesicht auf. Er umarmte Janet stürmisch, hob sie empor, drückte sie an sich.

»Christian! Nicht so fest, du zerquetschst mich.«

»Verzeihung. – Janet, meine Liebste, mein Herz, ist es denn die Möglichkeit? Ich kann es einfach nicht fassen. Du bist mir nachgereist? – Du hast meine Post erhalten?«

»Keine Zeile. Aber Angela und ich …«

Janets weitere Worte erstickten unter Christians glühenden Kissen. Sie umarmten sich, küssten sich, dass sie kaum noch atmen konnten und tranken einer den Atem des anderen. Liebesseufzer und –gestammel waren die folgenden Worte.

»Mein Christian. Ich werde dich nie mehr verlassen.«

»Meine Liebste, mein Herz, mein ein und alles. Meine kleine Taube, mein Schatz.«

In enger Umarmung sanken sie auf die samtbezogene Chaiselongue nieder. Die Umgebung versank für sie. Ihre Herzen schlugen im Takt. Immer wieder küssten sie sich und versicherten sich ihrer Liebe und sagten sich Worte, die anderen albern erschienen wären, ihnen aber den Gipfel des Glücks bedeuteten.

Sie wollten nicht mehr voneinander lassen. Erst nach einiger Zeit merkten sie, dass es schon eine Weile heftig geklopft hatte.

Dann wurde die Tür aufgerissen, die sie nicht verschlossen hatten. Stephen Browning, wie Christian in voller Uniform, trat ungestüm ein.

Er sah seine Schwester, die er bis vor wenigen Minuten, als man ihm Bescheid sagte, zu Hause in England gewähnt hatte, in einer verfänglichen Situation mit Christian Demarron. Janets Kleid war verrutscht und zerdrückt, ihre Haare zerzaust.

Auch Christians Uniform sah nicht gerade gentlemanlike aus.

»Was?«, brüllte Stephen da wie ein Löwe. »Was sehe ich da?«

Außer sich vor Zorn riß er seinen Kavalleriesäbel aus der Scheide.

»Weg von meiner Schwester, nimm die Finger von ihr, du verdammter Schuft! Ehrloser Halunke!«

Christian löste sich aus Janets Umarmung. Es gab einen Wortwechsel, der sich an Heftigkeit steigerte. Stephen fuchtelte mit dem Säbel.

»Wir sind verlobt!«, rief Christian. »Janet ist mir nachgereist. Wir wollen heiraten.«

»Nur über meine Leiche!«, rief Stephen, der ein Hitzkopf war.

Unter anderen Umständen, ohne die gewaltige Überraschung und wenn er nicht mit einer derartigen Situation konfrontiert worden wäre, hätte er anders reagiert. Doch so ging sein Temperament mit ihm durch.

Janet bemühte sich vergebens, die beiden Hitzköpfe zu beruhigen. Sie funkelten sich an und standen wie zwei Kampfhähne voreinander. Stephen hatte seinen Säbel noch in der Hand, Christian seinen, der am Tischchen gelehnt hatte, halb aus der Scheide gezogen.

»Du elender Wurm!«, fauchte Stephen ihn an. »Du hast meine Schwester verführt und entehrt und hierher gelockt.«

»Du bist ja verrückt!«

»Das nimmst du zurück.«

»Nein.«

»Gut«, sagte Stephen. »Du willst es nicht anders. Wir werden den Fall mit der Waffe in der Hand klären. Ich fordere dich zum Duell. Damit hast du die Wahl der Waffen.«

»Was immer du willst.«

»Pistolen. Ich schicke dir meine Sekundanten.«

»Ich bin einverstanden.«

Janet erlebte den Streit wie einen bösen Traum. Ihre Blicke flogen von einem zum anderen hin und her. Sie liebte beide – Stephen als Bruder, Christian als Mann.

Zu spät ging sie dazwischen, doch auch ein früheres Eingreifen hätte nichts bewirken können.

Sie stellte sich zwischen Christian und ihren Bruder.

»Seid ihr denn beide verrückt geworden? Ich habe die größten Strapazen und Gefahren auf mich genommen, um hierher zu gelangen. Durch eine gemeine Intrige ist Christian hierher versetzt worden. Und alles nur wegen der alten Familienfehde, des unseligen Duells zwischen einem Browning und einem Demarron, das ihr nun wiederholen wollt. Das kann doch nicht wahr sein.«

»Wir sehen uns«, sagte Stephen kalt zu Christian. Er schob den Säbel in die Scheide zurück. Dann wendete er sich an seine Schwester: »Du wirst unverzüglich nach Hause zurückkehren. – Mit dem nächsten Militärkonvoi reist du wieder ab, und wenn ich dich in Ketten legen lassen müsste.«

Zornig stampfte Janet mit dem Fuß auf.

»Das versuche«, sagte sie. »Unterstehe dich.«

»Du wirst mir gehorchen. Ich bin dein älterer Bruder und vertrete in dem Fall das Familienoberhaupt.«

»Da pfeife ich drauf!«

Stephen kannte den Dickkopf seiner Schwester und wusste, wann jedes weitere Wort zwecklos war. Er drehte sich um.

An der Tür sagte er noch: »Das werden wir klären.«

Hart fiel die Tür hinter ihm ins Schloß. Janet war völlig verzweifelt.

»Christian, was sollen wir denn jetzt machen?«, fragte sie ihren Geliebten. »Jetzt habe ich dich endlich wiedergefunden, doch nicht, um dich in Kürze wieder zu verlieren. Oder dass du meinen Bruder umbringst, was uns für immer entzweien würde.«

Christian schüttelte den Kopf. Er setzte sich neben Janet aufs Bett. Die Situation war seiner Kontrolle entglitten.

»Ich habe das nicht gewollt. Kneifen kann ich nicht. Wenn dein Bruder nicht zur Vernunft kommt, wird er mich erschießen, denn ich feuere nur in die Luft und nicht gezielt auf ihn. – Sobald das Duell beginnt, jage ich meine Kugel in den Himmel und liefere mich seiner Gnade und Großzügigkeit aus.«

Janet schluchzte.

»Das ist vielleicht gar keine schlechte Idee«, sagte sie dann. »Er wird dich nicht einfach über den Haufen schießen wie einen tollwütigen Hund, wenn du ihm wehrlos gegenüberstehst. Das verbietet ihm seine Ehre.«

»Hoffen wir es«, sagte Christian. »Ich lege mein Leben in seine und Gottes Hand. – Und jetzt erzähl mir, was dir unterwegs alles passiert ist. Wie du auf den Gedanken verfielst, mir hinterher zu reisen.«

Die Liebenden hatten sich viel zu erzählen.


Bei Sonnenaufgang des folgenden Tags standen sich Christian und Stephen auf zwanzig Schritte Entfernung außerhalb des Forts, wo Duelle verboten waren, bei einem stillen Teich unter Papayabäumen gegenüber. Die Sekundanten und der Regimentsarzt warteten in der Nähe. Janet stand bei ihnen.

Noch ehe der Sekundant, der den Befehl zu geben hatte »Feuer!« rief schoss Christian in die Luft. Trotzig schaute der schwarzlockige Leutnant seinen Vorgesetzten an.

»Ich schieße nicht auf den Bruder der Frau, die ich über alles liebe und heiraten will.«

Stephen zielte auf ihn. Er kniff ein Auge zu. Sein Zeigefinger bewegte sich. Janet schrie auf und rannte los, um sich in die Schussbahn zu werfen. Doch sie kam zu spät.

Ihr Bruder hob die Pistole, er hatte nicht abgedrückt, und entspannte den Hahn. Mit einer ruckartigen Bewegung warf er die einschüssige Pistole in den Seerosenteich, wo das Wasser aufspritzte und sie versank.

Dann legte er seine Arme um Janet und Christian.

»Die Fehde zwischen den Demarrons und den Brownings ist hiermit zu Ende«, sagte er. »Ich, Stephen Browning, vertrete hier in Gwalior das Familienoberhaupt der Brownings, und ich gebe mein Einverständnis zu eurer Heirat. Wir werden den Regimentspfarrer holen, der euch auf der Stelle trauen soll.«

»Hier am See?«, fragte Janet. »Unter freiem Himmel?«

Ihr Bruder gab ihr einen zärtlichen Stups.

»Ach, Schwesterchen, du und dein freches Mundwerk. Das war bildlich gesprochen. Ihr wollt doch unverzüglich hier in Fort Gwalior die Ehe schließen?«

»Deshalb bin ich hergekommen und habe die weite Reise unternommen«, antwortete Janet. »Und all die Umstände auf mich genommen. Es war das größte und schönste Abenteuer meines Lebens. Ich werde es nie vergessen. Und es führte mich auf den Gipfel des Glücks. – Es sei denn, dass du mich nicht heiraten willst, Christian. Dann sage ich meinem Bruder, er soll sich eine andere Pistole besorgen und dich erschießen – oder ich tue es selbst.«

»Das würde ich dir glatt zutrauen«, sagte Christian und umarmte und küsste seine Braut. »Bevor ich mich in Lebensgefahr bringe …«

»Du Unhold.«

Zärtliche Küsse erstickten die folgenden Worte. Die Sekundanten, der Regimentsarzt und Stephen schauten diskret weg und überließen das Liebespaar seinen Zärtlichkeiten. Earl Winston und Lord Demarron würden an den Tatsachen nichts mehr ändern können. Wenn Christian und Janet Mann und Frau waren, mussten sie ihren Zwist begraben oder konnten die Liebenden jedenfalls nicht mehr auseinanderbringen.

»Das hätte sich der alte Brummbär Sir Robert Flight nicht träumen lassen, dass er in seinem Fort eine glanzvolle Hochzeit ausrichten muss«, sagte der Regimentsarzt, als sie dann zum Fort emporstiegen, dessen gewaltige Mauern monumental aufragten. »Es soll eine Prachthochzeit werden. – Das Regiment darf sich nicht lumpen lassen. Und wir sind es unserem Leutnant Browning und seiner Braut, die das tapferste Mädel von England ist, schuldig.«


Die Hochzeit fand zwei Tage später statt. Soldaten fackelten nicht lange und schoben nichts auf die lange Bank. Janet hatte an ihre Eltern geschrieben, Christian an seine Familie. Auch Stephen sendete einen Brief nach Browning Hall. Die Sorge der Earlsfamilie Browning dort um die entlaufene Tochter würde bald ein glückliches Ende finden.

Bei soviel Glück, wie es sich hier einstellte, und der entschlossenen Haltung seiner einzigen Tochter würde Earl Winston nicht länger grollen und sich stur stellen können. Lord Demarron, wenn die Geschichte publik wurde – und das würde sie – mochte nicht als bösartiger alter Mann dastehen, der junge Liebende trennen wollte und an einer unseligen alten Fehde festhielt.

Wenn nicht aus Überzeugung, dann als Kalkül, um seines Renommees willen, musste er sein Einverständnis geben. Im Nachhinein, rückgängig machen konnte er sowieso nichts mehr.

Es war ein sonniger Tag und ein Fest für ganz Gwalior, als Janet und Christian heirateten. Das Regiment stand Spalier. Die Einwohner von Gwalior streuten Blumen und tanzten und sangen, denn der Maharadscha hatte, als er von der Liebesgeschichte und Janets weiter Reise erfuhr, ein Fest einberufen.

Er ließ es sich nicht nehmen, zusammen mit Sir Robert Flight die Prunkhochzeit auszurichten, die einer Maharadschastochter würdig gewesen wäre.

Janet und Christian ritten in einer Prunksänfte auf einem prächtig geschmückten Elefanten durch die Stadt und ins Fort hinauf, von weiteren Elefanten und einer Kavalkade Husaren des Regiments gefolgt. Janet trug die reichgeschmückte Kleidung einer indischen Prinzessin, die der Maharadscha und die Maharani ihr schenkten. Christian war in seiner Paradeuniform.

Ein livrierter Mahaut hockte vor ihnen im Genick des Elefanten, der Blumenketten und prachtvolles Geschirr trug, und lenkte ihn. Das Volk jubelte. Soldaten klatschten Beifall. Der Elefant trompetete.

Der Maharadscha und die Maharani, die sich die Publicity und die Schau nicht nehmen lassen wollten, folgten auf einem weiteren Elefanten, hinter ihnen die britischen Husaren und der Hofstaat des Maharadschas. Von Unruhen und Feindseligkeit gegen die Briten war an dem Tag nichts zu bemerken.

Der Regimentspfarrer wartete schon, um die Trauung vorzunehmen, die Janet und Christian für immer vereinen sollte.

Sie strahlten sich an.

»Dies ist unser Hochzeitstag«, sagte Christian. »Ich werde dich immer und ewig lieben.«

Janet lächelte.

»Die Reise nach Gwalior«, sagte sie, »hat sich gelohnt. Kein Ozean und keine Gefahr hielt mich ab, zu dir zu eilen, Geliebter.«

»Ja«, flüsterte Christian. »Unsere Liebe wird stärker als alles andere sein, und ich bin mir ganz sicher, dass ich das schönste und mutigste Mädel der Welt zu meiner Frau bekomme.«

Buch 2

# Der Tiger von Gwalior

# 1. Kapitel

Man schrieb das Jahr 1826.
Das Hochzeitsfest fand mit unglaublichem Pomp statt. Der Maharadscha von Gwalior hatte seine sämtlichen Würdenträger eingeladen und alle Vornehmen, um die Hochzeit von Janet, der Tochter des Earls of Browning und Chris Demarron, Neffe von Lord Demarron, zu feiern. Das ließ sich der Fürst mit dem gepflegten und parfümierten grauen Bart nicht nehmen.

Er saß an der Kopfende der endlos langen, hufeisenförmigen Banketttafel. Neben ihm saß seine Lieblingsfrau, die zierliche Dschasira, in seidenen Prunkgewändern, die ihre Reize betonten. Sie trug erlesensten Schmuck.

Janets Augen schweiften immer wieder durch den prachtvollen Bankettsaal mit den hohen, mit feinsten Steinmetzarbeiten verzierten Marmorsäulen. Ein Springbrunnen, in dem bunte tropische Fische schwammen, plätscherte auf der freien Fläche zwischen den Tischen. Ein Rinnsal floß von ihm weg durch den Saal in einer schmalen Rinne.

Die Pracht war ungeheuer. Alles strahlte im goldenen Glanz und in erlesenen Farben. Prachtvolle Seidenteppiche lagen am Marmorboden, um seine Kühle zu dämpfen. An den Wänden hingen Wandteppiche und Gemälde, die meist Szenen aus der Zeit der Mogulkaiser zeigten, die noch nicht lange zurücklag.

Jetzt herrschte die East India Company in Indien, das eine britische Kronkolonie werden sollte. Man schrieb das Jahr 1826 – König Georg IV aus dem Hause Hannover saß auf dem englischen Thron. Janet Browning, 19 Jahre alt, die seit der Trauungszeremonie an diesem Tag Janet Demarron hieß, schaute ihren hochgewachsenen, schwarzlockigen Gatten verliebt an.

In ihrem weißen Brautkleid, dessen lange Schleppe sie beim Bankett abgelegt hatte, wirkte sie reizend. Immer wieder warf sie ihrem Gatten verliebte Blicke zu, und immer wieder fanden sich ihre Hände unter dem Tisch.

Sie waren überglücklich. Für sie hing der Himmel voller Geigen. Indien und das Maharadschatum Gwalior in der Provinz Pradesch in Nordindien, an den Ausläufern des Bharat-Berglands gelegen, schien ihnen ein Paradies zu sein. Janet, rotblond, grünäugig, etwas über mittelgroß für eine Frau und durchaus gesund, also kein verzärtelter, weichlicher Typ, hatte das Unglaubliche fertig gebracht.

Weil ihre Familie ihr die Verbindung mit Christian Demarron verbot, einem schmucken Lieutenant der Königlichen Horse Guards, war sie zu Hause ausgerissen und ihm über zwei Ozeane, um die halbe Welt und von Bombay quer durch Indien nachgereist. Denn Christian war durch eine Intrige beider Familien, die miteinander verfeindet waren – seine und ihre – nach Gwalior versetzt worden.

Janet hatte sich jedoch nicht abhalten lassen. Wo jede andere verzagt wäre, hatte das Teufelsmädel ihren Willen durchgesetzt. Schlank war sie, doch von einer stählernen Robustheit und einem unbezwingbaren Willen, der sich nur einem beugte: der Liebe zu dem Mann, dem sie an dem Tag in der Garnisonskirche von Gwalior ihr Jawort gegeben hatte.

Sir Robert Flight, der Regimentskommandeur, und Janets gleichfalls in Gwalior stationierter Bruder Stephen waren die Trauzeugen gewesen. Nicht jedem der britischen Offiziere gefiel die Heirat. Captain John Smith zum Beispiel, ein bigotter Paragraphenhengst mit der Dienstvorschrift anstelle des Herzens, hatte sich ablehnend geäußert.

»Wo kämen wir denn da hin, wenn jedes englische Mädel, das einen in Indien stationierten Soldaten liebt, ausreißen und hierher kommen würde«, hatte er im Kasino geäußert. »Dazu noch mit falschem Paß und unter falschem Namen. Gegen den Willen ihrer Familie. Da hätte ein Exempel statuiert gehört. Nach Hause hätte man dieses vorlaute Mädel schicken müssen, unter Zwang und in Ketten, wenn es nicht anders gegangen wäre.«

Mit diesen Äußerungen war er bei seinen Kameraden jedoch auf keine Gegenliebe gestoßen. Sir Robert Flight war sowieso hingerissen von Janet, die er eine echte Tochter Britanniens nannte, mit mehr Entschlossenheit und Mut, als ihn die meisten seiner Offiziere hätten.

Stephen Browning, Janets rotblonder, sommersprossiger, robuster Bruder, hatte den überschlanken und großnasigen Captain Smith barsch angefahren, er möge sich nicht in die Familienangelegenheiten der Brownings mischen.

»Niemand hat Sie das geheißen, Sir.«

»Oho. Wie reden Sie mit mir, Oberleutnant? Ich stehe im Rang über Ihnen.«

»Das schert mich nicht, ob Sie stehen, sitzen, liegen oder in der Luft herumfliegen, Captain Smith. Jedenfalls nicht in Privat- und Familienangelegenheiten.«

»Wenn ich Ihnen einen guten Rat geben darf, Kamerad …«

»Der Teufel ist Ihr Kamerad, Sir«, antwortete darauf Stephen Browning, der schon einiges auf das Wohl seiner Schwester und auf den Polterabend getrunken hatte, im Kasino. »Dem können Sie gute Ratschläge geben.«

»Jedenfalls ist es nicht ladylike, was sich Ihre Schwester geleistet hat«, hatte der Captain genäselt. »Ausgerissen ist sie, allein mit Männern unterwegs gewesen, mit einem Sikh zum Beispiel, der sie zum Fort Gwalior brachte. – Wer weiß, was da unterwegs alles passiert ist …«

»Was?«, brauste der Hitzkopf Stephen auf. »Du ver … Ha, paß doch auf!«

Ein Offizierskamerad, der besonnener war als der 25jährige Hitzkopf, hatte ihm ein Glas Whisky Soda über die Uniform gegossen. Das lenkte Stephen ab. Sonst hätte er Captain Smith schwer beleidigt, und es wäre zu einem Disziplinarverfahren gegen ihn gekommen.

So besann er sich auf die Formen.

»Wollen Sie die Ehre und den guten Ruf meiner Schwester in Zweifel ziehen, Sir?«, hatte er den Captain eiskalt gefragt, während er sich die triefende Uniform abtupfte. Er hatte sich wieder gefaßt. »Wollen Sie unsere Familienehre beschmutzen? – Tun Sie sich keinen Zwang an. Ich schicke Ihnen sofort meine Sekundanten.«

Ein Duell, bedeutete das. Der intrigante Stichler Captain Smith war nicht darauf aus, mit dem für seine Fecht- und Schießkünste bekannten Oberleutnant Stephen Browning die Säbelklingen zu kreuzen. Oder ihm über den Lauf einer Duellpistole ins kühle Auge zu blicken.

»So habe ich es nicht gemeint«, entschuldigte er sich halb. »Diese … ähm, Hochzeit, ist ja wohl zumindest halboffiziell abgesegnet, da Sie hier das Familienoberhaupt der Brownings vertreten, Ihren Vater Earl Winston. Und Sie, Kamerad, waren ja einverstanden …«

»Das bin ich und meine, Leutnant Demarron ist eine ausgezeichnete Wahl für meine liebe Schwester. Und Sie, Sir, möchte ich bitten, sich um Ihre eigenen Familienangelegenheiten zu kümmern. – Habe die Ehre, Kamerad.«

Mit steifer Verbeugung und einem Blick wie ein Eisdolch verabschiedete sich Stehen Browning von seinem »Kameraden«. Später in seinem Quartier, als er die Uniform wechselte trat er jedoch gegen die Möbel und beschimpfte Captain Smith fürchterlich. Sein Offiziersfreund, der ihm den Whisky über die Uniform gegossen hatte, um ihn abzulenken und zur Vernunft zu bringen, hielt ihm schließlich den Mund zu.

»Mäßige dich, Stephen, du bringst dich um Kopf und Kragen! Du wirst noch im Kerker landen. So kannst du einen Offizier nicht beschimpfen.«

»Der Lump, dieser Feigling, die scheele S…«

Der Kamerad hielt Stephen noch fester den Mund zu, dass nur noch blubbernde Laute zu hören waren. Stephens Bursche grinste breit. Stephen beruhigte sich schließlich. Er schwor jedoch, Captain Smith, sollte er nochmals seine Schwester beleidigen, mit dem Säbel mittendurch zu hauen.

Das war nur teils eine Übertreibung. So war Stephen, ein tapferer, pflichtbewusster Offizier und erstklassiger Soldat. Doch mitunter zu stürmisch und unbesonnen. Er würde noch lernen müssen, sein Temperament zu zügeln, das ihm mitunter schon Streiche gespielt hatte.

Andererseits war er wieder gutmütig. Für seine Freunde ging er durchs Feuer, Kleinlichkeit war ihm fremd, und man konnte sich unbedingt und in jeder Lage auf ihn verlassen. Tugenden, die seine Schwächen ausglichen und aufhoben.

Seine kleine Schwester liebte er zärtlich von ganzem Herzen. In dieses Herz, das so groß wie sein Mut war, hatte er auch Chris Demarron geschlossen. Für ihn hätte er sich in Stücke hauen lassen, für seine Schwester sowieso.

Er, Stephen Browning, wollte, dass die unselige alte Familienfehde zwischen den Demarrons und den Brownings, die auf ein 26 Jahre zurückliegendes Duell zurückging, mit der Hochzeit zwischen Janet und Chris endete. Das muhte sie wohl.

Stephen selbst war unverheiratet. Er hatte ein paar Liebeleien gehabt, die große Liebe, die Janet und Chris verband, hatte er noch nicht erlebt. Manchmal meinte er, sie würde ihm nie begegnen. Er ahnte nicht, dass sie ihm unmittelbar bevorstand und noch an diesem Tag jetzt, beim Hochzeitsbankett, das Maharadscha Haidar ausrichtete, begegnen würde.

Dass sie sich bereits in dem riesigen Saal mit Hunderten von Gästen befand, in dem Bedienstete in schönen Livrees hin und her eilten und die zahlreichen Gäste bedienten. Auf der einen Seite der beiden langgestreckten Tischreihen, die von den quer verlaufenden Tischen am Kopfende der Banketttafel ausgingen, saßen die Briten, auf der anderen die Inder und Vornehmen des Maharadschatums Gwalior sowie weitere Gäste.

Die britischen Offiziere waren natürlich weit in der Minderzahl. Nach ihrer Sitzreihe folgten einheimische Gäste, die es sich munden ließen, die scharf gewürzten Speisen und Leckereien verzehrten, unter denen die Tafel sich bog, und mit Wein aus Pokalen nachspülten.

Die Zeit schritt voran. Die Feiernden wurden ausgelassener. Die Sonne sank. Musik und fröhliches Stimmengewirr von feiernden Männern und Frauen klangen durch den Palast, einen der Paläste in der gewaltigen alten Anlage von Fort Gwalior. Akrobaten und Künstler traten auf, Fakire, Gaukler, die Scherze machten.

Einer ließ sein dressiertes Kapuzineräffchen über die Tische rennen, zum Kronleuchter springen, dann herunterhüpfen und den Maharadscha am Bart zupfen. Maharadscha Haidar, ein stattlicher, beleibter Mann um die Fünfzig, ließ es sich gefallen.

Janet fiel auf, dass ein gelbgesichtiger Typ in seiner Nähe, unter den ranghöchsten Gästen, abschätzig das Gesicht verzog.

»Wer ist das?«, fragte sie ihren Gatten, der sich in Gwalior besser auskannte als sie.

»Gopal, ein Vetter des Maharadschas. Es wird gemunkelt, dass er nach dem Thron trachtet und Haidar gern stürzen würde.«

»Und das nimmt er einfach hin?«

»Er kann nicht all seine Verwandten auf Gerüchte hin umbringen lassen. Haidar ist ein gerechter Herrscher, allerdings zu prunkliebend und nachlässig. Unter seiner Regierung ist in seinem Fürstentum ein Schlendrian eingerissen, den wir Briten mit Missfallen sehen.«

»Es geht nicht überall so straff und organisiert zu wie in Old England, Liebster. Die Inder haben nun einmal eine andere Mentalität.«

»Da hast du auch wieder Recht. Selbst größtes Elend und schlimmste Schicksalsschläge ertragen sie mit stoischer Ruhe, weil sie davon ausgehen, wieder geboren zu werden. Und dass alles, was ihnen Übles widerfährt, auf ein schlechtes Karma zurückzuführen ist, herrührend aus der Schuld, die sie in früheren Leben auf sich geladen haben.«

Janet wusste mittlerweile einiges über die zahllosen Hindugottheiten, die zudem noch Inkarnationen hatten, und bei denen durchzublicken eine Wissenschaft für Eingeweihte war. So wurde Buddha als die neunte Inkarnation des Erhalter-Gotts Wischnu verstanden, dessen Gattin Lakschmi, Göttin der Schönheit und des Glücks, wiederum neun Inkarnationen hatte.

Dass die Götter auch noch verschiedene Namen trugen, der elefantenköpfige Ganeesha zum Beispiel auch Ganapatjas oder Gadschana genannt wurde, trug nicht zur Erleichterung bei.

Ein vornehmer Hindu im Festtagsgewand brachte nun einen Trinkspruch aus. Er hob seinen Pokal und tönte im Hauptdialekt von Gwalior. Über 1.600 verschiedene Muttersprachen gab es auf dem riesigen Subkontinent Indien, davon jedoch verschiedene Hauptsprachen.

»Was sagt er?«, fragte die Braut Janet ihren Gatten.

Stephen, ihr Bruder, saß neben ihr als ihr Blutsver-wandter, dann folgte Sir Robert Flight, neben dem wiederum seine Gattin Lady Alice saß. Janet hatte sie bisher selten gesehen, weil sie heftig an der Malaria gelitten hatte.

Jetzt ging es ihr besser, und die Teilnahme an der Hochzeit hatte sich die grauhaarige, mütterlich wir-kende Lady nicht nehmen lassen.

»Er wünscht uns eine erfolgreiche Hochzeitsnacht, Liebste«, antwortete Chris. Im Saal wurden die Lichter entzündet. »Dabei geht er durchaus auf die Details ein.«

Janet errötete.

»Du brauchst mir nicht weiter zu übersetzen. Ist das so üblich hier?«

»Die Inder sind ein freizügiges, sinnenfrohes Volk, anders als wir Engländer. Die Sinnlichkeit spielt eine große Rolle bei ihnen.«

Janet senkte den Blick und nippte an ihrem Wein. Sie war nicht prüde, aber ein Kind ihrer Zeit. Anzügli-che Reden, dazu noch in der Öffentlichkeit, mochte sie nicht. Andererseits konnte sie bei der ausgelassenen Feier den Gästen des Maharadschas den Mund nicht verbieten.

Sie trank also dem Redner zu. Er fühlte sich sehr geschmeichelt. Von einem Sklavenjungen ließ er ihr auf einem Silbertablett Leckerbissen bringen.

Janet schaute darauf.

»Was ist das?«, fragte sie ihren Bruder.

»Geeistes Affenhirn«, sagte und schaute auf die Sil-berschale mit dem Deckel darauf. »Es gilt als eine Köstlichkeit.«

Janet schluckte.

»Igitt. Das esse ich nicht, egal, wie unhöflich es ist. – Weg mit dem Zeug, ehe mir schlecht wird. – Ih und pfui Spinne!«

Stephen lachte laut los. Da erkannte Janet, dass er sie geneckt hatte.

»Es ist Pfirsichsorbet«, sagte er. »Mit kandierten Früchten. Du kannst es unbesorgt essen, Schwesterherz. – Au!«

Janet hatte ihn unterm Tisch kräftig ans Schienbein getreten. Mit Unschuldsmiene hob sie den Deckel der Schale und löffelte von dem köstlichen Sorbet.

»Es ist kein Affenhirn«, zischte sie ihrem Bruder zu. »Das hast du im Kopf.«

Chris, ihr frischgebackener Ehegatte, grinste über die geschwisterliche Rangelei. Es ist alles gut, dachte er. Nichts kann unser Glück trüben. Er irrte sich sehr.

Stephen schaute sich im Saal um, nachdem er sein Schienbein gerieben hatte, wo Janets Schuhspitze ihn traf. Er erinnerte sich an Rangeleien aus ihrer Kinderzeit. Die kleine Schwester hatte nie Angst vor ihm gehabt, obwohl er viel größer, älter und stärker als sie war. Schon mit drei Jahren hatte sie sich mit dem Handfeger in der Hand vor den mehr als fünf Jahre Älteren hingestellt und ihm gedroht, wenn er sie zu sehr ärgerte.

An den Zöpfen zog und dergleichen. Und sie schlug durchaus mit dem Handfeger zu.

Jäh vergaß Stephen seine Kindheitserinnerungen. Denn er erblickte ein bildschönes Gesicht und sah in ein dunkles, sterngleiches Augenpaar, das ihn gefangen nahm.

Die Schöne saß mindestens fünfzig Meter entfernt am langen Tisch rechts. Stephens Blick sog sich magisch an ihr fest.

Das Herz des schmucken Offiziers in der rotrocki-gen Galauniform mit blankgeputzten Tressen setzte für einen Moment aus. Eine heiße Welle durchflutete ihn. Gedankenverloren hob er sein Glas und trank der Schönen zu.

Auch sie hob ihren Becher, nippte zierlich daran und schaute Stephen über den Becherrand hinweg an. Sie war zierlich, das sah er, klein jedoch nicht. Sie hatte ein bildhübsches Gesicht mit dem Zeichen der höchs-ten Kaste an der Stirn, und trug eine Kopfbedeckung, die mit Perlen bestickt war sowie ein buntes Seiden-tuch, mit Stickerei verziert, um die Schultern.

Feingliedrig war sie. Über ihrem Dekolleté, das das Wickelgewand freigab, trug sie eine Halskette mit ei-nem großen blauen Diamanten, der, wenn er echt war, ein Vermögen wert war. Sie musste also die Tochter oder die Ehefrau eines reichen Mannes sein. Denn bei einem solchen Anlass am Hof des Maharadschas er-schien niemand mit falschem Schmuck.

Die heiße Welle, die den rotblonden jungen Offizier durchflutet hatte, endete. Er nahm wieder wahr, was im Saal vor sich ging. Ein paar Sekunden war er außer-halb jeder Zeit gewesen, und es war, als ob sich ihre Seelen berührt hätten, seine und die der schönen jun-gen Inderin.

Hatte auch sie es so empfunden?

Stephen neigte sich nach links und sagte an Sir Robert Flight, seinen Regimentskommandeur, vorbei zu Lady Alice: »Wer ist die Schöne, die dort links am Tisch neben dem graubärtigen alten Inder mit dem Feder-busch am weißen Turban sitzt?«

»Seine Gattin vermutlich«, erwiderte Lady Alice. »Ich kenne sie nicht.«

»Aber er könnte ihr Großvater sein.«

»Es ist nicht unüblich, dass alte und wohlhabende Inder sehr junge Mädchen heiraten. Es ist eine Schande. Wenn die alten Ehemänner vor ihnen sterben, müssen die jungen Hinduwitwen mit ihnen auf den Scheiterhaufen. Hoffentlich schafft das Parlament bald diese Unsitte ab und verbietet sie.«

Stephen kannte den schrecklichen Brauch der Witwenverbrennung. Es schauderte ihn bei dem Gedanken, dass die Schöne, die er so bewunderte, die Gattin eines alten Mannes sein und ihm in den Tod folgen könnte.

»Das darf nicht wahr sein«, entfuhr es ihm. »Das wäre mehr als barbarisch. Vielleicht ist sie die Tochter des Alten, oder seine Enkelin, oder sie gehört überhaupt nicht zu ihm, sondern zu einem anderen Mann.«

»Das dürfte kaum der Fall sein«, erwiderte Lady Alice, die ein schwarzes Bordürenkleid mit spitzenbesetztem Ausschnitt und eine Perlenkette als Schmuck trug. »Neben ihr sitzt eine dicke Dame, neben der wieder ein Mann. Die junge Schöne muss zu dem alten Herrn gehören, neben dem sie sitzt. – Kennst du ihn, Robert?«

Sir Robert Flight widmete sich mit Genus einer Antilopenkeule.

»Es ist einer der Minister des Maharadschas«, antwortete er. »Rajib Banerjee heißt er, ich hatte mit ihm zu tun. Er mag die Engländer nicht besonders, ist jedoch kein Fanatiker, der uns völlig feindlich gesinnt wäre. Ich hörte, dass er sich eine junge Frau genommen hat, aus bestem Hause. Da wird er bei der Mitgift entgegenkommend gewesen sein, und da hat man sie ihm gegeben.«

»Sie ist gegen ihren Willen mit dem alten Mann verheiratet worden«, sagte Stephen.

Sein Kommandeur schaute ihn über die halb abgenagte Keule hinweg an.

»Wenn schon. Töchter gelten in Indien nicht viel, manchmal werden sogar Mädchen gleich nach der Geburt getötet. Die Mitgift, die ihre Familie ihnen mitgeben muss, ist ruinös. Und ledig bleiben können sie nicht, weil das als Schande gilt.«

»Man hat sie verschachert!«, rief Stephen heftig.

Sir Robert runzelte die Stirn.

»Was regst du dich darüber auf?«, fragte er. Während er seine Offiziere im Dienst förmlich ansprach, war er jetzt jovial und zudem schon beschwipst. »Auch in England werden die meisten Ehen von den Familien gestiftet. – Was soll es? Wo kämen wir denn hin, wenn die jungen Leute nach Gusto heiraten würden? Dabei kämen bloß Katastrophen heraus.«

Er schaute zu Janet und Chris Demarron, die verliebt turtelten.

»Es gibt natürlich Ausnahmen«, fuhr er fort. »Deine Schwester und Chris zum Beispiel. Aber das sind, wie gesagt, Sonderfälle.«

Er stutzte.

»Stephen, was blickst du so grimmig? Bilde dir bloß keine Schwachheiten ein. Bleibt von den Frauen und Töchtern der Eingeborenen weg, sage ich meinen Soldaten und Offizieren immer. Das gibt bloß Ärger. Wir Briten haben so schon genug Probleme am Hals. Ein widriges Klima, schwül-heiß im Sommer, die Malaria, Aufständische, Separatisten, die sich nicht der britischen Krone und König Georg – Gott möge ihn schützen! – unterwerfen wollen. Die mörderische Würgersekte der Thugs, die strikt engländerfeindlich ist. Im Pandschab gewinnt ein Rebellenführer, der sich Dschahangir der Tiger nennt, immer mehr Einfluss. Mehrere Strafexpeditionen gegen ihn sind schon gescheitert. Er hat eins unserer Forts genommen. Einige Maharadschas paktieren mit ihm. Er will ein Groß-Indien haben und die Nachfolge der Mogulkaiser antreten, die bis Mitte des vorigen Jahrhunderts zumindest noch nomimell Indien regierten.«

»Ich kenne die hiesigen Probleme«, antwortete Stephen. »Und ich suche keine Liebschaften.«

»Das ist auch besser so«, wies ihn Sir Robert Flight schroff zurecht. »Dabei kommen nur Bastarde heraus. Und manch einem, der sich mit einer Inderin einließ, ist schon von ihren Verwandten oder Fanatikern die Kehle durchgeschnitten worden. Oder er starb mit der Würgeschlinge um den Hals auf dem Altar der schwarzen und blutigen Kali.«

Das war die furchtbare Göttin der Zerstörung im Pantheon der Hindus, die besonders die Thugs verehrten. Der Glaube dieser fanatischen, engländerfeindlichen Geheimsekte verbot ihnen, das Blut ihrer Opfer zu vergießen, die sie im Namen Kalis ermordeten. Deshalb benutzten sie wenn möglich eine seidene Würgeschlinge.

»So weit muss es ja nicht gleich kommen«, murmelte Stephen.

Sir Robert schaute ihn noch einmal kritisch an, schenkte dem Vorfall jedoch keine weitere Beachtung. Stephen war jedoch nicht mehr recht bei der Sache, was seine Tischnachbarn betraf.

Als Tänzerinnen auftraten und geschmeidig umherwirbelten, wobei ihre Schleier und Gewänder flogen, schweiften seine Blicke immer wieder zu der Schönen, die sein Interesse erweckt hatte. Er kämpfte dagegen an, er sagte sich, sie würde ihn nichts angehen.

Aber er konnte nicht aus seiner Haut. Erst als Janet, seine Schwester, ihn zum zweiten Mal ansprach im Klang der Zimbeln und sonstigen Musikinstrumente, hörte er sie.

»Was hast du denn?«, fragte ihn die glückliche Braut. »Du bist völlig entrückt.«

»Ach, das scheint nur so. Wann wird denn endlich getanzt, Schwesterchen? Es muss doch einen Hochzeitswalzer geben.«

»Nicht im Palast von Maharadscha Haidar, Stephen. Die europäischen Tänze sind bei den Indern keine Sitte. Das müssen wir später in der englischen Garnison im Kasino nachholen.«

Chris, auch er in der Paradeuniform, mit einem Orden, den er sich bereits verdient hatte, fasste seine Janet am Arm.

»Ich habe eine Überraschung für dich«, sagte er. »Ich sprach nämlich mit dem Maharadscha.«

»Ach. Du, ein einfacher Leutnant?«

»Ein Bräutigam hat besondere Rechte. Janet, ich kann dir sagen, der Maharadscha hat an dir einen Narren gefressen. Wenn er nicht schon einen ganzen Harem hätte, könnte ich glatt eifersüchtig werden. – Er hat mir einen Wunsch erfüllt, auch wegen der anwesenden indischen Damen und Vornehmen.«

»Welchen?«

»Folge mir, dann wirst du es sehen.«

Neugierig stand Janet auf. Ihr Gatte verbeugte sich vor dem Maharadscha, der auf Polstern an der niedrigen Tafel saß und dem ein Diener mit einem großen Fächer frische Luft zuwedelte. Überall an den Tischen bewegten Diener die großen, an einem Stil befindlichen Fächer.

Der Maharadscha, weiß gekleidet, mit Turban – eine Mode, eine traditionelle Kopfbedeckung der Hindus war das nicht – nickte gnädig. Haidar von Gwalior hatte einen riesigen Edelstein an seinem Turban und prunkte mit Ringen von funkelnder Pracht.

Sein Bart war mit Goldstaub gepudert. Gottgleich war er für seine Untertanen.

Chris tuschelte mit Sir Robert, der überrascht dreinschaute, dann jedoch aufstand und nickte.

»Fein, mein Junge, das hast du gut gemacht. Da kann man sich etwas bewegen. Die Beine schlafen einem ein bei der niedrigen Sitzerei, und mein Rücken tut weh. Und die alte Wunde an meinem Knie schmerzt.«

Der backenbärtige alte Haudegen hatte im Dienst Seiner Majestät bei der Armee einige Verwundungen erhalten. Er betrachtete seine Narben als Ruhmeszeichen, die Gicht, die ihn mitunter plagte und die er auch Feldlagern und anstrengenden Feldzügen verdankte, weniger.

Chris führte Janet artig ins Nebenzimmer, vielmehr den Nebensaal. Die Anwesenden applaudierten ihnen. Das Brautpaar war die Attraktion und die Hauptpersonen.

Janet platzte fast vor Neugier, was sie in dem Raum nebenan erwarten würde. Ein weiteres Hochzeitsgeschenk?

Es war tatsächlich eins. Eine ganze Prozession von Briten und Indern folgte Chris und Janet, die im Brautkleid, jedoch ohne die lange Schleppe war.

Der Saal nebenan erstrahlte im Lichterglanz. Er war geräumt worden, bis auf einige Sitzgelegenheiten am Rand, und ein Podium, auf dem die britische Regimentskapelle in Gala mit ihren Instrumenten saß. Als Janet und Chris hereinkamen, spielten sie einen Tusch.

Dann erklang der Hochzeitswalzer.

Janet schossen die Tränen in die Augen vor Glück. Sie stieß einen Jubelschrei aus, den konnte sie nicht unterdrücken. Der Mahaharadscha trat zu ihr, begleitet von seinem ältesten Sohn und seiner Lieblingsfrau. Haidar von Gwalior legte die Hände vor die Brust und verbeugte sich, dass seine Turbanfeder Janet kitzelte.

»Ich habe gehört, dass bei den Engländern der Hochzeitswalzer und der Tanz Sitte sind bei einer solchen Feier«, sagte der Maharadscha in gutem Englisch. »Da wollte ich nicht zurückstehen. Auch möchten meine Frauen und mein Hofstaat die englischen Tänze sehen und – vielleicht – einige von ihnen daran teilnehmen.«

Die Stimmung war aufgelockert. Janet wusste, dass sie das Herz des Monarchen erobert hatte. Sie bedankte sich überschwänglich.

»Das ist eine große Freude für mich, Hoheit. Würden auch Sie mir die Ehre eines Tanzes erweisen, nachdem ich mit meinem Gatten den Ball eröffne und mit meinem Bruder tanzte?«

Die Kapelle war wieder verstummt, wartete jedoch auf erneutes Einsetzen. Der Maharadscha war überrascht. Sir Robert Flight und andere stutzten, denn ein indischer Maharadscha war keiner, dem man einfach ein Tänzchen anbot. Seine Untertanen rutschten vor ihm am Boden, und nur Auserwählte durften ihn berühren.

Doch Haidar lachte und strahlte mit seinem graugoldenen Bart.

»Es ist mir eine Ehre, Lady Demarron. Ich habe gehört, dass die Liebe sie über zwei Ozeane führte, und das gefiel mir sehr. In unserer Mythologie ist auch die Göttin Parvati ihrem Gatten Wischnu gefolgt, lange lange und weit, weit, bis sie ihn endlich in einer anderen Inkarnationen erkannte und sie in ewiger Liebe verschmolzen.«

»Hallo, Wischnu«, sagte Janet zu ihrem Gatten als sie unmittelbar darauf tanzten. »Es ist schön, dass ich dich endlich gefunden habe.«

Die Kapelle spielte wieder. Das Brautpaar tanzte allein, von einem Zuschauerring von Briten und Indern umgeben, im Lichterglanz auf der großen hölzernen Tanzfläche. Janet im Brautkleid schwebte wie auf Wolken. Chris führte sie im Walzer, und sie tanzten so schnell, dass sich um Janet alles drehte.

Sie war überglücklich. Andere schlossen sich an. Als es auf der Tanzfläche voller wurde, verlangsamte sich der Tanz. Die Inder schauten zu und applaudierten. Einige Kühne versuchten am Rand der Tanzfläche die Schritte.

Janet tanzte mit Stephen, der sehr gerührt war.

»Meine kleine Schwester«, flüsterte ihr ins Ohr. »Du bist schöner als alle hier, außer … Vergiss es.«

Janet schaute gerade Chris in die Augen, der mit einer englischen Garnisons-Lady an ihr vorbeitanzte, und überhörte es.

»Gottes Segen und alles Glück dieser Welt wünsche

ich dir, kleine Schwester«, sagte Stephen Janet ins Ohr. »Ich werde dich immer lieben, so wie ein Bruder seine Schwester liebt. Ich …«

»Was ist denn, Stephen? Du weinst ja.«

»Niemals. Mir ist eine Mücke ins Auge geflogen. – Nun ja, eigentlich vertrete ich hier das Familienoberhaupt, also den Brautvater. Vielleicht weine ich stellvertretend für Papa, der weit weg in England ist.«

Janet war noch nie sentimental gewesen.

»Da bin ich ja beruhigt«, sagte sie. »Ich dachte schon, ich wäre dir auf den Fuß getreten. – So, genug getanzt mit dir, Walroß. Jetzt werde ich mit dem Maharadscha tanzen.«

Janet, den Brautkranz im Haar, ging zu dem Marmortischchen, an dem Haidar von Gwalior saß. Sie hob auffordernd die Hand.

»Hoheit, darf ich bitten.«

»Aber ich kenne die Schritte nicht.«

»Ich zeige sie Ihnen gern.«

Der Maharadscha erhob sich, nicht ohne Mühe, denn er hatte einen stattlichen Bauch und schon reichlich getafelt. Die Tanzenden räumten die Tanzfläche. Auf ein Zeichen Sir Roberts spielte die Kapelle einen langsameren Walzer, denn den schnellen Wiener konnte man Haidar nicht zumuten.

»Hoffentlich geht das gut«, sagte Sir Robert zu seiner Gattin, die sich bald zurückziehen wollte, weil sie sich von ihren Malariaanfällen noch geschwächt fühlte. »Wenn sich der Maharadscha beim Tanz blamiert, wird er unwirsch sein und gekränkt. – Was hat sie sich da wieder gedacht, das Teufelsmädel?«

Haidar erwies jedoch trotz seines Bauchumfangs als guter Tänzer. Er konnte zwar keinen Walzer, doch

Janet führte ihn, wobei sie den männlichen Part übernahm. Der Maharadscha ließ es sich gefallen. Bald wirbelte er mit der Braut recht ordentlich über die Tanzfläche.

Seine Würdenträger und Hofschranzen klatschten und lobten ihn begeistert als Tanzgenie. Janet ließ den Maharadscha so schnell nicht aus. Ihre Kondition war beachtlich.

Endlich, als Haidar schon der Schweiß auf der Stirn stand, führte sie ihn von der Tanzfläche, die sich wieder gefüllt hatte. Der Maharadscha trank einen Becher geeisten, stark verwässerten Wein – hätte er jeweils unverdünnten getrunken, hätte er schon unter dem Tisch gelegen.

Er atmete schwer. Janet, die es bemerkte, fragte sich, ob sie ihn überfordert hätte. Doch Haidar lachte sie an.

»So habe ich mich schon lange nicht mehr amüsiert«, sagte er. »Mrs. Demarron, dafür haben Sie einen Wunsch bei mir frei. Bis hin zur Hälfte meines Reiches werde ich ihn Ihnen erfüllen – der schönsten und mutigsten Frau Englands.«

Janet hatte von der Großzügigkeit, um nicht zu sagen vom Größenwahn, indischer Potentaten gehört. Das mit dem halben Reich war so wörtlich nicht zu nehmen, aber sie konnte eine große Bitte aussprechen und bekam sie gewährt.

Sie überlegte.

Dann sagte sie mit höflichem Knicks, einer Eingebung folgend: »Ihre Großzügigkeit ehrt mich, Hoheit. Doch ich möchte mir meinen besonderen Wunsch für eine andere Gelegenheit aufsparen. Im Moment bin ich wunschlos glücklich, in Ihrem Palast nach soviel

Strapazen und Schwierigkeiten meine Hochzeit feiern zu dürfen.«

»Sprechen Sie Ihren Wunsch aus, wann immer Sie wollen. Es ist mir eine große Freude, Ihnen die Hochzeitsfeier ausrichten zu dürfen. Sie wird Inder und Briten näher zusammenbringen. – Ein paar kleine Hochzeitsgeschenke warten noch auf Sie.«

Sie würden eines Maharadschas würdig sein, in dessen Palast die Schatzkammern barsten und Gold und Edelsteine zum Inventar gehörten. Janet kehrte zu ihren britischen Freunden zurück.

»Den Maharadscha hast du ja um den Finger gewickelt«, sagte Chris ein wenig eifersüchtig zu ihr. »Schade, dass er schon 999 Frauen hat ...«

»Ph«, erwiderte Janet, die nicht auf den Mund gefallen war. »Da kannst du sehen, was du für ein armer Hund bist. Du kannst dir nur eine leisten von deinem kargen Sold, und das grade mal.«

Chris lachte, er wusste, wie sie es meinte. Er küsste sie sachte.

»Für diese eine kann der Maharadscha seine 999 behalten«, raunte er Janet ins Ohr. »Außerdem, 999 Schwiegermütter, das ist auch kein Vergnügen.«

Janet lachte.

## 2. Kapitel

Stephen Browning verließ die Säle, in denen gefeiert wurde. Es ging ihm viel durch den Kopf, und er hoffte, die Schöne zu treffen, die er angehimmelt hatte. Denn er hatte gesehen, wie sie den Bankettsaal verließ. Der Maharadschapalast war riesig, und es konnte viele Plätze geben, die sie aufsuchte. Einen Ruheraum, die Toilette, einen Platz, wo sie Bekannte oder Freunde traf, um mit ihnen zu plaudern.

Der britische Offizier schritt durch die Gänge und zündete sich seine kurzstielige Pfeife an, aus der er ein paar Züge nahm. Die Inder waren allesamt Nichtraucher, sie kauten höchstens ihren Betel, eine mit Gewürzen versehene Masse, die die Zähne rot färbte. Da sie den Tabakrauch verabscheuten, rauchten die Briten im Festsaal im Maharadschapalast nicht.

Stephen ging durch weite Hallen, an weißen Säulen vorbei, die prachtvolle Steinmetzarbeiten aufwiesen, teils unter freiem Himmel durch Innenhöfe, immer auf der Suche nach der schönen Inderin, die sein Herz betört hatte.

Es roch in den Innenhöfen nach den Gul Mohur- und sonstigen Blüten, die dort in reicher Pracht blühten. Februar war es, was in Indien etwas anderes zu bedeuten hatte als in England, wo jetzt noch der kalte Winter herrschte und trübes Wetter war.

In Gwalior war es warm und sonnig, herrschten gemäßigte Temperaturen. Der Lärm des Festes war hinter Stephen verklungen, und er fühlte sich wie in einer fremden und geheimnisvollen Welt. Manchmal begegneten ihm Diener und Dienerinnen, die lautlos an ihm vorbeigingen. Einige trugen Platten mit Früchten und Leckerbissen, die beim Fest gereicht werden sollten.

Bei den anderen wusste er nicht, welche Pflichten sie hatten. Der stattliche Offizier begegnete auch ein paar Palastwachen, grimmigen Gestalten, glattrasiert oder mit hängenden Schnurrbärten, die mit Säbeln, Pistolen und teils auch Gewehren bewaffnet waren.

Es handelte sich um Perkussionsgewehre. Vor acht Jahren, 1818, war in England die Perkussionszündung erfunden worden, die wesentlich einfacher und sicherer war und die Feuergeschwindigkeit erhöhte. In Militärkreisen hatte sich die Neuerung noch nicht durchgesetzt, die Briten in Gwalior benutzten weiter die umständlicheren Steinschlossgewehre.

Somit war die Garde des Maharadschas waffentechnisch moderner ausgerüstet als das britische Regiment im Fort Gwalior. Weil die Armee die Kosten der Umrüstung scheute und sture Kommissköpfe Argumente fanden, sie abzulehnen oder doch zumindest lange noch zu verschieben.

Stephen als davon betroffener Offizier und Soldat dachte kurz über den Umstand nach, dass ein Maharadscha sich besser bewaffnen konnte als ein Soldat Seiner Majestät. Dann nahm die schöne Inderin, die er suchte, wieder seine Gedanken in Anspruch.

Es drängte Stephen zu ihr hin. Er wusste selbst nicht, wie ihm geschah. Vom Verstand her wusste er, dass er es besser sein gelassen hätte. Doch sein Herz sprach eine andere Sprache.

Es klopfte und pochte. Stephen machte einen Handel mit dem Schicksal, was sonst ebenfalls nicht seine Art war. Wenn ich sie finde, dachte er, spreche ich sie an. Wenn nicht, werde ich nicht nach ihr forschen.

Er hatte die Schöne nur im Sitzen gesehen und halb verdeckt, als sie davonschritt und den Saal verließ. Vielleicht stottert sie, dachte er, oder riecht aus dem Mund, oder hat krumme Beine.

Doch er fühlte bereits, dass dem nicht so war. Ein innerer Zwang trieb ihn vorwärts, durch die Palasträume – über achthundert gab es – man konnte sich in dem Märchenpalast verlaufen.

Stephen verlor auch tatsächlich die Orientierung. Seine Pfeife war erloschen. Er klopfte die Asche hinter einem Hibiskusstrauch in eine leere Blumenschale und versuchte, den Rückweg zu finden. Er fragte ein paar Mal Bedienstete und Palastwächter. Einmal geriet er an einen augenrollenden, kahlrasierten dunkelhäutigen Hünen, der ihm mit einem mächtigen Säbel drohte.

Stephen war unbewaffnet. Jetzt fiel ihm ein, dass manche, denen er begegnete, seit er das Fest verließ, ihn unfreundlich, ja feindselig betrachtet hatten. Die Engländer waren die Eindringlinge und Usurpatoren – viele mochten sie nicht.

Stephen hörte das indische Wort für »Harem« von dem dunkelhäutigen Wächter, der kein Schwarzer war, sondern Angehöriger einer indischen Völkergruppe. Er begriff, dass er einen Eunuchen vor sich hatte und zum Harem des Herrschers geraten war. Tatsächlich betrachteten ihn Frauengesichter durchs durchbrochene Marmorgitter, das diesen Teil des Palasts abschloss.

Stephen wich zurück. Er gestikulierte und radebrechte, fragte, wo es zurück zum Fest ging. Der Eu-
nuch deutete mit dem Monstrum von Säbel, der viel zu
schwer war, um ihn im Kampf schnell zu führen.

Der rotblonde Offizier ging in die Richtung, obwohl
er sich nicht sicher war, ob ihn der Haremswächter
nicht nur davongescheucht hatte. Er gelangte endlich
wieder nach einer langen Wanderung durch schwach
von Öllampen erleuchtete Gänge in einen belebteren
und helleren Teil des Palasts.

Schon hörte er von weitem die Musik der Hochzeitsfeier. Er atmete auf – er war lange weg gewesen
und vermutete, dass die Schöne, mit der er Blicke ge-
tauscht und die er gesucht hatte, längst zum Fest zurückgekehrt sei. Stephen atmete befreit auf.

Was bist du bloß für ein Narr, sagte er sich. Ein
paar Blicke von schönen Augen, und schon verlierst
du den Kopf.

Er nahm sich vor, die schöne Frau nicht mehr zu
beachten. Genau in dem Moment, als er meinte, es
habe sich nur um eine kurze Verwirrung seines Herzens gedreht, bog sie um die Ecke, begleitet von einer
Dienerin. Sie schauten sich an, unter Licht fremder
Sterne, in einem Innenhof, in dem es nach Blüten
roch, Vögel in einer Voliere schläfrig tschilpten und
ein Springbrunnen plätscherte.

Sie sahen sich, Stephens Herz setzte wieder einen
Schlag aus, und er wusste, er war rettungslos verloren.
Denn wie ein Blitzschlag traf ihn die Liebe, abermals,
wie zuvor schon. Er ging vor, zu der Schönen, und sie
sahen sich an.

Stephen war einen Dreiviertelkopf größer als die
Inderin, die er auf zwanzig Jahre schätzte – wie er

noch erfahren sollte, stand sie kurz vor ihrem 18. Geburtstag. In Indien zu jener Zeit war das ein durchaus gängiges oder sogar schon hohes Heiratsalter für ein Mädchen.

»Wie heißt du?«, fragte Stephen. »Verstehst du mich?«

Er versuchte es mit Hindi, dem Hauptdialekt, den er genug beherrschte, um sich verständigen zu können.

»Wie ist dein Name?«

»Ich bin Adida Banerjee«, antwortete sie mit wohlklingender Stimme in Hindi. »Du hast mich beim Fest angesehen?«

Die Dienerin näherte sich, wollte die Herrin ermahnen. Diese schickte sie mit ein paar knappen Worten in einem Dialekt, den Stephen nicht verstand, weg. Die junge Dienerin verschwand lautlos im Schatten.

Stephen nickte, keines Wortes fähig. Er stand direkt vor Adida, deren Glieder das Prunkgewand umhüllte. Ihr mädchenhafter Liebreiz nahm ihn gefangen.

»Wie heißt du?«, fragte sie in Hindi.

»Stephen Browning. Ich bin der Bruder der Braut.«

Stephen sprach nicht ganz fehlerfrei Hindi, doch gut genug. Bei komplizierteren Sachverhalten musste er überlegen und Umschreibungen wählen, wenn ihm die richtigen Worte nicht einfielen.

»Stee-en Bo-win?«

Von Adidas Lippen klang Stephens Name fremdartig. Er lachte.

»So ähnlich. Ich bin Leutnant in der Dritten Kompanie.«

»Ich weiß.«

Sie zogen sich in den Schatten zurück. Stephen ergriff Adidas Hand. Er sah, dass sie keineswegs schielte, wie er sich eingeredet hatte, und dass ihre Beine gerade und schön gewachsen waren. Ihr Atem duftete süß, ihre Zähne waren ebenmäßig und weiß.

Am meisten jedoch faszinierten ihn ihre dunklen, unergründlichen Sternenaugen, die wie tiefe Seen voller unergründlicher Geheimnisse waren.

Sie schauten sich an, rückten sich näher. Stephen roch Adidas Duft, spürte ihre Wärme. Sie wiederum sah zu ihm auf, und Gefühle, die sie noch nie gekannt hatte, erfüllten ihr Herz. Anderthalb Jahre war es her, seit ihre Eltern sie mit einem ungeliebten, mehr als vierzig Jahre älteren Mann verheiratet hatten, mit dem sie noch nicht einmal die Ehe vollzogen hatte.

Denn Rajib Banerjee war nach Ausschweifungen in seinen jüngeren Jahren und infolge von Krankheit dazu nicht mehr in der Lage. Das hatte ihn jedoch nicht daran gehindert, sich eine schöne junge Frau aus guter Familie zu nehmen, nachdem seine Hauptfrau verstorben war – Kinder hatte er keine – als Aushängeschild und fürs Prestige und damit sie sein Bett wärmte.

Er hatte sie eifersüchtig bewacht, bis heute, wo er im Palast des Maharadschas, zu dessen Vertrauten er zählte, keine Gefahr sah. Adida war jung, voller Feuer und Liebeshunger. Der alte Mann hatte ihr die Jugend gestohlen und sie an sich gekettet, was ihre Familie aus politischen und geschäftlichen Gründen goutierte.

Manchmal hatte Adida zu jungen Männern hingesehen, die ihr gefielen, doch gleich wieder keusch die Augen niedergeschlagen. Und sich getadelt, dass sie andere Gedanken hatte, als dem alten Rajib Banerjee eine ergebene und treue Ehefrau zu sein.

Jetzt stand da ein schmucker junger Mann vor ihr, ein Brite, stattlich in seiner roten Uniform. Wie Krischna selbst, der Schöne und Strahlende, die bedeutendste Inkarnation des obersten Schöpfergotts Wischnu, erschien er ihr.

Ein leiser Gedanke riet Adida wegzulaufen, doch er verstummte gleich. Im nächsten Moment sank sie in Stephens Arme. Halb zog er sie an sich, halb kam sie ihm entgegen.

Ihre Lippen fanden sich in brennenden Küssen, und sie vergaßen alles um sich herum, was nicht ungefährlich war, denn es gab Spitzel in dem Palast. Die Wände hatten hier Augen und Ohren. Doch niemand bemerkte das Paar, das sich bei den an der nach oben ausladenden Säule hochrankenden Blüten küsste und Zärtlichkeiten austauschte.

Stephen war ein heißblütiger junger Mann, und Adida eine junge Frau, deren Leidenschaft noch nie gestillt worden war. Doch weiter als zu Küssen und zärtlichem Streicheln konnte es nicht kommen.

Sie setzten sich auf die Steinbank. Stephens Lippen glitten über Adidas Hals. Ihre Haut war pfirsichzart. Sie legte den Kopf zurück und seufzte.

Sie spürte seine starken, zärtlichen Hände. Ihr Mann hatte sie noch nie so angefasst. Endlich endeten diese Zärtlichkeiten und kehrten die beiden in die Realität zurück, nachdem sie die Küsse ihrer Liebe getrunken hatten.

»Ich muss dich wiedersehen«, sagte Stephen.

Er hatte Mühe, die rechten Worte zu finden. Manchmal verhaspelte er sich. Doch Adida verstand ihn.

»Das kann nicht sein«, antwortete sie.

»Weil du die Frau eines anderen bist? Rajib Banerjees.«

»Ja, Rajib, er ist mein Gatte. Ich gehöre ihm. Wenn sein Leben endet, werde ich zu ihm auf den Scheiterhaufen steigen. Die Flammen werden uns reinigen. Vielleicht, in einem anderen Leben, sind wir dann wieder zusammen.«

Stephen verstand nur die Hälfte, doch er begriff den Rest.

Er packte Adida bei den Oberarmen, so fest, dass sie leise aufstöhnte.

»Das kann doch nicht wahr sein. Das ist Wahnsinn. Er könnte dein Großvater sein.«

»Kein Großvater. Gatte. Mann.«

»Aber ... wozu? Das ist eine Sünde und Schande. Wie kannst du mit einem so alten gebrechlichen Mann glücklich werden?«

»Ich bin mit ihm verheiratet worden«, antwortete Adida schlicht. »Auf das Glück kommt es nicht an.«

»Du hättest etwas Besseres verdient. Wir werden uns wiedersehen. Ich schicke dir eine Botschaft. Ich bringe dich weg von hier, irgend wohin, wo uns keiner kennt. Dort werden wir glücklich sein.«

Adida lächelte bitter.

»Jeder Mensch hat sein Karma. Meines ist es, Rajibs Gattin zu sein. Die letzten Jahre, die er noch hat, teile ich mit ihm. Dann ...«

Eine Träne tropfte von ihren Wangen.

»Ich werde niemals Kinder haben und auf meinen Knien wiegen. Ich bin wie ein Tropfen im Ganges, der dahinströmt im Fluss des Lebens, verdunstet, zum Himmel aufsteigt und wieder niederregnet, wohin, weiß ich nicht. Ans Rad des Lebens gekettet.«

Stephen verstand nur sehr wenig. Aber er war Engländer, ein Mann, ein Soldat. Er umarmte Adida und küsste ihr ihre Tränen weg. Normalerweise hätte er in einer Herzensangelegenheit länger überlegt und nichts überstürzt.

Aber er wusste, wenn er jetzt nicht zupackte, dann entschwand Adida aus seinem Leben. Dann hatten sie keine Chance und keine Zukunft. Stephen überlegte keinen Moment. Auf seine Art war er in Liebesdingen genauso wie seine Schwester Janet, die sämtliche Widerstände überwunden hatte und ihrem Geliebten um die halbe Welt gefolgt war, um die Seine zu werden.

Es durfte kein Zögern und keine Unentschlossenheit geben.

»Ich liebe dich«, flüsterte Stephen auf Hindi. »Ajeti taba. Mein Herz und mein Leben. – Liebst du mich?«

Adida schaute ihn an. In ihren Innern zerbrach etwas wie eine Fessel oder wie ein schmiedeeisernes Joch.

»Ajeti taba, Inglesi. – Ja, ich liebe dich. Rajib – habe ich nie geliebt, und ich war noch nie seine Frau.«

»Dann brennen wir zusammen durch, reißen aus.«

»Und wohin willst du gehen?«

»Nach England. Australien. Afrika. In die Neue Welt, nach Amerika. Irgend wohin, wo ich mit dir zusammen sein kann.«

»Du bist Offizier und gehörst dem König. Ich gehöre Rajib Banerjee.«

Wie ein Keulenschlag traf Stephen die Erkenntnis, dass sie Recht hatte. Ihn band sein Diensteid. Wenn er mit Adida floh, wie sollte er dann an die Küste kommen? Wie eine Passage in ein anderes Land finden? In Indien unter den Einheimischen konnte er als fahnenflüchtiger Engländer nicht leben.

Nach England zurück konnte er auch nicht. Das wollte gut überlegt sein. Doch beide wollten zusammen sein. Stephen, weil die Liebe zu Adida sein Herz entflammt hatte. Adida, weil sie ihn ebenfalls liebte – und weil er für sie das Leben war, Lust, Liebe und Leidenschaft, die Erfüllung.

Durch ihn würde sie zur Frau werden. Mit ihm und bei ihm hatte sie eine Zukunft, kein Dahinvegetieren an der Seite eines nörglerischen, siechen, dahinwelkenden alten Mannes, der sie halsstarrig als seinen Besitz betrachtete und als Statussymbol.

Für den sie war wie ein Schmuckstück, ein wertvolles Gemälde, ein Rang oder ein kostbares Gewand, mit dem er sich schmückte.

»Da geht der reiche Minister Banerjee mit seiner schönen jungen Frau«, wurde getuschelt, wenn sie in der Stadt gesehen wurden. »Ist er nicht zu beneiden?«

Er war es – vielleicht – sie nicht. Und, gesund war er ohnehin längst nicht mehr, am Ende würde für Adida ein fürchterlicher Flammentod stehen. Als Witwe würde sie auf den Scheiterhaufen steigen oder vielmehr mit Drogen betäubt, gefesselt von den Verwandten Rajib Banerjees auf diesen gelegt werden.

Gesänge und Musik würden ihre Schmerzensschreie übertönen. Denn die Drogen reichten nicht aus, um den Schmerz zu lindern, wenn die Flammen ihr das Fleisch von den Knochen sengten und ihren schönen jungen Leib verzehrten, dem jede Erfüllung als Frau versagt bleiben sollte.

»Du gehörst nicht Rajib Banerjee«, sagte Stephen, der Adidas trübe Gedanken spürte. »Du bist ein eigenständiger, selbständiger Mensch. – Küsse mich.«

Wieder fanden sich ihre Lippen. Stephens Entschlossenheit, sein Mut und seine Stärke strömten mit dem Kuh, als ob es ein Lebenskuss sein, auf Adida über. Er berührte ihre Brüste und spürte ihren Herzschlag.

»Liebst du mich?«

»Ja, ja, ja, Liebster.«

»Willst du leben, oder willst du sterben?« Weil die Schöne nicht gleich verstand, wiederholte Stephen mit ernster Miene: »Tod« – er deutete von sich weg – »oder Leben?«

Dabei legte er den Arm um Adida, deutete auf sein Herz. Ihre Augen blitzten auf.

»Leben!«, rief sie entschlossen.

Ihre Lippen fanden sich wieder. Adida Banerjee hatte sich entschieden. Ihr Lebenswille triumphierte, und von nun an würde sie alles tun, um nicht an der Seite des alten Mannes in seinem prachtvollen Haus eingeschlossen mit ihm dem Tod entgegenzugehen, der schon seine Sense gegen ihn hob.

Denn Rajib Banerjees Lebensflamme flackerte nur noch schwach. Sein Herz war angegriffen. Er gab viel Geld für Ärzte aus, doch ihre Kunst versagte. Und es war unverantwortlich von ihm, obwohl es mit den hiesigen Traditionen im Einklang war, dass er seine blutjunge Frau mit sich in den Tod nehmen wollte.

Mit Blumen bekränzt, auf einen lodernden Scheiterhaufen, der für sie ein grauenvolles Hochzeitsbett werden sollte. Leben hatte er nicht mehr in ihren Schoß pflanzen können, damit etwas von ihm blieb, doch den Tod wollte er ihr geben. Alles mit dem Segen der Hindu-Brahmanen, die sich freuen würden, dass wieder einmal eine gehorsame Witwe mit ihrem Gatten der nächsten Wiedergeburt entgegenging.

So wollten wollten es Wischnu und Parwati, höchster Gott und höchste Göttin. Stephen und Adida wollten es nicht.

Nach einer Weile trennten sie sich. Sie hatten sich das Versprechen gegeben und sich geschworen, dass sie sich wieder sehen wollten. Wie sich das bewerkstelligen ließ, würde sich zeigen. Die Liebe fand so gut wie immer einen Weg.

Getrennt voneinander, Stephen später als Adida, kehrten sie zu den Feiernden zurück. Es war schon nach Mitternacht. Das Brautpaar hatte sich schon zurückgezogen, um die Hochzeitsnacht zu verbringen. Eine Flitterwochenreise konnte leider nicht sein.

Stephen trank seinem Kommandeur zu.

»Wo bist du denn so lange gewesen?«, fragte Sir Robert seinen Oberleutnant mit schon etwas schwerer Zunge.

Lady Alice war bereits gegangen und hatte sich in der britischen Garnison zur Ruhe begeben.

»Habe mich im Palast verlaufen, Sir.«

»Kann passieren. Das ist ja der reinste Irrgarten. Sei froh, dass dich die Thugs nicht erwischt haben, die überall sein sollen. – Jetzt bist du wieder da, Junge. Lass uns ein Glas trinken, und dann werde ich dir von der Kampagne gegen die Gurkhas erzählen. Da ist es zugegangen …«

Stephen interessierten die Kriegserinnerungen seines Kommandeurs absolut nicht. Sein Blick suchte sehnsuchtsvoll Adida, die er liebte. Doch ihr Platz war leer. Ihr Mann war gegangen, sie hatte ihn begleiten müssen.

Stephen spürte ihre Küsse noch auf den Lippen, sie die seinen. Die Welt hatte sich für sie verändert.

Das Brautbett war mit Rosen bestreut, das ganze Zimmer ein Blumenmeer. Chris trug Janet, die ihre Arme um ihn schlang und sich glücklich an ihn schmiegte, mit seligem Lächeln, über die Schwelle ins Brautgemach. Fort Gwalior war riesig. Das Brautpaar hatte ein Zimmer in einem Palastflügel, wo sich die Kasematten der britischen Garnison befanden.

Chris legte Janet aufs Bett. Im nächsten Moment krachte es zusammen, weil Offizierskameraden, sich einen Scherz erlaubend, es auseinander montiert und so zusammengefügt hatten, dass das geschehen musste. Das war ein durchaus üblicher Scherz, auch von daheim in Northamptonshire kannte Janet solche.

Es war üblich, zum Beispiel die Braut zu entführen. Freunde des Bräutigams verschleppten sie mit der Kutsche, und er musste sie dann in den Gasthäusern oder bei Verwandten und Bekannten suchen und jeweils die Zeche der »Entführer« bezahlen. Es gab auch noch andere, derbere Scherze, doch hier hielt es sich im Rahmen.

»Ja, verdammt noch eins«, fluchte Chris. »Da hört sich doch alles auf. Eine Unverschämtheit ist das. – Wo steckst du denn, Liebste?«

Der Betthimmel war über Janet mit ihrem Brautkleid zusammengebrochen. Chris hörte sie lachen. Er zerrte den Betthimmel zur Seite. Janet umarmte ihn, und sich küssend sanken sie in das Wirrwarr.

»Das haben wir Hawkins zu verdanken!«, rief Chris.

Jack Hawkins war Leutnant in der B-Kompanie. »Er hat nichts als Unfug im Kopf.«

So kam es, dass das frischgebackene Brautpaar, statt sich in den Armen zu liegen, zunächst einmal das Bett zusammenbauen musste. Endlich war es für sie bereit.

Chris zog sich ins Badezimmer zurück, das sich auf dem Flur befand und verschiedenen Offizieren und ihren Gattinnen diente. Hier war das Quartier der verheirateten Offiziere. Einen erheblichen Luxus, dass jedes Zimmer ein Bad gehabt hätte, gab es allerdings nicht.

Der Leutnant betrat eine Weile später das Zimmer. Janet lag im Bett. Eine Nachttischlampe brannte, und ein Streifen Mondlicht fiel übers Bett. Janet wendete Chris den Rücken zu.

Er sah ihr rotblondes Haar, das übers Kissen fiel, entkleidete sich und schlüpfte neben sie ins Bett. Es war die erste Nacht, die sie als Mann und Frau zusammen in einem Bett schliefen. Zuvor war das in der sittenstrengen Garnison nicht möglich gewesen, obwohl sie schon lange verlobt waren, und im Stall auf dem Heu, in einem Ausweichquartier oder hinter einem Busch hatte sich Janet Chris nicht hingeben wollen.

Er spürte, dass sie nackt war unter der Decke, was zu der Zeit eine erhebliche Kühnheit darstellte. Bereiteten doch britische Mütter ihre Töchter mit den Worten auf die Ehe vor: »Schließ die Augen und denke an England.«

Janet sah nicht ein, warum sie das tun sollte. Ihre Freundin Angela in London hatte sie über manches aufgeklärt und ihr gesagt, dass eine Frau beim Sex, ein verpöntes Wort, durchaus Vergnügen empfinden konnte wie ein Mann auch.

Chris schmiegte sich an Janet. Sie spürte seine Erregung. Sacht drehte er sie um. Sein Blick glitt über ihren Körper, den Mond- und Lampenlicht dezent beleuchteten.

»Mein Gott, wie schön du bist«, stieß Chris hervor.

Er küsste Janets Mund und dann ihre Brustspitzen. Sie spürte seine Berührungen überall, und eine Wärme, die sie bisher nicht gekannt hatte, stieg in ihrem Schoß empor. Sie kam Chris entgegen.

Es wurde eine für beide Teile sehr befriedigende Hochzeitsnacht. Chris stellte fest, dass er keine prüde Frau geheiratet hatte. Bei einem Mädel, das auf eigene Faust um die halbe Welt gereist war, konnte man auch nicht erwarten, dass es sich um eine zaghafte und zimperliche Natur handelte.

Er wiederum genügte Janets Ansprüchen in jeder Hinsicht. Eine völlig neue Welt tat sich für sie auf. Am anderen Morgen, als zum Appell geblasen wurde, wollte Chris routinemäßig aufstehen.

Janet hielt ihn zurück.

»Da hast Hochzeitsurlaub. Erinnerst du dich nicht mehr, dass du mich gestern geheiratet hast?«

Chris, auf der Bettkante sitzend, runzelte die Stirn.

»Ich erinnere mich dunkel. Da ist irgend etwas gewesen.«

Janet quietschte.

»Schuft!«, rief sie, kitzelte ihn – Chris war kitzlig – und jagte ihn aus dem Bett. Dann bombardierte sie ihn mit den Kissen. Eine fröhliche Kissenschlacht begann, die mit einem Liebesakt endete.

# 3. Kapitel

Die Zeit verging. Chris' eine Woche Hochzeitsurlaub verstrich viel zu rasch. Mittlerweile hatte ein umfangreicher Briefumschlag das Herrenhaus des Earls of Browning, Janets und Stephens Vater, in Stratford upon Avon in der Grafschaft Northamptonshire erreicht. Das im englischen Landhausstil gehaltene Haus mit Ställen und einer Kutschenremise befand sich auf einer Anhöhe über dem Städtchen, in dem 1564 der große Shakespeare geboren war.

Earl Winston, der 13. seines Namens und Ranges, öffnete in seinem Arbeitszimmer den umfangreichen Umschlag mit den Stempeln und Briefmarken der königlichen Post sowie der Armee.

»Der Brief kommt aus Indien«, sagte der Earl zu seiner Gattin Eleanor und seiner Schwester Heather, einer alten Jungfer, die vor Spannung berstend zuschauten.

Earl Winston, ein grauhaariger, untersetzter Landjunker mit gesunder Gesichtsfarbe, ging beim Öffnen des stabilen Umschlags sehr umständlich vor.

»Um Gotteswillen, Winston, tu tust, als ob du einen Truthahn tranchieren müsstest«, sagte die immer noch hübsche Lady. »Willst du denn nicht endlich zur Sache kommen?«

»Immer mit der Ruhe und alles zu seiner Zeit«, sagte der Earl.

Er hatte den Umschlag nun offen, holte zwei Briefe hervor und legte sie vor sich auf den Tisch. Er saß hinter seinem Schreibtisch, die beiden Ladies in ihren langen Kleidern davor. Sie beugten sich vor.

Beide hatten eine Haube am Kopf. Sie wagten jedoch nicht, die höchst wichtigen Briefe anzufassen. Das blieb dem Familienoberhaupt vorbehalten.

Sir Winston nahm zunächst eine reichliche Prise Schnupftabak. Er blinzelte in die Sonne, die durchs Fenster schien. Nachdem er geniest hatte, bequemte er sich endlich, die beiden Schreiben zu lesen.

Lady Eleanor, die wie immer eine Handarbeit in den Händen hielt, erkannte die Schrift ihres Sohnes und die ihrer Tochter. Sir Winston runzelte die Brauen und wirkte höchst überrascht.

»Winston, was steht darin?«, fragte ihn Lady Heather. »Ich sterbe vor Neugierde, wenn du es nicht endlich sagst.«

»Wenn Neugierde tödlich wäre, würdest du längst nicht mehr leben«, entgegnete kühl ihr Bruder. Er las – wurde noch verwunderter. Dann haute er mit der Faust auf den Tisch, dass das Tintenfass und die Tasse mit dem Tee, in dem sich ein guter Schuss Rum befand, hochsprangen. »Potz Blitz und Donnerwetter!« dröhnte er. »Dieses Teufelsmädel. Unsere Janet …«

»Wo ist sie, was ist mit ihr?«, fragte Lady Eleanor. »Wir haben seit vielen Wochen nichts mehr von ihr gehört, seit sie ausriss, weil du ihr die Verbindung mit Christian Demarron untersagtest. Und eine Intrige anzetteltest, ihn nach Indien versetzen zu lassen, damit sie ihn gewiss nicht wiedersieht.«

»Nun«, sagte Earl Winston, dem das inzwischen peinlich war, »ich bin nicht der einzige gewesen, der darauf hinwirkte. Auch Lord Horatio Demarron, der größte Spitzbube, der das Oberhaus verunziert, intervenierte diesbezüglich, wie wir inzwischen wissen. – Ja, Janet hat schon immer ihren eigenen Kopf hatte ...«

»Sie hat deinen Dickkopf geerbt, Winston«, erklärte ihm seine Gattin. »Meine Eltern und Vorfahren waren alle sehr sanfte, geduldige Menschen.«

»Wir wollen jetzt nicht über die beiderseitige Familiengeschichte sprechen. Janet ist ...«

»Wo?«, fragten die beiden Frauen. »Sag endlich wo?«

»In Indien, bei ihrem Christian. Und zwar in Fort Gwalior, wo auch unser Sohn Stephen stationiert ist.«

»In In... dien?«, stieß die füllige Lady Heather hervor. »Wo es von wilden Tigern, Giftschlangen und blutrünstigen Eingeborenen wimmelt, es nichts als Dschungel gibt und die Flüsse alle krokodilverseucht sind? Wo man nie weiß, ob man des Morgens lebend aufwacht, wenn man sich abends zu Bett legt? Wo die Malaria wütet und die Moskitos einen bei lebendigem Leib auffressen?«

»So schlimm ist es nicht«, entgegnete Sir Winston seiner Schwester. »Ich bin selbst in Indien gewesen und lebe noch. Stephen ist seit einiger Zeit da stationiert, bis auf eine Ruhr, die er sich zuzog und die ausgeheilt ist, erfreut er sich bester Gesundheit.«

»Mein Riieeeeeeeeeechsalz!«, rief Lady Heather. »Ich fasse es nicht. Nach Indien – das sind Zig-Tausende von Meilen. Wie kommt sie denn dahin?«

»Per Schiff von Plymouth aus. Sie hat Kap Hoorn umrundet, den Stillen Ozean durchquert, ist ein Bombay gelandet und von da zu Pferd mit einem Sikh als

Begleiter ins Landesinnere nach Gwalior geritten«, schilderte Sir Winston, wobei er sich nur wenig irrte. »Das hat ein paar Wochen gedauert. Piraten seien auch einmal hinter ihr her gewesen, schreibt sie.«

»Zu Pferde!«, rief Lady Heather. »Und nicht mal im Damensitz. Mit einem ... wie heißt der Kerl?«

»Sikh. Das ist eine indische Kriegerkaste.«

»Mit so einem wilden, ungehobelten Burschen war sie allein in der Wildnis?«

»Woher soll ich denn das wissen? War ich vielleicht dabei? Sie lobt Jahlal Singh, wie er heißt, in ihrem Schreiben sehr. Jedenfalls hat er sie heil nach Fort Gwalior gebracht. Und dort ...«

Sir Winston stand auf und schaute auf den Kalender.

»Ja, dort hat sie ihn gestern geheiratet, wenn es bei dem Datum blieb, das in dem Brief steht.«

»Wen hat sie geheiratet?«, fragte Heather Browning. »Den Sikh?«

»Doch nicht den Sikh!«, rief Sir Winston, der nun die Geduld verlor. »Christian Demarron natürlich. Den Mann, mit dem sie heimlich verlobt war.«

»Chris-ti-an De-mar-ron!«, rief Heather und fasste sich an den fülligen Busen. »Den Mördersohn, den Abkömmling der üblen Demarrons! Den mit den blutigen Händen, der sofort nach der Geburt ausgesetzt gehört hätte? – Das darf doch nicht wahr sein!«

»Es ist aber wahr«, sagte Sir Winston. »Stephen schreibt nämlich genau dasselbe. – Nun, zu dem Zeitpunkt, gehe ich davon aus, bin ich bereits Christian Demarrons Schwiegersohn.«

Mit einem Aufschrei sank Heather vom hochlehnigen Polsterstuhl. Sie wäre zu Boden gesunken, hätten Sir Winston und seine Gattin sie nicht festgehalten. Lady Eleanor hielt ihr das Riechsalz unter die Nase.

Heather kam wieder zu sich. Die Tränen stürzten ihr aus den Augen.

»Ich bin mit den Demarrons verwandt!«, rief sie. »Was für ein Affront, was für eine Schande!«

»Jetzt reicht es!«, rief da Sir Winston. »Geh in dein Zimmer, Heather, und verschone uns mit deinen albernen Anfällen. Komm wieder, wenn man normal mit dir reden kann.«

»Aber Winston«, sagte die ältliche Lady eingeschüchtert.

»Geh!«

Heather verschwand beleidigt und mit ihrer Krinoline unter dem Rock raschelnd. Lady Eleanor meinte, ihr Mann hätte sie nicht so anblaffen sollen.

»Du weißt doch, wie sie ist.«

»Manchmal raubt sie mir den letzten Nerv, Eleanor. – Was sagst du zu dieser Geschichte?«

»Gott sei Dank, Janet lebt, und sie hat nicht mit uns gebrochen, Winston. – Was willst du nun tun? Sie enterben? – Dann, sage ich dir, verlasse ich dieses Haus.«

Der Earl seufzte und trat ans Fenster. Er schaute eine Weile hinaus. Die Fehde zwischen den Demarrons und den Brownings hatte begonnen, als Winstons älterer Bruder Richard sich mit Christians Vater wegen einer Schauspielerin duellierte. Unglücklicherweise war er dabei ums Leben gekommen, was Lawrence Demarron nicht gewollt hatte.

Er hatte ihn nur mit dem Säbel an der Schulter verletzen wollen. Doch der unglückselige Richard war gestolpert und in die Klinge gelaufen, die ihn niederstreckte. Auch Lawrence Demarron lebte schon lange nicht mehr. Er war an einer Krankheit verstorben, als sein Sohn Christian erst sechs Jahre alt gewesen war.

Christians Mutter lebte noch, sie hatte sich wieder verehelicht und wohnte in Wales. Die jeweiligen Familienoberhäupter, Sir Winston bei den Brownings und Lord Horatio bei den Demarrons, waren sich spinnefeind. Starrköpfig schadeten sie sich, wo sie konnten, und Earl Winston hatte früher versucht, Horatio Demarrons Karriere zu hintertreiben.

Es war ihm nicht gelungen.

Und jetzt das.

»Was willst du tun?«, fragte Lady Eleanor wieder.

Sir Winston deutete auf die Briefe.

»Lies.«

Lady Eleanor las. Manchmal schüttelte sie dabei den Kopf. Janet bat am Ende ihres Briefs ihre Eltern um Verzeihung für die Sorgen, die sie ihnen bereitet hatte. Sie wolle jedoch auf keinen Fall von Christian lassen, schrieb sie.

Stephen wieder teilte kategorisch mit, der Mut seiner Schwester, um die halbe Welt zu reisen, hätte in der Garnison von Gwalior größten Anklang gefunden. Und es wäre die höchste Zeit, die unselige alte Familienfehde endlich zu beenden.

Ich werde sie nicht fortsetzen, teilte er mit.

Sir Winston wendete sich seiner Gattin zu, als sie zu Lesen aufgehört hatte.

»Ich werde Christian Demarron …« begann er und machte eine dramatische Pause »als Schwiegersohn willkommen heißen, wenn er in Browning Hall erscheint.«

Seine Gattin fiel ihm um den Hals.

»Winston, ich wusste, dass du ein gutes Herz hast. Du verbirgst es nur hinter deiner bärbeißigen Art. Was Lord Demarron betrifft …«

»Den mag ich genauso wenig, wie er mich«, sagte Sir Winston. »Das Mus ich auch nicht. Trotzdem können wir bei den wenigen Gelegenheiten, wenn wir uns zukünftig begegnen, wie Gentlemen miteinander verkehren. – Für mich ist die alte Fehde beendet.«

»Und für ihn, für Demarron?«

»Er wird sich nicht gegen die öffentliche Meinung stellen. Die Geschichte von Janets Reise nach Gwalior wird durch die Gazetten gehen. Lord Demarron steht im öffentlichen Leben und muss auf seinen Ruf achten. Wenn er sich gegen das Liebespaar stellt, das nun wie ich annehme verheiratet ist, wird ihm das sehr schaden. Außerdem ist ihm sein Neffe sowieso ziemlich gleichgültig, und er wird Janet, die er nicht mal persönlich kennt, selten sehen.«

»Dann wäre die alte Fehde also endlich vorbei?«

»So ist es.«

Lady Eleanor fing an zu weinen. Ihr Gatte fragte bestürzt warum.

»Unsere Tochter hat in einem fernen Land geheiratet, ohne uns und unseren Segen. Wie gern hätte ich ihr die Hochzeit ausgerichtet. Und nun … wann werde ich sie endlich wiedersehen? Und ihren lieben Mann?«

Sir Winston verzog keine Miene, als Christian Demarron ein lieber Mann genannt wurde. Er umarmte seine Gattin und spendete ihr Trost.

»Fasse dich, liebes Weib. Janet ist in sicherer Obhut. Stephen ist bei ihr, ihr Mann – die Garnison in Gwalior steht unter dem Kommando von Sir Robert Flight, der ein tüchtiger Soldat seiner Majestät ist. Da wird nichts passieren.«

»Aber sie ist so weit weg.«

Sir Winston tätschelte ihren Rücken.

»Sie wird wiederkommen«, sagte er. »Unseren Segen werde ich ihr schicken und ihr mitteilen, dass alles verziehen ist und wir sie lieben. Sie soll nur zu uns kommen, sobald sie es kann. – Ihr Platz ist bei ihrem Mann, nicht mehr bei uns.«

»Winston, unser Mädel … sie ist nun eine verheiratete Frau.«

»Ja, Eleanor, das ist der Lauf der Welt, auch wenn er in dem Fall etwas holprig war und bis nach Indien geführt hat. Die Kinder sind erwachsen, und wir werden alt. Ich setze mich gleich hin und schreibe einen Brief, in denen wir ihnen alles Gute wünschen.«

Sir Winston war doch gerührt. Er zog sein Taschentuch und putzte sich die Nase.

»Dass Janet so schnell heiratet, hätte ich nicht gedacht«, sagte er. »Dann werden wir wohl bald Großeltern werden, Eleanor. Schade, dass sie so weit weg sind.«

»Das hast du dir selbst zuzuschreiben.«

»Chris Demarron, der bei den Horse Guards seiner Majestät in London diente, bevor ich ihn nach Indien versetzen ließ, scheint ja ein tüchtiger Offizier und ein patenter Kerl zu sein. – Ob er auch Whist spielen kann?«

»Du hast Sorgen, Winston. So dringend wirst du ihn wohl doch nicht als Partner zum Kartenspiel brauchen.«

»Potzblitz!«, rief der Earl nun. »Ich freue mich. Hoffentlich sehen wir sie bald hier in Browning Hall. –

Mein Mädel – bis nach Indien ist sie gereist, auf eigene Faust. Das hat sie von mir geerbt, Eleanor, nicht von deiner sanftmütigen, geduldigen Familie. Das ist Browning-Blut.«

»Weißt du, manchmal redest du einen entsetzlichen Unsinn«, sagte die Gattin ungewohnt scharf.

In Fort Gwalior und der bunten und lebhaften Stadt, die ihm zu Füßen lag, trafen Stephen Browning und die schöne Adida sich heimlich. Das Wunder der Liebe erschloss sich ihnen. Drei Tage dauerte es, bis Stephen wieder von seiner Angebeteten hörte, nachdem er sie bei Janets und Chris Hochzeitsfeier im Maharadschapalast getroffen und sich unsterblich in sie verliebt hatte.

Nur eine knappe Botschaft erreichte ihn. Eine Inderin richtete sie ihm im Fort aus, er sah sie danach nicht wieder.

Hab Geduld, lautete die Botschaft. Mehr nicht, was Stephen wieder in Zweifel stürzte.

Der schneidige Kavallerieoffizier versah seinen Dienst wie im Traum. Er dachte ständig an Adida, die mit einem alten, ungeliebten Mann verheiratet und an ihn gekettet war. Ein ödes Leben, ein früher und grausamer Tod, das war es, was sie erwartete. Daran änderte es nichts, dass sie im Reichtum lebte, im Hause des früheren Kaufherrn, jetzigen Ratsherrn und Ministers Rajib Banerjee wie in einem goldenen Käfig.

Stephen ging in seiner Freizeit in die Stadt hinunter, die am Narmada-Fluss lag, einem Nebenfluss des Chambal-Rivers, und die seit 1750 Hauptstadt des Marathen-Fürstentums war. Die monumentalen Wälle von Fort Gwalior überragten die Stadt auf der Anhöhe. Bereits im fünften Jahrhundert nach Christus war mit dem Bau begonnen worden. Innerhalb tausend Jahren, im Wandel der Zeiten, wuchs Fort Gwalior durch Zubauten und Vergrößerungen zu einem von meterdicken wuchtigen Mauern umgebenen Areal von drei Kilometern Länge und 110 bis 700 Meter Breite.

Durch sechs Portale gelangte man ins Innere des Forts. Dort gab es mehrere Paläste, Moscheen – die Untertanen des Maharadschas waren nicht alle Hindus, Hindutempel, Wasserteiche und Depots. Die britische Garnison in Regimentsstärke, mit Anhang insgesamt neunhundert Personen umfassend, war im nördlichen Teil des alten Forts untergebracht und beherrschte die Marathenfestung mit ihren Kanonen.

Sie war kaum einzunehmen, andererseits jedoch auch eine Mausefalle, aus der es, wenn die Garnison erst einmal eingeschlossen war, kein Entrinnen gab. In der Stadt Gwalior gab es Hindutempel aus dem 11. und 12. Jahrhundert, zu denen jährlich Pilger hinströmten. Außerdem monumentale Skulpturen des Janaismus, einer Abart des Hinduglaubens.

Kolossalstatuen der Jain-Tirthankaras, ihrer geistigen Führer und Wegbereiter, waren in die Felswände des Forts eingehauen und teils von der Vegetation überwuchert. In der Stadt, südöstlich vom Fort, befand sich das Grab des islamischen Heiligen Mohammed Ghaus. Auch Tan Sen, Hofmusikant des größten Mogulkaisers – Akhbar -, der größte Musiker seiner Zeit, hatte in Gwalior seine letzte Ruhestätte gefunden.

Beide Gräber stammten aus dem 16. Jahrhundert, lange bevor die Engländer Indien annektiert hatten, nachdem sie Franzosen und Holländern den Rang abliefen. Die Stadt Gwalior hatte zwischen 80.000 und 100.000 Einwohner, genau wusste es niemand.

Während der jährlichen Pilgerzüge befanden sich mitunter eine Viertelmillion Menschen hier. Am Rand des Dekkan-Hochlandes und der Gangesebene war sie günstig gelegen, ein Verkehrskotenpunkt und Nervenzentrum. Wichtige Handelsstraßen kreuzten sich hier, und es gab zahlreiche Karawansereien und Gasthöfe, um die Reisenden und Pilger unterzubringen.

Fast alle von den Letzteren reisten nach dem Besuch Gwaliors an den Ganges weiter, den heiligen Fluß der Hindus. In der Stadt wimmelte es nur so von Menschen. Ochsenkarren, Heilige Kühe, fliegende Händler, Passanten, Handwerker, Brahmanen-Priester in safranfarbenen Gewändern, mit kahlgeschorenem Kopf, die Bettelschale in der einen, den Wanderstock in der anderen Hand bildeten einen Teil dieses Menschenmischmaschs, an den sich Stephen gewöhnt hatte.

Er kannte die Villen der Vornehmen mit den schattigen, gutbewässerten Gärten ebenso wie die Armengassen mit den mehrstöckigen, schäbig errichteten Bauten sowie die Elendsviertel mit ihren Hütten. Eine bunte Vielfalt herrschte in Gwalior, das zum Norden hin, zur Gangesebene, fruchtbare Felder umgaben.

Die Briten begaben sich meist nur zu zweit oder in Trupps in die Stadt. Denn es war nicht ungefährlich für sie, sich in Gwalior zu bewegen. Es gab Aufrührer und Feinde der Engländer.

Stephen wollte allein sein, weil er nur Adida im Kopf hatte. Er ging allein über den Markt, wo ein Stimmengewirr herrschte, Fakire ihre Künste vorführten und Bettlerscharen umherlungerten. Den jungen

Mann beherrschte nur ein Gedanke: Wie konnte er Adida wiedersehen?

Er erwog, andere einzuweihen, indische Dienstboten in der englischen Garnison zum Beispiel, wo er im Quartier der unverheirateten Offiziere wohnte. Doch er verwarf die Idee wieder, die Gefahr war zu groß, dass er an Unzuverlässige geriet, die ihn an Adidas Gatten verrieten – und sie mit.

Seinen Kameraden konnte sich Stephen auch nicht anvertrauen, sie hätten kein Verständnis gehabt und seine Liebschaft am Ende noch dem Regimentskommandeur mitgeteilt. Dann wäre eine Versetzung die Folge gewesen, denn sich mit den Eingeborenen einzulassen war bei den Engländern verpönt.

Es geschah natürlich, doch es hatte eigentlich immer unliebsame Folgen, wovor Stephen die Augen verschloß. Mit seiner Schwester und Chris wollte er noch nicht über seine Liebe sprechen.

Es blieb ihm also nichts anderes übrig, als zu warten, bis Adida mit ihm Verbindung aufnahm. Ihr alter Mann ließ sie ohne Zweifel streng bewachen. Doch verliebte Frauen waren bekanntlich erfindungsreich, und wenn es darum ging, einen Mann zu betrügen – im Fall Adidas war es gerechtfertigt – fanden sie immer Mittel und Wege.

Stephen konnte nicht essen, nicht schlafen. Er magerte ab, sein Blick war fiebrig, er wirkte fahrig. Kameraden fragten ihn, ob er krank sei. Vierzehn Tage vergingen. Stephen wurde immer unruhiger.

Hatte Adida es sich anders überlegt? Außer der knappen Botschaft hatte er nichts mehr von ihr gehört und gesehen. Waren sie bei ihrem Rendezvous und stürmischen Küssen im Palast vielleicht beobachtet worden? Hatte man Adida verraten, und sperrte ihr Gatte sie etwa ein oder hatte sie gar weit weggeschickt, was sie nicht hätte verhindern können?

Hatte sie es sich anders überlegt und von Stephen Abstand genommen? Die Gedanken quälten den jungen Offizier. Er rief sich jede Einzelheit des Treffens mit Adida – wie kurz war es doch gewesen! – ins Gedächtnis. Jeden Klang ihrer Stimme, jeden Kuss, ihren Duft, wie ihre Haare aussahen, wie zärtlich sie zum ihm gewesen war, wie ihre Augen gestrahlt hatten.

Wie sie in seinen Armen gelegen hatte …

Auch deshalb wagte sich Stephen allein in die Stadt. Wenn nämlich Adida abermals einen Boten oder eine Botin zu ihm schickte, war es ungünstig, wenn er sich in einer Gruppe befand oder ein Kamerad mit dabei war. Amors Pfeil hatte Stephen voll getroffen.

In der Stadt passierte ihm nichts. Zwar trafen ihn scheele Blicke, doch kein Mörderdolch, noch schlichen die Thugs ihm nach.

Stephen seufzte im Schlaf, was seinem Offizierskameraden Hawkins, mit dem er sein Zimmer teilte, auf den Geist ging.

»Was ist los mit dir?«, fragte dieser. »Bist du krank? Besaufe dich ordentlich, dann wird es dir besser gehen.«

»Nein, das verstehst du nicht.«

»Bist du verliebt, Kamerad?« Es gab ein paar englische Frauen im Fort, darunter jedoch nur zwei ledige Offiziers- und Soldatentöchter im mannbaren Alter sowie wenige Kinder. »Doch nicht etwa in eine verheiratete Frau?«

»So ist es.«

»Freund, lass die Finger davon. Ihr Mann könnte dich zum Duell fordern oder zum Kommandeur gehen. Bei Ehebruch versteht Sir Robert Flight keinen Spaß.«

Stephen schaute verdutzt, bis ihm aufging, dass der muskulöse, großgewachsene Hawkins meinte, er wäre in eine Engländerin verliebt, die sich im Fort befand. Große Schönheiten waren diese abgesehen von Janet, Stephens Schwester, alle nicht. Doch Liebe musste nicht immer mit Schönheit konform gehen.

»Aber ich liebe sie von ganzem Herzen, ich kann nicht anders.«

»Erwidert sie deine Gefühle? Ich will dich nicht fragen, wer es ist, Stephen, obwohl ich stark vermute, dass es sich um die Gattin des Zahlmeisters handelt, die bekanntlich gern mit den jüngeren Offizieren kokettiert.«

»Die ist es nicht. Meine Angebetete sagte mir, dass sie mich liebt und meine Frau werden will.«

»Kamerad, lass es. Eine Ehescheidung ist ausgeschlossen, wer macht denn so etwas? Ihr könntet euch nirgends mehr sehen lassen. Deine Karriere wäre im Eimer.«

Hawkins setzte sich im Quartier neben Stephen aufs Bett, bei dem das Moskitonetz hochgeschlagen war.

»Ein Kavallerist braucht ein Pferd, seinen Säbel und das Gewehr, einen Klub für die Freizeit, mindestens eine warme Mahlzeit am Tag, einen guten Sattel und gute Stiefel. Eine Frau braucht er nicht unbedingt.«

Zu diesen Lebensweisheiten der Kavallerie schwieg Stephen. Er war nicht so hirnverbrannt, dem Leutnant Jack Hawkins zu gestehen, dass er eine verheiratete Inderin liebte.

Hawkins klärte ihn weiter auf.

»Wenn du es gar nicht anders aushalten kannst, nimm dir eine hübsche indische Dienerin. Die Mädels aus den armen Familien, die uns die Wäsche waschen und auf jede Rupie angewiesen sind, sind recht zugänglich. Manche verdienen sich so ihre Mitgift. Das ist zwar nicht gentlemanlike, aber keiner von uns kann es sich durch die Rippen schwitzen, und man spricht einfach nicht drüber.«

Diese Doppelmoral mochte Stephen nicht. Auf der einen Seite wurde gegen die Fraternisation, die Verbrüderung mit den Einheimischen, gewettert. Auf der anderen wieder nahmen junge Soldaten und Offiziere die sexuellen Dienste von Landestöchtern in Anspruch.

Andererseits war dies bei jungen Männern, die voll im Saft standen, schlecht zu umgehen. Sir Robert Flight schaute diesbezüglich mit einem Auge weg und war auf dem anderen blind, wenn es nicht gerade einen Skandal gab. In diesem Fall wurde das Mädchen entfernt, also weggejagt, nach dem einfachen Kalkül, dass man den Soldaten brauchte, die indische Dienerin aus einer niederen Kaste jedoch nicht.

»Nein, Jack«, sagte Stephen, »das möchte ich nicht.«

»Bist du ein verdammter Heiliger, Kamerad? Schau nicht so trübsinnig drein. Komm mit ins Kasino.«

»Ich will noch mal in die Stadt. Ich muss was am Markt besorgen.«

»Es ist bald Abend. Bist du wahnsinnig? Wenn dich die Thugs erwischen, wirst du erwürgt und verschwindest spurlos. – Lass es lieber.«

Stephen ließ sich jedoch nicht abhalten. Es war für die Briten nicht verboten, allein in die Stadt zu gehen, doch es existierte eine strikte Warnung. Man nahm an, es wäre keiner so verrückt oder waghalsig, sie zu missachten.

Stephen stieg also den Berg hinunter. Sein Pferd hatte er im Fort gelassen. Am Markt schaute er sich Silbergerät und Kunstgegenstände und Teppiche an. Die Händler bearbeiteten ihn heftig, weil sie ihm unbedingt etwas aufschwatzen wollten.

Der Kavallerist in seinem auffälligen roten Uniformrock wollte sich jedoch nur die Zeit vertreiben. Er hatte seiner Schwester bereits etwas zur Hochzeit geschenkt, eine Silberschale, die ihn einen guten Teil seines Solds gekostet hatte.

Plötzlich zupfte ihn jemand am Ärmel. Als er sich umschaute, sah er eine verschleierte Inderin. Und erstarrte – es traf ihn wie ein Blitzschlag.

Ein solches Augenpaar gab es nur einmal auf der Welt – Adida stand vor ihm, in einem einfachen Gewand, als Mohammedanerin verkleidet. Es war unglaublich, dass sie das wagte.

»Was willst du?«, fragte Stephen in Hindi.

Adida zeigte ihm einen Seidenschal, drängte sich nahe an ihn heran und redete mit ihm, als ob sie eine Dienstbotin sei, die sich durch den Verkauf von Seidenwaren nebenher noch ein paar Rupien verdienen wollte.

Stephen ging auf das Spiel ein.

»Komm morgen am Nachmittag zu dem Lakschmi-Tempel im Stadtbezirk Guptal und warte dort unter dem Banyanbaum beim Brunnen«, sagte Adida zu ihm. »Aber zieh Zivilsachen an. Es wird jemand dich ansprechen.«

Sie musste die Botschaft dreimal wiederholen, bis Stephen mit seinen mangelnden Sprachkenntnissen alles verstanden hatte.

Er nickte, als das der Fall war.

»Wann?«, fragte er.

Adida hielt drei Finger hoch. Um drei Uhr nachmittags also. Stephen hätte sie gern umarmt und geküsst, aber das war nicht möglich. Verstohlen berührte er ihren Arm. Die Berührung allein reichte aus, um ihn zu faszinieren.

Da wusste er endgültig, dass es ihn schwer erwischt hatte, was Adida betraf. Sie legte den Schal zusammen und ging davon, verschwand in dem Marktgewimmel, ohne ihn noch einmal anzuschauen. Am linken Arm trug sie einen Korb, in dem einige Einkäufe lagen.

Stephen verlor sie aus den Augen.

Am folgenden Tag war er schon vor drei Uhr beim Brunnen auf dem Platz vor dem Tempel. Er wartete im Schatten des Mangobaumes und sah den Affen zu, die in seinen Zweigen herumturnten und sich um die Früchte balgten.

Stephen trug Zivilkleidung und hatte einen Tropenhelm auf dem Kopf. Eine Pistole und ein Messer steckten unter seiner Kleidung, denn er wusste, dass es für einen Engländer gefährlich war in der Stadt.

Der Maharadscha hatte seiner Garde und den Stadtwachen Befehl gegeben, die Engländer zu beschützen. Doch sie konnten nicht überall sein, manche davon wollten es auch nicht und schauten weg, wenn ein Engländer in Gefahr war.

Und wenn Stephen ein Messer im Rücken hatte, was schnell geschehen konnte, half ihm die Stadtwache auch nicht mehr. Er trug seine Geldbörse in der Tasche, zudem steckte noch ein schöner Ring darin, den er Adida schenken wollte.

Plötzlich umringten ihn Bettelknaben, streckten ihm ihre Schalen entgegen und lärmten.

»Bakschisch, Sahib, Backschisch.«

»Wollen rauchen Opium? Wollen Frau, junge Mädchen? Wir wissen, wo gibt.«

»Verschwindet!«, herrschte Stephen sie an. »Lasst mich in Ruhe!«

Der Schwarm verschwand verdächtig schnell um die nächste Ecke. Stephen wunderte sich, normalerweise ließen die Kerle nicht so schnell locker. Er tastete nach seiner Geldbörse – sie war verschwunden.

Auch der Rubinring, den er Adida hatte schenken wollen, fehlte. Der Engländer war wütend. Die raffinierten kleinen Taschendiebe hatten ihn abgelenkt und bestohlen. Das hätte er eigentlich besser wissen und aufpassen müssen, statt sich von ihnen hereinlegen zu lassen.

Jetzt war es jedoch zu spät, sie zu verfolgen. Außerdem verschwand in der Altstadt von Gwalior, wo er sich befand, ein Dieb schneller als ein Fisch im Wasser.

Stephen hatte sich noch nicht richtig abgeregt, als schon wieder ein Bettler auf ihn zutappte, blind, mit toten Augen, auf einen Stock gestützt und mit einer Bettelschale.

»Bakschisch! Bakschisch.«

Stephen war nicht gerade gut aufgelegt, beherrschte sich aber. Der Bettler musste sich auf dem Platz auskennen, er bewegte sich sicher, tastete mit dem Stock, damit sich ihm kein Hindernis in den Weg stellte. Er kannte sein Areal.

Dann war er bei Stephen.

»Inglesi?«, fragte er.

»Ich bin es.«

Soviel Hindi konnte Stephen auf jeden Fall. Der Bettler drückte ihm einen Zettel in die Hand, während er sich an seinem Arm festhielt. Stephen hatte noch ein paar kleine Münzen in der Tasche, wovon er ihm welche gab.

Als sich der Bettler entfernt hatte, weiter seine Rufe ausstoßend, um die Besucher des Tempels der Göttin der Liebe anzusprechen, las Stephen den kleinen Zettel in seiner Handfläche.

»Komm in den Pavillon im Garten des Hauses am Ende der Straße der Blumen- und Vogelverkäufer«, las er. »Die Pforte ist offen. Schließe sie.«

Der Zettel war in orthographisch nicht einwandfreiem, aber gut verständlichem Englisch von einer Frauenhand zierlich beschrieben. Adida musste also noch eine Komplicin haben. Der blinde Bettler war zielstrebig zu Stephen geschickt worden, ein geschickter Schachzug. Wer würde schon einen blinden Bettler verdächtigen, ein Liebesbote zu sein?

Stephen ging nicht sofort los, sondern erfrischte sich zuerst am Brunnen. Weil er wusste, wie gefährlich es für Adida war, was sie tat, ging er zunächst in eine andere Gasse, schaute sich bei einem Händler dort ein Schachspiel und geschnitzte Elefanten an, kehrte dann um und begab sich in die Straße der Blumen- und Vogelhändler.

Sie war ein wahres Blumenmeer, die Ware wurde meist im Freien verkauft. Zwischen den Blumenständen gab es übereinandergetürmte Vogelkäfige mit allen möglichen Sing- und Ziervögeln. Sie tschilpten und zirpten.

»Es lebe der Maharadscha!«, krächzte ein Papagei in Urdu, einer anderen indischen Hauptsprache.

Den Satz bekam Stephen mit. Er war auf der Hut, obwohl er vor Erwartung fieberte, die Geliebte endlich wiederzusehen und in seine Arme schließen zu können. Am Ende der Straße bemerkte er die kleine Seitenpforte in der Mauer, die ein stattliches Grundstück umgab, auf dem Bambusgehölz wuchs.

Stephen schaute sich um, niemand beobachtete ihn, und er schlüpfte rasch durch die offene Pforte, die er hinter sich verriegelte. Pfade führten durchs Bambusdickicht.

Es war heiß, aber nicht schwül. Stephen folgte einem Pfad und gelangte zu einem Pavillon. Dann kam ihm Adida entgegen, unverschleiert, mit Pluderhosen, bauchfrei – eine englische Frau hätte sich nie so gezeigt – einem bestickten Oberteil, einem Jäckchen mit kurzen Ärmeln und einem Schleier vorm Mund.

Er wusste, das sie darunter lächelte, hob den Schleier und küsste sie. Ihre Lippen verschmolzen.

»Endlich bist du wieder bei mir«, seufzte Adida.

Sie vergaßen ihre Umgebung. Beim Pavillon befand sich ein Teich mit Zierfischen, die ihre einzigen Beobachter waren. Auf der Bank dort nahmen sie Platz. Mit zärtlichen Küssen und Liebesworten beteuerten sie einander ihre Liebe.

# 4. Kapitel

Es war Adida nicht leicht gefallen, der Überwachung zu entgehen, die ihr Mann für sie angeordnet hatte. Rajib Banerjee, der meist misslaunig war durch Alter und Krankheit und dem seine Frau schwer etwas Recht machen konnte, hatte ergebene Dienstboten in seiner Villa im Stadtviertel der Vornehmen. Doch Adida hatte Freundinnen, die sie besuchen durfte, und pflegte außerdem hin und wieder Tempel aufzusuchen oder mit einer Dienerin zusammen am Markt einzukaufen.

Die Freiheiten ließ ihr ihr Mann. Manchmal schlich sie sich auch heimlich aus dem Haus, wenn er dachte, sie würde ruhen. Sie hatten getrennte Schlafzimmer. Rajibs Schlafkammer roch durchdringend nach seinen Arzneien, und er hustete nachts viel und vermochte niemanden neben sich zu vertragen.

Zudem musste er Schlafmittel nehmen, weil er schlecht schlief und die Ärzte ihm Ruhe verordnet hatten. Trotzdem diente er noch dem Maharadscha, so gut er es konnte. An seine Position als Minister klammerte er sich bis zuletzt.

Adida hatte Stephen beobachten lassen, und es war ihr gelungen, in seine Nähe zu gelangen und ihn am Markt anzusprechen. Jetzt war sie endlich wieder bei ihm. Heißblütig brannte sie darauf, sich ihm hinzugeben, hielt sich zunächst jedoch zurück.

Sie hoffte verzweifelt, dass Stephen eine Möglichkeit finden würde, um sie wegzubringen und aus ihrer Zwangsehe zu erlösen, vor dem nahenden Tod zu bewahren.

Bei dem Rendesvouz auf dem Grundstück von Freunden, die verreist waren, erzählte er ihr, dass er bestohlen worden sei und man ihm den Ring entwendet hatte, den er ihr schenken wollte.

»Deine Liebe ist mir Geschenk genug«, antwortete Adida. »Aber vielleicht spielst du ja nur mit mir.«

»Niemals!«, rief Stephen leidenschaftlich, kniete vor ihr nieder, ergriff ihre Hand und schwor ihr, dass er sie immer und ewig lieben würde.

Er spürte Adidas innere Unruhe, auch er war nicht ruhig. Nach einer Stunde musste sie wieder fort. Das Treffen war sehr gefährlich. Eheliche Untreue, dazu noch die zwischen einem Engländer und einer Inderin aus vornehmem Haus, wurde in Gwalior streng bestraft.

Diesem Rendesvouz folgten weitere, an jeweils wechselnden Plätzen. Im Haus einer Freundin, mit der sie im Bund war, gab Adida sich dann Stephen hin. Die Schönheit ihres Körpers, ihre glatte Haut und ihre Leidenschaft entzückten ihn.

Stephen war erstaunt, Adida, obwohl sie seit anderthalb Jahren eine verheiratete Frau war, noch als Jungfrau vorzufinden. Der alte Banerjee hatte die Ehe tatsächlich nicht vollziehen können.

Was für eine Verschwendung, dachte Stephen echt männlich, eine Sünde und Schande. Was will der gebrechliche alte Mann mit der bildschönen jungen Frau? Als Statussymbol braucht er sie und als Schmuck seines Hauses, sonst als nichts.

Und dafür sollte sie mit ihm sterben.

Stephen verfiel Adida völlig, sie ihm umgekehrt auch. Es war wie ein Rausch für sie, und sie schwebten im Siebten Himmel der Liebe. Wenn sie getrennt waren, zählten sie die Stunden, bis sie sich wiedersahen. Adida blühte auf und wurde noch schöner als zuvor schon.

Stephen strahlte, die Liebe belebte ihn. Adida war intelligent, sie lernte bei ihm Englisch. Er verbesserte seine Kenntnisse in Hindi. Geschenke konnte er ihr wenige machen, was wäre aufgefallen. Sie mochten kaum voneinander lassen, schenkten sich Seligkeit und liebten sich immer wieder in einem Rausch und Taumel der Sinne.

Es war das alte und immer neue Spiel zwischen einem Liebespaar. Stephen befürchtete, dass Adida schwanger werden würde, aber sie beruhigte ihn. Er erfuhr von ihr allerhand über Frauen, was er zuvor noch nicht gewusst hatte.

Engländerinnen waren meist ziemlich prüde in jener Zeit, Janet war da eine Ausnahme. Der körperlichen Seite der Liebe maßen viele nur wenig Bedeutung bei. Mancher Ehemann wusste noch nach vielen Jahren nicht, an welchen Tagen seine Frau ihre Regel hatte, und vieles wurde in Männerkreisen als Frauensachen abgetan, wovon sie keine Ahnung hatten und auch nicht haben wollten.

Es waren zwei geschlossene Gesellschaftskreise, die sich berührten und überschnitten, aber es war nicht einer. Die Inderinnen waren in Liebes- und sexuellen Dingen offener und aufgeschlossener. Geburt und Tod und auch die körperlichen Funktionen von Mann und Frau wurden anders betrachtet als in England, wo man sehr puritanisch war, obwohl es – für Männer – eine Doppelmoral gab.

Adida meinte zu Stephen, es würde Tränke geben, die eine ungewollte Schwangerschaft verhinderten, und noch andere Mittel. Sie erzählte ihm vom Kamasutram, einem Lehrbuch der Liebe. Der junge Leutnant staunte, dass es so etwas in sauberer und nicht zotiger Form gab.

Kasinowitze waren ihm natürlich geläufig, doch diese hatten mit einer Liebeslehre nichts zu tun. Zwei unterschiedliche Kulturen und Welten begegneten sich in Stephen und Adida und verschmolzen miteinander. Sie konnten nicht genug voneinander bekommen.

Die Liebe zu der sinnlichen, schönen Inderin erschöpfte Stephen nicht, sondern entfachte immer wieder neues Verlangen in ihm. Er war ihr völlig verfallen, und sie erwiderte seine Gefühle in sinnlicher Leidenschaft, erlebte Ekstase, war er doch der erste Mann in ihrem Leben, der ihr körperliche Erfüllung verschaffte.

Noch war ihr Verhältnis geheim. Ein Vierteljahr verging. Stephen hatte sich niemand anvertraut, Adida, die er sah, so oft es nur ging, genügte ihm. Er hatte Glück, nur einmal musste er zu einem längeren Patrouillenritt weg. Sonst war er die meiste Zeit im Fort.

Die Liebenden entwickelten eine Menge Tricks und Schliche, um sich heimlich treffen zu können. Es gab einige Eingeweihte, die sie bedingungslos deckten und unterstützten, nicht von englischer Seite. Die Kameraden wunderten sich zwar, dass Stephen an den Kasinoabenden absolut kein Interesse mehr zeigte.

Beim Polo, im Mannschaftsspiel, trat er ebenfalls nicht mehr regelmäßig zum Training und Spiel an. Er zeigte jedoch keine Konditionsschwächen. Er war ein durchaus kräftiger und stattlicher junger Mann.

Janet, seine Schwester, erlebte die erste Zeit ihrer jungen Ehe, Flitterwochen und sinnliche Nächte mit ihrem Chris, der ebenfalls meist im Fort war. Sie war so verliebt, dass sie für ihren Bruder und ihre Umgebung nur wenig Augen hatte.

Mittlerweile waren Briefe aus England für Janet und Christian und auch für Stephen eingetroffen. Earl Winston und seine Gattin Eleanor gaben dem jungen Paar brieflich ihren Segen und erklärten die unselige Familienfehde mit den Demarrons für beendet.

›Schließlich kann ich schlecht weiter ihr Feind sein, wenn meine Tochter ihren Namen trägt‹, schrieb Sir Winston. ›Liebe Janet, ich bin sehr stolz auf dich, wünsche dir von Herzen alles Glück dieser Welt und alles Gute. Auch deinem Gatten, den ich hoffe bald in Browning Hall zu sehen. Verzeihe einem dickköpfigen alten Mann seinen Starrsinn, dass er dich von ihm abhalten wollte. – Meine lieben Kinder …‹

In dem Stil ging es weiter.

Auch der ‚Liebe Schwiegersohn‘ erhielt ein persönliches Schreiben. Zumindest auf die Entfernung war Sir Winston nun herzlich begeistert von ihm, den er zuvor verteufelt und abgelehnt hatte.

Lord Horatio Demarron, Chris' Onkel, schrieb steif und förmlich. Er billigte die unerwartete Entwicklung und Eheschließung, wie er steif mitteilte, und er wünschte ihr lange und glückliche Jahre. Den Brief hatte er diktiert, die Handschrift war die seines Sekretärs.

Doch immerhin hatte der Lord unterschrieben, sein Siegel prangte am Umschlag und unter dem Brief. Von den Brownings schrieb er kein Wort. Doch man konnte, da er sich nicht gegen die Ehe wendete und Christian tadelte, davon ausgehen, dass er die alte Fehde stillschweigend begrub. Die Brownings und die Demarrons würden sich zwar bei gesellschaftlichen Anlässen nicht gerade begeistert um den Hals fallen, aber sich auch nicht mehr gegenseitig schneiden und schlecht voneinander sprechen.

Auch Angela Warfield, Janets beste Freundin, ohne die sie nie nach Indien zu Christian hätte gelangen können, hatte mehrfach geschrieben. Angela war eine große Briefschreiberin, was zu der Zeit sehr im Schwang war, hatten doch der deutsche Dichter Goethe mit der Frau von Stein und andere eine umfangreiche Korrespondenz geführt.

Angela schrieb von Opernaufführungen, dem Theater und Bällen, von der Damenmode in London, Skandalen und Skandälchen und wer mit wem wie wo was. Janet, die nun in Gwalior lebte, war das auf die Distanz ziemlich fremd. Es interessierte absolut nicht, welcher junge Londoner Beau welcher Frau schöne Augen machte, noch welcher Ehegatte seine Frau mit einer Schauspielerin betrog.

Auch der Hofklatsch, der ihr ohnehin nie gelegen hatte, am Hofe von König Georg interessierte sie nicht. Für die Leute dort mochte es hochinteressant sein, ob man versilberte oder elfenbeinerne Schnupftabaksdosen bevorzugte. Dass die Damen dort jetzt Kontuschen über dem Reifrock trugen war schon interessanter, auch dass frau bei Bällen fast schulterfrei und mit dreieckigem Dekolleté ging.

Aber nicht sehr. Bänder im Haar, Häubchen und Bordüren am bodenlangen Kleid waren angesagt.

Fort Gwalior war kein Modezentrum. Bei den Regimentsbällen, Teeabenden und anderen gesellschaftlichen Anlässen traten die Damen von der Mode her gesehen einfach und konservativ an.

Und das, obwohl die indische Näherinnen wie die einheimischen Arbeitskräfte allgemein spottbillig waren. Die Näherinnen waren sehr geschickt, und es wäre kein Problem gewesen, sie mit Pariser Schnittmusterbögen die letzte Mode kopieren zu lassen.

Doch erst Janet führte diese Idee aus. Sie ließ sich von Angela Schnittmusterbögen und ein paar Modezeitschriften schicken. Aus Langeweile, weil sie sich im Fort unterfordert fühlte, zog sie eine Näherei auf, bei der sie die Chefin war.

Nachdem sie bei einem Regimentsball mit einer nachgeschneiderten Pariser Kreation, die sie trug, Aufsehen erregt hatte, wollten auch die anderen Offiziersfrauen und die der Mannschaftsdienstgrade solche Kleider. Man musste allerdings Abstriche machen und Lüftungsschlitze einarbeiten, denn die europäische Damenkleidung war für das heiße Indien nur bedingt geeignet.

»Die Rothaarige bringt mir mit ihrem Kleiderfimmel noch die ganze Garnison durcheinander«, beschwerte sich Sir Robert, der Regimentskommandeur, im Juni bei seiner Gattin. »Mit jedem Transport kommt aller mögliche weibliche Schnickschnack an. Die Damen putzen sich heraus und wollen sich gegenseitig ausstechen an Eleganz. Habe ich hier eine Garnison oder eine Modenschau?«

»Ich begrüße es, dass unsere Garnison mehr Farbe erhält«, widersprach ihm Lady Alice, die sich von ihren Malarianfällen gut erholt hatte. »Was haben wir Frauen hier denn schon? Willst du uns noch das bisschen Spaß an der Kleidung verbieten?«

Sir Robert, fast kahlköpfig, brummte im Schlafzimmer, wo er sich gerade niederlegen wollte, unter seiner Schnurrbartbinde.

»Außerdem ist Janet Demarron nicht rothaarig, sondern rotblond«, belehrte ihn seine Gattin, die schon im Nachthemd im Bett lag.

Janets Tatendrang war gewaltig. Ihr Schneideratelier genügte ihr nicht, das sie im Fort eingerichtet hatte. Sie putzte und schrubbte ihr Quartier selbst, obwohl sie die anderen Frauen darum für verrückt hielten. Außerdem ritt sie regelmäßig, übte Pistolenschießen und versuchte sich sogar im Säbelfechten.

Chris, ihr Gatte, der ihr jeden Wunsch von den Augen ablas, wurde zum Kommandeur bestellt.

»Ihre Gattin treibt es zu bunt, Oberleutnant Demarron.« Chris war befördert worden. »Sie bringt mir die Garnison durcheinander. – Können Sie sie nicht an die Kandare nehmen?«

»Sie ist eine Frau, Sir Robert, kein Pferd.«

»Äh, so habe ich es nicht gemeint. Bin eben ein alter Kavallerist. – Warum macht sie das alles? Warum ruht sie sich nicht im Schatten aus wie die anderen Frauen, lässt die Arbeit vom indischen Personal erledigen, den Boys und den Dienstmädchen, und beschäftigt sich mit Bridge und mit Teeparties?«

»Teeparties?«, fragte Chris in der Kommandantur, wo ihn Sir Robert hinbestellt hatte. »Im Schatten ausruhen? Da kennen Sie Janet schlecht. Ihre Energie ist ungeheuer, und sie würde bersten, wenn sie dafür keine Beschäftigung fände.«

»Da haben Sie ja einen schönen Wildfang geheiratet, Demarron. Nun ja, die Menschen sind unterschiedlich, auch die Frauen. Wenn sie ein Kind bekäme, hätte sie andere Interessen, statt im Herrensitz zu reiten und mit Pistolen herumzuballern. Man hat sich bei mir beschwert.«

»Nicht Mann – wohl eher irgendwelche allzu trägen Ladies, die nichts mit sich und mit ihrer Zeit anzufangen wissen und die ständig nur über das Klima und irgendwelche Missstände jammern. Die besser in England geblieben wären, statt hier ihre Männer zu belasten.«

»Nicht nur Frauen, Oberleutnant Demarron. Auch Captain Smith hat Anstoß genommen.«

Chris atmete tief durch. Er stand vorm Schreibtisch seines Vorgesetzten, hinter dem die britische Fahne an der Wand hing sowie ein Bild König Georgs, der ernst und würdig dreinblickte. Ein mächtiges Tigerfell lag am Boden, dort, wo man nicht oft darauftrat.

Chris mochte den pedantischen und bigotten Captain Smith nicht, der auf die Einheimischen herabblickte und stets alles besser wusste.

»Ich sehe keinen Grund, meiner Gattin irgendetwas zu verbieten, Sir«, erwiderte Chris kühl. »Mischt sich die Armee neuerdings in das Eheleben ihrer Soldaten ein? Und steht in der Dienstvorschrift, wie sich Offiziersfrauen zu benehmen haben?«

»Das nun nicht, aber es gibt ungeschriebene Regeln und die gesellschaftlichen Konventionen, die man beachten sollte.«

»Mag sein. Ich werde mit Janet darüber sprechen. Was Captain Smith betrifft, tragen seine Arroganz und sein hochnäsiges Benehmen nicht dazu bei, unser Verhältnis zu den Indern zu verbessern. Und da Sie ein Kind erwähnten, Sir, soll ich das als eine Aufforderung betrachten, eine Schwangerschaft meiner Gattin herbeizuführen?«

»Demarron, was erlauben Sie sich? Die lockere Art Ihrer Gattin färbt schon auf Sie ab. Nein … nun ja, damit hat die Armee nun wirklich nichts zu schaffen.«

»Irgendwie schon, Sir, da ich ja ein Offizier bin.«

»Oberleutnant Demarron, treten Sie ab! Ich denke, wir haben uns verstanden.«

Chris grüßte und marschierte hinaus. Der Oberst kaute an seinem Backenbart.

»Frech ist der Kerl auch noch«, murmelte er. »Aber ein erstklassiger Soldat und Offizier, einer meiner Besten. Seine Gattin, das Teufelsmädel, wie soll man soviel Energie und eine solche Frau bremsen? Mir geht ja jedes Mal das Herz auf, wenn ich Sie sehe. Aber das kann ich nicht zeigen.«

Sir Robert Flight und seine Gattin hatten drei Kinder, die bereits erwachsen waren. Keines davon befand sich in Indien. Der alte Haudegen trat ans Fenster und sah Janet vorbeigaloppieren. Sie ritt in die Stadt.

Beim Maharadscha war sie hoch angesehen und verkehrte in seinem Palast. Auch das missfiel dem Captain Smith. Sir Robert Flight sah es eher positiv. Es gab Unruhen im Land, wie immer. Die East-India-Company, die eigentlich ein Teil der Britischen Krone war, hatte zu kämpfen. Der Rebellenführer Dschahangir, den man den Tiger nannte, breitete seinen Einfluss aus.

Sir Robert war daher froh, dass Janet ein gutes Verhältnis zum Maharadscha Haidar von Gwalior hatte und betrachtete sie als eine Art Botschafterin. Deshalb sah er ihr manches nach, was Neider bei ihm gegen sie vorbrachten.

Der Regimentskommandeur ahnte nicht, dass ihm größte Probleme ins Haus standen, an denen Janet ihren Anteil haben sollte. Ungebärdig war sie, eine überschäumend kraftvolle Natur, eben ein Teufelsmädel.

Die Monsunzeit rückte heran. Janet befand sich nun schon eine ganze Weile in Indien und hatte Land und Leute kennengelernt. Sie und Chris liebten sich wie am ersten Tag. Beide waren überzeugt, dass der andere absolut keine Fehler hatte und hielten ihn für das beste und perfekteste Exemplar der Gattung Frau beziehungsweise Mann.

Mit Chris hätte Janet sogar in einem Iglu am Nordpol gewohnt, ohne sich darüber zu grämen. Chris wiederum vergötterte seine schöne junge Frau. Sie waren die Turteltauben.

Bei einem Regimentsball bahnte sich dann eine dramatische Wende an, nicht, was ihre Liebe betraf. Stephen, Janets Bruder, holte sie von den Damen der Garnison weg, bei denen sie sich ohnehin langweilte. Eine gute Freundin hatte Janet im Fort bei den Britinnen nicht gefunden.

Da es Unruhen gab, würden ihr Gatte und ihr Bruder so bald keinen Heimaturlaub erhalten. Janet hätte nach England gekonnt, um ihre Familie zu sehen.

Sie hatte Chris jedoch gesagt, sie wisse, wie diese aussähe und würde sich auf keinen Fall von ihm trennen.

Stephen zog Janet in den Säulengang. Seine Augen flackerten, seine Bewegungen waren fahrig.

»Was ist mit dir, Bruder? Bist du betrunken?«

»Ich wünschte, ich wäre es. Stell dir vor: Adidas Mann ist todkrank.«

»Von wem sprichst du? Meinst du eins von den Dienstmädchen?«

»Nein, Adida Banerjee. Ihr Gatte ist ein hoher Minister und Ratgeber des Maharadschas. Rajib Banerjee.«

»Ich erinnere mich. Ein hagerer, hohlwangiger, bärtiger alter Mann. Er sieht ungesund aus. Doch was geht uns das an, und was hast du mit Adida zu schaffen?«

»Ich liebe sie«, brach es aus Stephen heraus. »Sie ist die Frau meines Lebens, und ich will und werde sie heiraten. Wir haben uns heimlich getroffen.«

Janet glaubte, nicht recht zu hören. Als Kind war sie mal von einem Pferd getreten worden, was ihre Eltern entsetzte. Damals hatte sie Blut gespuckt, ihre inneren Verletzungen waren jedoch wieder verheilt.

Ein ähnliches Gefühl, als ob sie ein Pferd treten würde, hatte Janet jetzt wieder. In ihrem Ballkleid stand sie vor ihrem Bruder.

»Sag das noch mal.«

Stephen wiederholte es. Er schilderte Janet die ganze Geschichte. Die Liebschaft währte nun schon mehrere Monate. Wann immer es möglich war, der Dienst und Patrouillenritte nahmen ihn in Anspruch, hatte sich Stephen mit Adida Banerjee heimlich getroffen.

»Es ist ein Wunder, dass das noch nicht bekannt geworden ist«, sagte Janet, die unter vier Augen mit ihrem Bruder sprach, zu ihm. »Bist du denn völlig von

Sinnen? Du hast ein Verhältnis mit einer verheirateten Frau angefangen, noch dazu mit einer Inderin, die einen mächtigen, einflussreichen Mann hat?«

»Er war nie ihr Mann«, argumentierte Stephen. »Es ist eine Zwangsehe gewesen. Ich liebe Adida, und ich werde nicht von ihr lassen.«

Er schüttelte verzweifelt den Kopf.

»Ich weiß jedoch nicht, was ich tun soll. Wenn er stirbt, und es sieht so aus, als ob das bald geschehen würde, will man sie dem Brauchtum entsprechend mit ihm zusammen verbrennen. Das lasse ich niemals zu. Da schlage ich mit dem Säbel drein. Ich werde Adida entführen. Ich desertiere, ich quittiere den Dienst!«

Stephen war sehr aufgeregt. Er hatte seine Geliebte regelmäßig getroffen. Sie waren glücklich gewesen in diesen Stunden, die sie sich stahlen. Selten hatten sie Pläne für die Zukunft geschmiedet, sondern lieber die Augen verschlossen und in den Armen des anderen sich betäubt.

Nur für die Stunden ihrer Liebe hatten sie gelebt, der Kavallerieoffizier und die blutjunge schöne Frau.

Janet war entsetzt. Sie packte Stephen, der völlig aufgelöst war, am Arm und zog ihn ein Stück weg, weil ein paar Offiziere mit ihren Damen aus dem Gebäude kamen, um frische Luft zu schnappen. Es war Abend, die Gul Mohur-Blüten dufteten, am Himmel leuchteten die Sterne.

Der Halbmond strahlte herunter. Zahlreiche Lichter brannten in der Garnison und im Fort. Der Palast des Maharadschas, der sich im südlichen Teil des Forts befand, sah mit seinen Kuppeln und Spitzen darauf wie ein Märchengebäude aus.

Unter einem Mauerbogen sprach Janet weiter mit dem Bruder.

»Wenn du desertierst und mit Adida durchbrennst, wovon wollt ihr leben?«, fragte sie. »Und wo? Du würdest für immer ein Geächteter sein, ehrlos, ein Fahnenflüchtiger.«

»Aber was soll ich denn machen? Was sollen wir tun?«

Es klang wie ein Schrei.

»Ich werde mit Christian darüber sprechen«, sagte Janet. Musik klang aus dem Ballsaal durch die geöffneten Fenster, vor denen Insektengitter gespannt waren. »Es muss einen Ausweg geben, ohne dass du desertierst. Wie ich hörte, liegt ein Gesetzesentwurf im Parlament vor, die Witwenverbrennung in Indien zu verbieten. Er soll schon fast durch sein.«

»Ich habe davon gehört und gelesen. Aber noch wird im Unterhaus und im Oberhaus darüber debattiert. Es gibt Formalitäten und rechtliche Hindernisse. Das kann noch lange dauern, bis dieses Gesetz durchgeht, wenn überhaupt. Völkerrechtliche Erwägungen spielen dabei eine Rolle, es muss bedacht werden, dass Indien von der East India Company verwaltet wird und ein Protektorat der Krone ist. Wäre es eine Kronkolonie, was geplant ist, würde es einfacher sein. Dann könnte Georg mit einem Sondererlass entscheiden, in Übereinstimmung mit dem Parlament, was nicht immer einfach ist.«

Stephen schlug gegen den Mauerbogen, dass seine Knöchel aufplatzten und bluteten, so aufgeregt war er. Den Schmerz spürte er nicht.

»Bis das entschieden ist, ist Adida schon lange verbrannt worden, wenn wir nichts unternehmen«, sagte er. »Das kann und das darf nicht sein. Im Parlament reden sie und reden und reden. Alles Mögliche ist zu bedenken, die rechtliche Stellung und Souveränität der Maharadschas, denen man ihre eigene Gesetzgebung zugestand, was ihre Untertanen betrifft. – Es ist Wahnsinn. Manchmal, wenn man die Politiker hört, wundert man sich, wie sie überhaupt je einen Krieg zustande bringen, da sie alles ewig lange bereden und diskutieren.«

»Eine Kriegserklärung ist ja nun nichts Positives, Stephen. Beruhige dich. – Deine Hand blutet. – Fasse dich, ich berate mit Chris. Noch ist Rajib Banerjee ja nicht gestorben. Vielleicht erholt er sich ja noch einmal und lebt noch ein paar Jahre.«

»Toll«, sagte Stephen dazu. »Das wäre wirklich schön«, fuhr er sarkastisch fort. »Wie lange soll es denn mit Adida und mir noch so weitergehen? Ich will, dass sie endlich meine Frau wird. Vor Gott und den Menschen.«

»Wäre sie Engländerin, wäre alles einfach«, sagte Janet. »Als Witwe könnte sie sich nach einer angemessenen Zeit der Trauer jederzeit wieder verehelichen. Sogar eine Trennung von einem Mann und eine Ehescheidung, obwohl sie verpönt ist und du in dem Fall, wenn du sie heiratest, deine Karriere bei der Armee aufgeben müsstest, wäre möglich.«

»Ja, wenn und wäre. Sie ist aber Inderin, eine Hindu. Der sanfteste und liebste Mensch auf der Welt. Und sie ist an einen kränklichen alten Mann gefesselt, der bald sterben wird und den sie niemals liebte. – Der Feuertod erwartet sie.«

Stephen schluchzte auf. Janet hatte ihren Bruder noch nie so erlebt, er war ihr immer recht hart erschienen und hatte wenig Gefühle gezeigt. Sie war erschüttert, ihn so zu sehen.

»Fasse dich, lieber Bruder«, sagte sie zu ihm und umarmte ihn.

Sie spürte, wie sein muskulöser, kräftiger Körper wie im Krampf bebte. Da gab sie ein Versprechen.

»Ich weiß, wie es ist, wenn einer Liebe größte Hindernisse in den Weg gelegt werden, Stephen. Ich habe selbst bitteres Herzeleid erfahren, Gefahren getrotzt und mich über Konventionen und Hindernisse hinweggesetzt. – Sag mir, liebst du Adida wirklich? Mit deinem ganzen Herzen und mit deiner Seele?«

»Ja, Janet, das tue ich.«

»Dann werden wir dir helfen. Geh irgendwohin, wo keiner dich sieht, du bist völlig aufgelöst.«

Janet wickelte Stephen ihr Spitzentaschentuch um die blutende rechte Hand. Er suchte und fand Halt bei ihr. Janet war innerlich stark.

»Ich kenne Adida nicht«, sagte sie, »aber ich würde sie gern kennenlernen. Vielleicht kann ich ihr helfen. Es muss einen Weg geben, um sie zu retten. – Du stehst doch in regelmäßiger Verbindung mit ihr und erfährst, wie es ihrem Mann geht?«

»Wenn er abkratzt, erfahre ich es«, sagte Stephen roh.

Er mochte Rajib Banerjee nicht, was zu verstehen war. Für ihn war der alte Inder der böse alte Mann, das Ungeheuer, das seine schöne junge Adida gefangen hielt und mit in den Tod nehmen wollte.

Janet tadelte ihren Bruder.

»So sollst du nicht sprechen, Stephen.«

»Du bist wie unsere Mutter, Janet. Auch sie tadelte oft meinen Ton und meine Ausdrucksweise. – Ihr werdet mir und Adida helfen?«

»Ja.«

Stephen beruhigte sich etwas. Er strich Janet übers Haar und küsste sie sacht und brüderlich auf den Mund.

»Danke, das gibt mir Mut und Hoffnung. Ich war schon völlig verzweifelt, sah keinen Ausweg mehr und hatte mich in meine trüben Gedankengänge verbohrt und verrannt. Es gab niemandem, dem ich mich anvertrauen konnte. Adida ist selbst betroffen, wir beide allein haben keinen Ausweg gefunden.«

»Du hättest viel früher zu mir und meinem Mann kommen sollen«, erwiderte Janet. »Warum hast du so wenig Vertrauen zu uns gehabt?«

»Ich wollte euch nicht belasten.«

»Pah, wozu sind Freunde und Verwandte denn da? Geh jetzt, tröste dich. Es wird alles gut.«

Stephen lächelte. Janet war ein paar Jahre jünger als er, doch in dem Moment erschien sie als die Ältere und die Reifere. Sie war kein albernes Ding, sondern hatte viel erlebt und besaß großen Mut.

»Danke«, sagte Stephen. »Jetzt habe ich wieder Hoffnung.«

Janet sah ihm nach, als er davonging. Sie krauste die Stirn. Stephen hatte ihr eine schwere Last aufgebürdet, denn sie wollte um jeden Preis zu ihm stehen und fühlte sich für ihn verantwortlich. Er und Adida brauchten, das spürte sie deutlich, ihre Hilfe.

Die ganze Welt war gegen ihre Liebe. Und Janet bot ihr mit ihnen zusammen die Stirn.

# 5. Kapitel

Nach dem Ball, nachdem sie in ihr Quartier zurückgekehrt waren, schloss Chris Janet im Bett in die Arme und wollte sie lieben. Sie wehrte ihn sacht ab.

»Ich muss dir etwas sagen, Chris.«

»Bist du schwanger? Darf ich dich deshalb nicht mehr berühren?«

Janet lachte.

»Nein, Dummer, das ist es nicht. Selbst wenn ich schwanger wäre, wäre das kein Grund dafür, dass wir nicht mehr miteinander schlafen sollten. Es geht um Stephen.«

»Was ist denn mit ihm? In der letzten Zeit ist er verändert. Doch als ihn während eines Patrouillenritts darauf ansprach, am Abend, als wir biwakierten, wich er mir aus. Es ist einiges gefällig hier in der Gegend, Liebste. Dschahangir der Tiger, der Rebellenführer, ist in der Gegend gesehen worden haben Kundschafter berichtet. Und ein Man-eater treibt sich herum.«

»Ein menschenfressender Tiger? Eine Bestie, die sich hauptsächlich von Menschenfleisch nährt?«

»So ist es. Die Bestie soll bereits 150 Menschen umgebracht haben. Sie trieb im Hochland des Dekkan ihr Unwesen. Jetzt ist sie hier. Kalis Rache nennen sie die Einheimischen. Die Strafe der Schwarzen Göttin, weil sich die hiesigen Maharadschas den Engländern unterwarfen.«

»Das hört sich nicht gut an«, sagte Janet. Auch ihr war eine zunehmende Engländerfeindlichkeit in der Stadt aufgefallen. »Von einem gefährlichen Tiger habe ich gehört, dachte aber nicht, dass es so schlimm ist. 150 Opfer soll er schon gefunden haben? Ist das wahr?«

»Über hundert sind es auf jeden Fall«, sagte Chris. »Er hat seine Jagdgründe hierher verlegt. Der Maharadscha bat unseren Regimentskommandeur um Hilfe gegen die Bestie gebeten, gegen die er sich keinen Rat mehr weiß. Das gibt große Probleme. – Doch was wolltest du mir über Stephen sagen?«

Janet berichtete, im Nachthemd an ihren Mann geschmiegt. Sie trug keins der britischen steifen Bettücher, als die man die Nachthemden dieser Nation bezeichnen konnte, sondern ein duftiges Etwas, das für einen indischen Serail oder Harem hergestellt worden war. Damit verführte sie Chris immer wieder.

Ihre Liebe nahm an Leidenschaft noch zu, seit sie verheiratet waren.

Chris war unangenehm überrascht, als er von Stephens schon mehrere Monate währendem Verhältnis zu Adida Banerjee hörte.

»Dafür hätte er sich keinen ungünstigeren Zeitpunkt aussuchen können«, sagte er. »Ehebruch mit der Frau eines Ministers des Maharadschas. Wenn das herauskommt, wird Adida gesteinigt – und Stephen muss seinen Armeedienst quittieren oder wird in den letzten Winkel der Welt strafversetzt. – Was hat er sich denn dabei gedacht?«

Janet schmiegte sich an ihn. Sie spürte Chris' muskulösen Körper, der sie immer wieder reizte. Ihre Brustspitzen richteten sich auf.

»Was hast du denn gedacht, als du dich in mich verliebtest?«, fragte sie.

Chris wurde von ihrem sinnlichen Reiz erregt. Doch das Gespräch war noch nicht beendet.

»Er muss sich sofort von ihr trennen«, sagte er. »Das gibt sonst eine Katastrophe. Am Besten wäre, ich würde mit Sir Robert Flight sprechen. Der alte Haudegen gibt sich bärbeißig, aber er hat das Herz auf dem rechten Fleck. Und er versteht die Nöte seiner Offiziere und Soldaten. Er hat, wie ich weiß, schon manches inoffiziell abgehandelt, was sonst zum Skandal ausgeartet wäre. – Dich hat er ja auch nicht sofort nach Hause geschickt, als du unter falschem Namen hier aufkreuztest, sondern die Hochzeit arrangiert. Obwohl Captain Smith dagegen räsonierte.«

»John Smith ist ein arroganter Trottel«, sagte Janet. »Mir wird jedes Mal übel, wenn ich sein blasiertes Gesicht sehe. – Was willst du Sir Robert sagen?«

»Die Wahrheit, Liebste. Stephen muss sofort abkommandiert werden. Das illegale Verhältnis mit einer Einheimischen, das er da hat, schadet den Interessen der Krone und gefährdet Fort Gwalior. Der Fall hat politische Dimensionen.«

Janet rückte von Chris ab. Alles in ihr erstarrte.

»Wenn du das tust, rede ich kein Wort mehr mit dir, Chris«, sagte sie. »Das würde unsere Liebe töten. Wie kannst du nur so unmenschlich und verständnislos sein?«

»Ich und unmenschlich? Du verkennst die Tatsachen, Liebste. Dein Bruder hat sich mit einer verheirateten Frau eingelassen, was ohnehin nicht in Ordnung ist. Dazu noch mit einer Inderin, der Frau eines hohen Würdenträgers.«

»Aber sie ist zu der Ehe mit dem viel älteren Mann gezwungen worden.«

»Das sagt sie. Weißt du es? Vielleicht hat sie ihn durchaus aus freien Stücken geheiratet oder hatte nichts dagegen. Erst später wurde ihr die Tragweite ihres Handelns klar.«

»Sie ist über vierzig Jahre jünger als er.«

»Ist das mein Problem? Was kann ich denn dazu?«

»Wenn er stirbt, und er ist schwer krank, muss sie mit ihm auf den Scheiterhaufen.«

»Das sind die hiesigen Bräuche, bedauerlich, aber nicht zu ändern. Noch nicht. Den Hindus wurden ihre Eigenständigkeit zugesagt und dass wir Briten ihnen ihre Gebräuche lassen. Sonst hätten sie sich nicht unterworfen. Zudem ist ein Gesetzesentwurf eingereicht, die Witwenverbrennung im britischen Einflussbereich zu verbieten. Wenn er durch ist, sieht alles anders aus. Bis dahin können wir nichts unternehmen.«

Chris überlegte.

»Sir Robert könnte allerdings vielleicht beim Maharadscha intervenieren, wenn Adidas Mann tatsächlich stirbt. Mehr ist nicht möglich. Und Stephen muss fort.«

Janet setzte sich auf.

»Es ist ungeheuerlich, was du da sagst, Chris. Ich entdecke Seiten an dir, die ich nie vermutet hätte.«

Bis dahin waren sie ein Herz und eine Seele gewesen. Nun gab es den ersten Streit.

Chris argumentierte logisch, Janet sprach vom Gefühl und verteidigte die Liebenden, ihren Bruder und

Adida. Schließlich kam es soweit, dass sie ihr Kopfkissen und eine Decke nahm und zur Tür ging.

»Wo willst du hin?«, fragte Chris, der nur eine knappe Unterhose am Leib hatte.

»Ich schlafe woanders, du … du Unmensch! Mrs. Sawyer wird mich bei sich aufnehmen.«

Mrs. Sawyer war eine Unteroffiziersfrau.

»Das darfst du nicht!«, rief Chris. »Willst du den Tratschmäulern im Fort Nahrung geben? Komm her, lass dich küssen. Wir wollen vernünftig reden.«

»Rühr mich nicht an, du Frauenmörder! Du willst Adida verbrennen lassen und meinem armen Bruder das Herz brechen. – Du … du Scheusal!«

Janet war wütend und konnte sich nicht beherrschen. Vergeblich versuchte Christian, sie zu beruhigen. Er vermochte seinen Standpunkt nicht aufzugeben.

»Aber Liebste …«

»Nichts Liebste. Ich bin deine Liebste nicht, wenn du so denkst. Das hätte ich nie für möglich gehalten. Ich habe dich für einen anderen, besseren Menschen gehalten.«

Christian schlug die Hände zusammen.

»Aber so nimm doch Vernunft an!«

»Welche Vernunft? Eine Vernunft, die eine junge Frau auf den Scheiterhaufen schickt? Das ist Barbarei. Die meinem Bruder das Herz bricht? Nur aus politischem Kalkül, aus sogenanntem? – Niemals werde ich das, nie, nie, nie.«

Janet atmete heftig.

»Und das eine sage ich dir: Wenn du zu Sir Robert Flight gehst und Stephen und Adida verrätst, verlasse ich dich. Dann kehre ich nach England zurück. – Chris Demarron, ich bin sehr, sehr enttäuscht von dir.«

Christian seufzte, setzte sich hin, dass er Janet den Rücken zuwendete, und starrte gegen die Wand. Was soll ich nur tun, dachte er? Auf der einen Seite wollte er seine schöne junge Frau nicht verletzen, auf der anderen hielt er Stephens Liebe und Verhältnis mit Adida Banerjee für moralisch fragwürdig, um es mild auszudrücken, und sah die Gefahr und das Verhängnis, das sie brachte.

Und er sah keine Möglichkeit, dem Liebespaar zu helfen. Doch wie sollte er Janet das beibringen? Wie viele junge Ehepaare verließen beide in dieser Nacht die Wolke Sieben und wurden aus dem Himmel der Liebe, der voller Geigen hing, in die Welt der Realität versetzt.

Sie begriffen, dass sie nicht immer ein Herz und eine Seele waren, sondern zwei Menschen, die teils unterschiedliche Meinungen und Auffassungen hatten. Und die sich nicht bei allem einigen konnten.

Jeder wähnte den anderen im Unrecht. Wie kann er nur so gefühllos und grausam sein, dachte Janet? Chris dachte: Dass sie eine solche Närrin zu sein vermag, hätte ich nicht für möglich gehalten. Sie meint wohl, die Welt sei ein Ringelreihen, bei dem alle sich fröhlich an der Hand fassen und singend umherspringen. Unglaublich.

Das Ende vom Lied war, dass Chris das Bett räumte, das Janet sich weigerte mit ihm zu teilen.

»Ich schlafe nicht mit einem Unmenschen im selben Bett!«

Der Sturkopf des Earls of Browning kam bei Janet voll durch.

Janet schlief also im Bett, Stephen streckte sich auf der für ihn viel zu kurzen Chaiselongue aus. Seine Beine ragten über die Seitenlehne. Er versuchte dann, auf den Boden zu schlafen, was besser ging, denn als Soldat war er vom Feldlager her harte Nachtlager gewöhnt.

Trotzdem schlief er schlecht. Janet schielte im Dunkeln in seine Richtung, war aber nicht bereit, den ersten Schritt zur Versöhnung zu unternehmen. Es war die erste Nacht, seit sie verheiratet waren, dass sie nicht in demselben Bett schliefen, in den Armen des anderen.

Chris war recht froh, als die Trompete zum Morgenappell rief. Er erhob sich steif. Sein Rücken schmerzte. Immerhin hatte er es geschafft, Janet davon abzuhalten, mit ihrem Bettzeug bei Mrs. Sawyer Zuflucht zu suchen. Er schaute zu ihr, es war halbwegs hell im Zimmer.

Janet stellte sich schlafend. Als Chris draußen war, setzte sie sich auf und streckte ihm die Zunge heraus. Sie konnte nicht anders.


Chris ging nicht zu Sir Robert. Er mied Stephens Nähe, er wollte mit ihm nicht über das leidige Thema sprechen. Rajib Banerjees Zustand besserte sich ein wenig, akute Lebensgefahr für ihn bestand im Moment nicht.

Drohend ballte sich Unheil zusammen. Das Verhältnis zwischen Chris und Janet blieb kühl. Sie schliefen getrennt, und es war, als ob ihre Liebe einen harten Dämpfer erfahren hätte. Jeder wartete darauf, dass der andere nachgab.

Doch da beide Starrköpfe waren, wollte keiner den ersten Schritt dazu tun und sich nichts vergeben.

Ph, dachte Janet, dieser sture Kommisskopf wird nicht erleben, dass ich vor ihm zu Kreuze krieche.

Was für eine starrköpfige Gans, dachte Chris.

Obwohl beide sich sehnten, sich zu versöhnen und einander in die Arme zu schließen, konnten sie sich nicht überwinden. Sie waren wie vernagelt. Bei Chris kam sein Rollenverständnis als Mann und Offizier hinzu.

Janet wiederum verstand sich als junge Gattin, die um keinen Preis zu Anfang der Ehe sich zurückschrauben lassen wollte. Wenn ich einmal nachgebe, wird das die Regel sein, redete sie sich ein.

Ihren Bruder sah sie kaum, ein weiteres Gespräch wegen Adida erfolgte nicht. Dass Rajib Banerjee nicht mehr im Sterben lag, hatte er ihr mitgeteilt.

Dann, an einem Dienstag, kehrte Chris nicht vom Dienst ins Quartier zurück, wo ihn Janet erwartete. Zwar nur, um ihm die kalte Schulter zu zeigen, aber immerhin.

An diesem Morgen war sie besonders kühl zu ihm gewesen, weil sie nicht einsah, dass er nicht endlich nachgab und wegen Stephen und Adida auf ihre Linie einschwenkte. Als Chris immer länger ausblieb, schickte Janet ein indisches Hausmädchen los, das in den Quartieren der Offiziersehepaare saubermachte – bei Janet hatte sie keine Arbeit – und ließ Chris' Offiziersburschen zu sich kommen.

Dieser, ein Waliser, erklärte ihr, Chris wäre zum Kommandanten gegangen.

»Zu Sir Robert Flight? Was wollte er da?«

»Das weiß ich nicht, Mylady. Doch unmittelbar danach ließ Oberst Flight Ihren Bruder rufen, Oberleutnant Browning.«

Er hat es also getan, durchfuhr es Janet wie ein Blitz. Er hat das Verhältnis zwischen Stephen und Adida dem Kommandeur verraten. Er hat es gewagt.

Sie schickte den Burschen weg, schaute in den Spiegel, besserte ein wenig ihr Make-up auf, schüttelte ihre Haare und kniff sich in die Wangen, damit sie röter wurden, legte ein Tuch um die Schultern, setzte ihre Haube auf, unter der widerspenstig die rotblonde Haarmähne hervorquoll, und ging zur Kommandantur.

Sir Robert Flight ließ sie nicht lange warten. Janet sah nur noch eine Chance für die Liebe ihres Bruders und für Adidas bedrohtes Leben: Sie musste für sie bitten.

Sir Robert saß hinter seinem Schreibtisch, seitlich vor dem das Fell des bengalischen Tigers lag, den er vor Jahren erlegt hatte. Es roch nach Pfeifenrauch in seinem großen Arbeitszimmer, das sachlich und nüchtern eingerichtet war, wie es einem Soldaten geziemte.

»Nehmen Sie Platz, junge Frau«, sagte er jovial zu Janet. Er war allein in seinem Büro. »Ich kann mir denken, was Sie zu mir führt. Ihr Gatte hat sich ein Herz gefasst, und er tat etwas, was Ihnen nicht gefällt.«

Janet sank in den Ledersessel. Sir Robert setzte sich ihr gegenüber. Er zeigte sich ihr gegenüber immer sehr väterlich, aber sie wusste, dass er durch und durch ein pflichtgetreuer Offizier war.

Seine Worte, meinte sie, konnten nur eines bedeuten. Sie sprudelte also ihre Geschichte hervor und bat um Verständnis für ihren Bruder und für Adida Banerjee.

»Sie lieben sich wirklich von ganzem Herzen, Sir. Sie ist zu dieser Ehe mit einem ungeliebten älteren Mann gezwungen worden. Sie haben nichts Böses getan.«

Sir Robert stopfte sich seine Pfeife und bat Janet um Erlaubnis, sie entzünden zu dürfen. Janet hatte nichts dagegen, etwas Pfeifenrauch war das wenigste, was sie störte.

Der Oberst paffte zum offenen Fenster.

»Wissen Sie, was Sie mir da gerade gesagt haben?«, fragte er.

»Etwas, das Sie nur schwer verstehen und mit Ihren Dienstvorschriften in Einklang bringen können. Aber es existiert eine Gesetzesvorlage, die Witwenverbrennung im Britischen Protektorat zu verbieten. – Seien Sie gnädig, Sir, haben Sie ein Herz …«

Sir Robert hob die Hand und gebot Janet mit dieser Geste Schweigen.

»Das ist es nicht, weshalb Ihr Gatte mich aufsuchte, Janet«, sagte er. »Sondern um den Man-eater schießen zu dürfen. Der Maharadscha von Gwalior hat sich wegen der menschenfressenden Bestie an uns Briten um Hilfe gewendet. Eine Treibjagd soll stattfinden. Doch es bedarf tollkühner, kaltblütiger Männer, die zudem noch erstklassige Schützen sind, den Tiger zur Strecke zu bringen ohne dass es viele Todesopfer gibt. – Sie wissen wohl nicht, wie es bei einer solchen Treibjagd zugeht?«

Janet schüttelte den Kopf. Sie war fassungslos. Konnte es sein, dass die Stephen und Adida verraten hatte? In bester Absicht?

»Die Treiber vollführen einen Höllenlärm«, erklärte Sir Robert. »Der Tiger wird eingekesselt. Der Ring um ihn wird immer enger gezogen. Wenn alles gut geht, zieht er sich in ein Dickicht oder dergleichen zurück, von dem Lärm irritiert, eingekesselt von einem Ring von vielen Hundert Treibern und Jägern. Das muss bei Tag sein, denn nachts entkommt er. Dann schießt man in dieses Dickicht hinein, mit Gewehren und Pfeil und Bogen. Wie sich vorstellen können, wird der Tiger dabei in den seltensten Fällen tödlich getroffen, entweder gar nicht oder nur verletzt, was ihn noch mehr reizt.«

Sir Robert schaute auf das Tigerfell am Boden. Mit einem einzigen Schuß hatte er diesen bengalischen Königstiger seinerzeit erlegt.

»Irgendwann stürzt der Tiger heraus aus dem Dickicht, was mehrere Treiber und Jäger das Leben kostet. Mit Flinten, Spießen und Pfeilen wird er getroffen, aber eine solche Bestie ist zäh. Die Katze hat sieben Leben. Es gibt Fälle, in denen ein solcher Tiger in seinem Todeskampf noch über ein Dutzend Menschen tötete, bevor er endlich tot war.«

»Grässlich!«, hauchte Janet.

»Nur ein erstklassiger Schütze vermag dieses Unheil abzuwenden«, fuhr Sir Robert fort. »Oder, wenn der Tiger trotz allem nicht aus seinem Versteck hervorkommt, ehe die Nacht einbricht und er entkommt, muss ein solcher todesmutiger Mann in das Dickicht, um ihn umzubringen, damit er seine Mordserie nicht fortsetzen kann.«

Janet wusste, dass ihr Bruder und ihr Mann die besten Schützen des Regiments waren.

»Er hat sich freiwillig dafür gemeldet«, sagte Janet. »Chris ist zu Ihnen gekommen, Sir, und Sie ließen Stephen rufen, damit er ihn zusätzlich sichert? Ein Scharfschützengewehr ist besser als zwei.«

Sir Robert schüttelte den Kopf.

»Sie irren sich wieder, Mrs. Demarron. Auch Stephen meldete sich freiwillig, vor Chris schon, weil er eher von der morgigen Treibjagd erfuhr. Ich wollte Ihren Bruder später deswegen sprechen, doch als Ihr Gatte vor mich hintrat, schickte ich gleich nach ihm und zog ihn hinzu.«

Janet wurde es plötzlich schwindlig und schwarz vor Augen. Zum zweiten Mal in ihrem Leben, das andere Mal lag etliche Monate zurück, als sie in London von Chris' plötzlicher Abkommandierung nach Indien erfahren hatte, wurde sie ohnmächtig. Sir Robert tätschelte ihre Wangen.

Er rief eine Soldatenfrau hinzu, weil er sich genierte, der jungen Lady das Mieder zu lockern und sie anzufassen. Noch ehe die Soldatenfrau erschien, kam Janet jedoch wieder zu sich. Die Frau wurde nicht gebraucht.

Janet entschuldigte sich, was Sir Robert ablehnte. Rücksichtsvoll ließ er seine Pfeife ausgehen.

»So ist es«, sagte er kurz und bündig. »Oberleutnant Demarron und Oberleutnant Browning übernachten im Palast des Maharadschas. Morgen in aller Frühe wollen sie von dort los zur Treibjagd. Man weiß, wo der Tiger ist, die Vorbereitungen sind schon alle getroffen. – Mehr von meinen Soldaten kann ich dafür nicht abstellen, die Inder haben mehr Erfahrung mit der Tigerjagd. Noch mehr Offiziere loszuschicken macht keinen Sinn, abgesehen davon, dass ich meine Männer nicht entbehren kann.«

Er fuhr fort: »Ich hätte es selbst übernommen, aber ich bin als Kommandeur unabkömmlich. Und, um der Wahrheit die Ehre zu geben, meine Augen sind nicht mehr so scharf wie vor fünfzehn Jahren, als ich den Tiger erlegte, dessen Fell Sie da sehen.«

»Chris wollte es mir nicht sagen«, flüsterte Janet. »Stephen auch nicht. Ich muss zum Palast des Maharadschas. Ich muss …«

Sie verstummte. Sollte sie versuchen, Mann und Bruder von dem waghalsigen Plan abzubringen? Konnte sie das? Der Tiger war eine Bestie, die viele Menschen getötet hatte. Normalerweise fielen Tiger eher selten Menschen an, sondern erjagten im Dschungel andere Beute.

Doch manche von ihnen, alt oder krank, hatten den Menschen als leicht zu erjagende Beute entdeckt. Sie waren jedoch nicht die schlimmsten Man-eater, sondern das waren solche, die den Menschen als besondere Beute entdeckt hatten. Die auf den Geschmack von Menschenfleisch gekommen waren und ihn liebten.

Die Einheimischen sagten, ein böser Geist würde in ihnen wohnen. Ein solcher Man-eater konnte ganze Landstriche terrorisieren, wie es hier der Fall war. Nach Gwalior hinein wagte sich der Tiger natürlich nicht. Doch für die ländliche Umgebung war er eine tödliche Geisel.

»Ich werde Chris und Stephen nicht davon abhalten«, sagte Janet. »Doch ich möchte mich von ihnen verabschieden und ihnen Glück für die Jagd wünschen. Mein Gatte …«

»Er wollte Sie nicht betrüben«, sagte Sir Robert. »Er fürchtete wohl, Sie würden ihm eine Szene machen und versuchen, ihn von seinem Vorhaben abzubringen. Genauso Ihr Bruder.«

So war es nicht. Chris war zu stolz, um sich Janet zu eröffnen. Sie hatte ihm die kalte Schulter gezeigt, kaum

mit ihm gesprochen, ihm das eheliche Beilager verwehrt – da sprang, bildlich gesehen, in den Rachen des
Tigers, um ihr zu beweisen, zu welcher Sorte Mann er
gehörte.

Als ob er mir etwas beweisen müßte, dachte Janet,
die ihr Verhalten ihm gegenüber nun reute. Auch Stephen hatte sich nichts von ihr anhören wollen.

Männer, dachte Janet, Männer!

Es gab aber noch andere Probleme.

»Sir Robert, ich habe Ihnen etwas erzählt, was Sie
nicht wissen sollten. Wegen Stephen und Adida Banerjee – könnten Sie das, ich bitte Sie herzlich, vergessen?
Nicht gehört haben?«

»Sie verlangen da eine Menge von mir, Mädel«,
brummte der Oberst. »Und ganz schön raffiniert sind
Sie auch. Sie wissen, dass ich einen Narren an Ihnen
gefressen habe, wie meine Gattin sagt. – Nun, hm,
hrm, eigentlich müßte ich den Fall schriftlich festhalten
und weitermelden.«

»Sir Robert, ich bitte Sie, bitte, bitte! Springen Sie
über Ihren Schatten. Tun Sie es nicht.«

Der Oberst stand auf. Mit wuchtigem Schritt trat er
ans Fenster, in Uniform und den Säbel an der Seite,
und schaute hinaus in den Exerzierhof der Garnison.

»Einem, der es mit einem Tiger aufnimmt, sollte
man keinen Stein in den Weg legen«, sagte er. »Und,
wie meine liebe Frau mitunter ebenfalls sagt, manchmal höre ich nicht.«

Er grinste.

»Ich weiß von nichts, aber verraten Sie kein Ster-
benswörtchen, dass Sie es mir gesagt habe. Sonst müßte ich dienstlich vorgehen.«

»Ach Sir Robert, Sir Robert, Sie sind ja ein Schatz!«

Ehe es sich der Oberst versah, wurde er gedrückt und geküsst.

Er grinste noch breiter.

»Da brate mir doch einer einen Storch«, sagte er. »Das ist mir schon lange nicht mehr passiert, dass eine junge Lady, abgesehen von meiner Tochter, mich herzte und küsste. Wenn meine Frau das erfährt ...«

Janet gab ihm noch einen Schmatz.

»Sir Robert«, verkündete sie, »ich liebe Sie. Wegen meines Bruders und Adida – können wir da einen Weg finden, ihnen zu helfen?«

»Sie nehmen auch immer die ganze Hand, wenn man Ihnen den kleinen Finger gibt, Janet. Ich will drüber nachdenken. Ich persönlich halte die Witwenverbrennung für einen scheußlichen und barbarischen Brauch. Die Gesetzesvorlage ist auch eingebracht, das stimmt. – Nun ja, ich weiß nicht, ob ich da etwas ausrichten kann, aber ich will es versuchen. Mit sachgemäßen Mitteln und zu gegebener Zeit.«

»Sir Robert. Ich danke Ihnen tausend Mal.«

»Schon gut, Mädel. Jetzt beeilen Sie sich, dass Sie den Maharadschapalast aufsuchen und zu Ihrem Mann und Ihrem Bruder kommen. – Gott mit Ihnen und den beiden tapferen Jägern. Möge er ihnen morgen eine sichere Hand und ein kaltblütiges Herz geben, wenn sie der Bestie gegenübertreten.«

Janet eilte mit unziemlicher Eile hinaus. Sie wollte schleunigst zu Chris, auch zu Stephen, doch vor allem zu ihrem Mann, ihn umarmen und küssen. Nie hätte sie es sich verziehen, wenn sie ihn dem Tiger hätte gegenübertreten lassen, ohne sich mit ihm ausgesöhnt zu haben.

Doch vor der Kommandantur, im Bogengang, hielt sie die Soldatenfrau an, die der Oberst hatte rufen lassen, um ihr wegen der Ohnmacht beizustehen. Sie war nicht gebraucht worden, hatte aber gewartet.

»Einen Moment, Mrs. Demarron«, sagte die derbe Schottin. »Sie sind da drinnen gerade ohnmächtig geworden?«

»Kurz nur. Mir wurde es plötzlich schwindlig und schwarz vor den Augen.«

Die Soldatenfrau nickte.

»Ist Ihnen morgens übel? Ist Ihnen da auch schwindlig? Müssen Sie sich nach dem Aufstehen übergeben?«

»Das ist mir neulich zweimal passiert«, sagte Janet ungeduldig. Sie wollte zu ihrem Mann. Die morgendliche Übelkeit hatte sie auf ihre Nerven geschoben, wegen des Streits mit Chris und der Belastung, der sie wegen ihres Bruders ausgesetzt war. Und auf das Klima. Es war schwül und heiß, die Monsunzeit stand vor der Tür. »Ein wenig schwindlig ist es mir morgens schon, aber das hat nichts zu bedeuten bei der Hitze, wo man beim Erwachen schon schwitzt. – Würden Sie mich jetzt entschuldigen, Mrs. Ferguson?«

Die stämmige Frau hielt sie jedoch fest.

»Kindchen«, sagte sie, »ich habe eine freudige Nachricht für Sie: Sie sind schwanger.«

»Was? Wie?«

»Auf die übliche Weise, nehme ich an«, sagte Mrs. Ferguson. »Ein anderer Fall ist mir nur von der Jungfrau Maria bekannt, und die sind Sie wohl nicht.«

Janet stand wie vom Donner gerührt. Sie vergaß momentan sogar Chris und den Tiger.

»Das ist unmöglich!«, entfuhr es ihr.

Mrs. Meade strich ihr sacht übers Haar. Die Haube hatte Janet abgenommen.

»Ich verstehe, dass Sie überrascht sind. Aber unmöglich ist es wohl nicht. – Sie wollen doch Kinder?«

Janet stand nicht der Sinn danach, jetzt darüber nachzudenken.

»Ja. Nein. Doch«, stammelte sie verwirrt. »Ich muss sofort weg.«

Sie lief zu ihrem Quartier.

Mrs. Ferguson rief ihr hinterher: »Achten Sie darauf, Leber und andere eisenhaltige Nahrungsmittel zu sich zu nehmen. Eier, frische Milch und Gemüse. Wenn Sie irgendwelche ausgefallenen Gelüste beim Essen haben, geben Sie ihnen ruhig nach. Der Körper weiß, was er braucht.«

Janet rief ihr keinen Dank zu. In ihrem Quartier angekommen, musste sie sich erst einmal setzen. Ihre Regel war beim letzten Mal ausgeblieben, doch hatte sie gedacht, der Termin würde sich verschieben. Oder es würde an der Klimaumstellung liegen.

Die Anzeichen waren jedoch eindeutig. Sie befand sich am Anfang von einer Schwangerschaft, irgendwann im zweiten Monat.

Das fehlte noch, dachte Janet, denn im Moment konnte sie sich nicht freuen. Ihre Ehe erlitt eine Krise. Ihr Mann wollte zur Tigerjagd und konnte dabei ums Leben kommen, ihr Bruder genauso. Letzterer hatte ein Liebesverhältnis mit einer Inderin, der der Feuertod drohte – oder die Steinigung, wenn das Verhältnis herauskam.

Das konnte jeden Tag geschehen. Janet befand sich in einem fremden Land, weit weg von zu Hause und den vertrauten grünen Hügeln von England. Vor der

Toren von Gwalior lauerte Dschahangir der Tiger mit seinen Aufständischen, von dem es hieß, dass er jeden Briten umbrachte.

Es hatte bereits Überfälle und Reibereien gegeben. Das waren nun wirklich tolle Aussichten, um ein Kind zu erwarten.

# 6. Kapitel

J anet eilte sofort zum Palast des Maharadschas, wo Chris und Stephen die Nacht verbringen sollten. Sie wollte ihren Mann informieren. Das Baby, das sie erwartete, änderte alles – er musste davon erfahren.

Der Maharadschapalast wurde scharf bewacht. Maharadscha Haidar befürchtete eine Revolte, weil er engländerfreundlich war. Wachen mit Säbeln und Gewehren bewachten die Palasttore, die Garde des Maharadschas.

Janet wurde eingelassen. Sie fand Chris und ihren Bruder in einem Gästetrakt des weitläufigen Palasts, den sie seit ihrer Hochzeitsfeier mehrmals besucht hatte. Stephen wirkte gelassen. Janet begrüßte den Bruder und bat ihn, sie mit Chris allein zu lassen.

Öllampen brannten im prunkvoll eingerichteten Zimmer. Chris saß auf einem Sitzpolster, Stühle gab es hier nicht, Janet gegenüber. Er trug Zivil, er nahm nicht als Soldat an der Tigerjagd teil. Mit seinen lockigen schwarzen Haaren, den langen Koteletten und dem kecken Schnurrbart sah er blendend aus.

Christian Demarron war das, was man einen schönen Mann nannte. Deshalb hatte ihn Janet jedoch nicht geheiratet.

»Ich gehe zur Tigerjagd«, sagte er spröde. »Willst du mich etwa davon abhalten?«

Sie spürte seine Ressentiments ihm gegenüber. Ihr Stolz meldeten sich und ihr Starrkopf. Zudem ihre Liebe – sie war sicher, dass sie ihn nicht von seinem Vorhaben abhalten konnte. Er musste jedoch ruhig und kaltblütig sein, wenn er dem Tiger gegenübertrat.

Das Wissen um ihre Schwangerschaft konnte ihn beunruhigen, seine Gedanken ablenken. Sie würde es ihm also nicht sagen.

»Ich will mich von dir verabschieden und dir alles Gute wünschen, Chris«, sagte Janet. »Warum hast du mir nicht gesagt, dass du zur Tigerjagd gehst?«

»Ich wollte keine Szene. Zudem hatte ich in der letzten Zeit den Eindruck, dir liegt nicht mehr soviel an mir.«

»Ach Chris, Chris, du bist so ein Kindskopf.«

Endlich umarmten sie sich, küssten sich, versicherten sich ihrer Liebe. Janet weinte und lachte in einem. Sie gestand Chris, dass sie Sir Robert Flight aus Versehen Stephens Verhältnis mit Adida Banerjee verraten hatte.

»Das war nicht sehr klug«, sagte Chris. »Was wird der alte Eisenfresser jetzt unternehmen?«

»Nichts. Offiziell weiß er von nichts. Sag Stephen besser nicht, dass er Bescheid weiß. Er hat den Fakt einfach nicht zur Kenntnis genommen.«

»Wer gut hört, muss auch überhören können«, murmelte Chris. »Wir müssen abwarten, wie sich die Sache entwickelt. Nach wie vor halte ich es für eine aussichtslose Sache, in die Stephen sich da verrannt hat. Er hat glatt den Verstand verloren.«

»Er ist verliebt, das müsstest du doch verstehen. Bei uns war es genauso.«

»Nein, Janet, das war und ist etwas anderes. Du bist ledig gewesen und eine Engländerin. Ich … Wir wollen nicht wieder davon anfangen.«

Chris setzte sich wieder, nachdem er seine Frau umarmt hatte.

»Ich habe nachgedacht«, sagte er. »Natürlich will ich nicht, dass Adida verbrannt wird. Wir können nur hoffen, dass der Gesetzesentwurf gegen die Witwenverbrennung im Parlament möglichst bald durchgeht. Das sollte er eigentlich, ich habe mich sachkundig gemacht. Alle Voraussetzungen sprechen dafür. – Und stelle dir vor, wer eine gewichtige Stimme für oder gegen das neue Gesetz erhebt?«

»Sag es.«

»Mein Onkel, Lord Horatio Demarron.«

»Der ist ja nun kein besonders guter oder einfühlsamer Mensch, wie du mir sagtest.«

»Nein, aber sehr kalkulierend und auf sein Prestige und seinen guten Ruf als Politiker bedacht. Er wird sich für das Gesetz aussprechen, davon bin ich überzeugt.«

Es dauerte zwar immer sehr lange, bis Nachrichten aus England auf dem Seeweg nach Indien gelangten. Doch Debatten und Gesetzesvorlagen, die Indien betrafen, wurden dort natürlich genau verfolgt und innerhalb der Armee und der West India Company weitergegeben.

»Was ist nun, wenn Rajib Banerjee plötzlich stirbt?«, fragte Janet drängend. »Dann soll Adida verbrannt werden. Das geschieht schnell, wegen des heißen Klimas wartet man hierzulande nicht lange mit der Beisetzung oder Leichenverbrennung. Sein Zustand soll sich zwar gebessert haben, aber man weiß nie. – Was sollen wir dann tun?«

»Es gibt eine Möglichkeit«, sagte Chris und lächelte sanft, so wie Janet ihn kannte und liebte. »Wir könnten, hoffe ich, den Maharadscha bitten, Adidas Verbrennung auszusetzen. Dass sie nicht mit ihrem Mann auf den Scheiterhaufen muss, bis der Gesetzesantrag geklärt ist. Vielleicht ist er das bereits, und wir wissen es nur noch nicht, weil die Nachricht davon uns noch nicht erreichte.«

»Das wäre allerdings eine arge Ausnahmeregelung, die mir nicht recht einleuchtet«, sagte Janet. »Eine seltsame, wacklige Konstruktion. Den Rajib Banerjees Leiche müsste ja rasch verbrannt werden. Ist denn eine spätere Witwenverbrennung – es schaudert mich bei dem Wort – überhaupt möglich?«

»Ja«, antwortete Chris zu ihrer Überraschung. »Es kommt durchaus vor, dass die Witwe nicht greifbar ist, sich zum Beispiel bei entfernten Verwandten aufhält. Oder dass der Gatte auf einer Reise verstirbt und seine Leiche erst heimtransportiert werden muss. Einbalsamierungen sind umständlich und teuer, das können sich nur die Vornehmen und Reichen leisten. Bei Ärmeren wird der Tote an seinem Sterbeort verbrannt, seine Asche in einer Urne nach Hause geschickt, und dann ...«

... findet die Verbrennung der armen Gattin statt, hatte er sagen wollen. Janet presste die Hand vor den Mund. Ihr wurde es übel, sie war empfindlich und in einem besonderen Zustand.

»Rede nicht weiter. Es ist eine schreckliche Sitte.«

»Du sagst es, unmenschlich und grausam. Die Kinder einer solchen armen Witwe werden nach ihrem

Flammentod von anderen großgezogen innerhalb der Großfamilie. Es ist kaum fassbar, dass sich innerhalb eines Kulturkreises derartige Verirrungen und Unsitten ergeben. Hoffentlich wird dieser grausame Brauch bald abgestellt, er schreit zum Himmel.«

Chris hatte seine Einstellung geändert, er war jetzt auf Janets, Stephens und Adidas Seite.

»Wenn ich dem Maharadscha den Tiger erlege«, sagte er, »mit Stephen zusammen, wird er dem Aufschub wie ich hoffe zustimmen. Zudem versprach er dir bei unserer Hochzeit, als du mit ihm tanztest, er würde dir einen Wunsch erfüllen. Das wird hoffentlich ausreichen.«

An das Versprechen des Maharadschas hatte Janet nicht mehr gedacht. Manchmal fiel es ihr ein, doch sie hatte bisher noch keinen Grund gesehen, den Maharadscha beim Wort zu nehmen. Jetzt konnte sie es – wenn Rajib Banerjee starb.

»Du stellst dich dem Tiger, damit dir der Maharadscha verpflichtet ist, Chris?«, fragte Janet. »Und das Volk von Gwalior?«

Chris nickte.

»Stephen denkt genauso«, sagte er. »Ich glaube inzwischen, dass er Adida wirklich liebt und es nicht nur eine vorübergehende Leidenschaft ist.«

Janet stand auf und ging zu ihm. Er erhob sich, und sie schmiegte sich an seine breite Brust.

»Chris, ich habe dich verkannt. Verzeih mir. Und paß auf dich auf – und auf Stephen. Wenn dich der Tiger tötet, das würde ich nicht überleben.«

Auch der Tod ihres Bruders würde Janet schwer treffen. Sie erwog nochmals, Chris von ihrer Schwangerschaft zu berichten. Aber es war einerseits noch recht früh dafür, vielleicht war ja doch alles in Irrtum, und sie wollte ihn nicht beunruhigen. Er würde all seine Nervenstärke und Geistesgegenwart brauchen, wenn er den Tiger jagte.

Später, nachdem Janet sich von ihrem Gatten und ihrem Bruder verabschiedet hatte, kehrte sie in ihr Quartier zurück, wo sie allein schlief und wenig Ruhe fand. Sie starrte in die Dunkelheit.

Was wird morgen geschehen, fragte sie sich?

Chris und Stephen brachen schon vor Sonnenaufgang zur Tigerjagd auf, die am Rand des Dekkan-Hochlandes stattfinden sollte. Der Man-eater hatte dort vor zwei Tagen zuletzt eine Frau angefallen, die ihr Reisfeld bestellte, getötet und verschleppt.

Man nahm an, dass er sich dort in der Nähe befand. Die grausige Bestie, die Geißel eines ganzen Landstrichs, der fleischgewordene gestreifte Dämon und der Zorn Kalis, wie ihn die Inder nannten.


Die Treiber hatten im Bergland das Bambusgehölz umzingelt, in dem sich der Tiger verbarg. Es war Nachmittag, die Einkesselung und die Jagd hatten Stunden gedauert. Zwei Treiber hatte sie schon das Leben gekostet, und einer war schwer verwundet worden. Zweimal hatte die Bestie den Ring der Treiber durchbrochen, war jedoch jeweils wieder in ein Versteck gejagt worden.

Mit lärmenden Musikinstrumenten, Klappern, lautem Geschrei und sogar Feuerwerkskörpern scheuchte man den Tiger, der sich in dem Fall verkroch. Eine Schützenkette von Soldaten des Maharadschas und einheimischen Jägern umzingelte das Gehölz.

Sogar drei Elefanten waren für die Jagd aufgeboten, die mehrere Hundert Menschen ausführten.

Chris und Stephen saßen auf dem Rücken eines Elefanten in der Sänfte, der Mahaut, der Elefantenlenker, mit seinem Stachelstock vor ihnen. Hauptsächlich lenkte er den Dickhäuter durch Zurufe.

Im unebenen Gelände schauten die beiden englischen Jäger, das Großwildgewehr in der Hand, auf das Gehölz nieder, aus dem sich mächtig Banyanbäume erhoben und das ein sumpfiger Wasserlauf durchfloss. Leuchtende Blüten, auch der Lotos, wuchsen dort, sowie Seerosen in einem kleinen Tümpel.

Es war jedoch nicht idyllisch. Der Lärm, den die Treiber vollführten, hatte den Tiger ins Dickicht gescheucht und sämtliche Tiere und Vögel weg. Jetzt war er verstummt. Schweißbedeckt, ängstlich, standen die Treiber um das Dickicht, das sie umzingelten.

Chris und Stephen hatten den Tiger zweimal gesehen, als er mit mächtigen Sprüngen vor dem Lärm und den Treibern floh. Es war ein gewaltiges Tier. Die Soldaten und Jäger, die rund um das Dickicht standen, bibberten entsprechend.

Die beiden Engländer stiegen, mit Tropenhelm und mit dem Gewehr bewaffnet, an der Trittleiter vom Elefanten herunter. Sie gesellten sich zu der Gruppe, die das weitere Vorgehen besprach. Ein hoher Offizier führte sie an.

Ein Dolmetscher übersetzte für die beiden Engländer. Verschiedene Vorschläge wurden gemacht und wieder verworfen. Blindlings ins Dickicht hineinzuschießen, bot wenig Aussicht, den Tiger tödlich zu treffen. Verwundet würde er um so grausamer wüten.

Ausräuchern war nicht möglich und nicht zu empfehlen. Feuerwerkskörper in das Bambusdickicht zu werfen, um ihn hervorzutreiben, würde dasselbe bewirken wie Schüsse.

Man wusste nicht, wo er im Dickicht genau steckte – das war das Problem. Von den Treibern waren viele mit Spießen, Stöcken und langen Messern bewaffnet, was gegen einen ausgewachsenen Tiger allerdings wenig helfen würde.

»Man müsste ins Dickicht hinein und ihn stellen«, sagte Chris. »Darin sehe ich die einzige Möglichkeit.«

»Das ist Selbstmord«, ließ ihm der uniformierte indische Offizier, der Wortführer, übersetzen. »Wenn du ihn siehst, ist es schon zu spät. Er wittert dich, seine Sinne sind schärfer als deine.«

»Wir müssen ihn hervortreiben«, sagte ein anderer Inder. »Schießt aufs Dickicht, was ihr könnt. Wenn er hervorstürzt, erledigt ihn.«

»Dann wird er einige Menschen umbringen.«

»Es ist nicht anders möglich.«

Bei dem Durcheinander, das dann entstand, Panik, Getümmel, die Schreie von Treibern, die der Tiger riss, würde es auch durch die Schüsse von Jägern noch Opfer geben. Oder konnte es.

»Wenn man nur wüsste, wo er steckt«, sagte Stephen. Seine schwere Büchse war wie die von Chris mit der doppelten Pulverladung geladen. »Dann wäre alles viel leichter.«

Das war aber die Frage. Das Gehölz hatte einen Umfang von um die 400 Quadratmetern. Es gab nur einen Pfad, der kaum als solcher erkennbar war. Der Tiger steckte dort irgendwo, und konnte jede Menge Blei verpulvern, ohne ihn auch nur anzukratzen.

Brennbar war das Dickicht nicht oder nur sehr schlecht. Zudem bot der Rauch dem Tiger die Möglichkeit, in dem umwegsamen Gelände zu entkommen.

In dem Moment, während die vierzig Jäger sich noch berieten, ertönten Schreie der Treiber. Chris und Stephen wirbelten herum, liefen los und sahen gerade noch, wie der Tiger einen Treiber in das Bambusgehölz schleifte. Ein anderer, von einem Prankenhieb niedergestreckt, lag blutend am Boden.

Die Treiber hatten sich zu weit vorgewagt, der Maneater hatte zugeschlagen. Es war so schnell gegangen, dass er schon wieder in dem Gehölz war, ehe die vor Schreck erstarrten Treiber sich heftig zur Wehr zu setzen oder zu fliehen vermochten.

»Was für ein gewaltiges Tier!«, sagte Stephen.

Der Tiger hatte eine Kopfrumpflänge von über zwei Metern. Er wog 250 Kilogramm, ein ausgewachsener bengalischer Königstiger mit zehn Zentimeter langen, einziehbaren Krallen und fingerlangen Eckzähnen.

Gelbschwarz gestreift, mit langem Schwanz und grün funkelnden Katzenaugen.

Die Treiber wichen zurück. Die Jäger drängten vor, die beiden Briten waren ganz vorn, während die Männer des Maharadschas weniger eifrig waren. Wenn der Tiger nochmals hervorstürzte, würden die Inder blindlings losschießen, und ob sie dann einen Menschen oder den Tiger trafen, stand in den Sternen.

Am Rand des Gehölzes standen Chris und Stephen. Chris hatte eine Idee. Er winkte den Dolmetscher zu sich her, der sich zitternd und schlotternd an seine Seite wagte.

»Rufe den Treiber«, gebot er ihm.

Eine Blutspur führte ins Dickicht. Chris hatte jedoch gesehen, dass der Treiber noch lebte und vor Schrecken gelähmt war. Der Tiger hatte sich in seine linke Schulter verbissen und ihn mühelos und schnell fortgeschleppt.

»Shahruk, lebst du noch?«, fragte der Dolmetscher.

Er hatte den Namen des Treibers von dessen Kameraden erfahren.

Tatsächlich ertönte aus dem Dickicht eine bebende Stimme: »Ja, ich bin noch am Leben.«

»Wo ist der Tiger?«

»Er steht über mir. Er frisst mich.«

Es war nicht klar, ob das tatsächlich stimmte und der Ärmste trotz Schmerzen nicht laut zu schreien wagte. Oder ob er es symbolisch meinte, dass er die Beute des Tigers sei. Jedenfalls hatte er mit seinem Leben abgeschlossen. Sein Spieß lag außerhalb des Gestrüpps am Boden, Messer hatte er keines mehr.

Chris wies den Dolmetscher an, was er sagen sollte.

»Die Inglesi kommen, Shahruk. Antworte, wenn sie dich fragen. Brahma schütze dich.«

Chris und Stephen wechselten einen Blick. Dann schlichen sie ins Bambusgehölz, bemüht, so wenig Geräusche wie möglich zu verursachen. Der Wind wehte gegen sie, was günstig war, da er ihre Witterung nicht zu dem Tiger trug.

Die Zurückbleibenden tuschelten und machten Gesten der Anbetung zu ihren Göttern. Wir werden die beiden Inglesi nicht lebend wieder sehen, lautere ihre einhellige Meinung.

Chris und Stephen pirschten sich getrennt vor, die Waffe schussbereit.

»Shahruk!«, fragte Chris halblaut.

»Ich bin hier, Sahib.«

Chris verstand den Dialekt nicht, aber der Sinn war eindeutig. Er gab Stephen einen Wink, den er durchs Bambusgehölz etwas entfernt sah.

Zweieinhalb Minuten verstrichen, die endlos zu sein schienen. Zweimal wurde noch gefragt.

Dann sah Chris das blutige Bein des Treibers, und im Zwielicht im Dickicht erkannte er nun den gewaltigen Tiger, der sich über dem Mann duckte. Der Tiger war beunruhigt, er lauerte, deshalb hatte er sein Opfer noch nicht getötet.

Die Bestie grollte – es hörte sich wie ein fernes Erdbeben an, eine tödliche Drohung.

Dann geschah es. Wie von einer Stahlfeder geschnellt sprang der Tiger, überwand glatt die acht Meter, die ihn von Chris trennten. Der Engländer riss das Gewehr hoch und feuerte.

Er zielte aufs linke Auge des Tigers, was mehr gefühlsmäßig und reflexartig erfolgte, langes Zielen war nicht möglich. Ein blitzschneller Schuss, in den sich ein zweiter mischte. Denn auch Stephen hatte den Tiger gesehen und feuerte auf sein Herz, als er wie ein gestreifter Schatten durch die Luft schnellte.

Die Schüsse donnerten und verschmolzen. Chris warf sich zur Seite. Die Bestie landete dort, wo er soeben noch gewesen war, wälzte sich herum – das linke Auge fehlte – und brüllte donnergleich. Chris meinte, der Tiger würde sich auf ihn stürzen und ihn zerreißen.

Er zog sein Jagdmesser, bereit, sein Leben so teuer wie möglich zu verkaufen. Doch der gewaltige Tiger schaffte keinen weiteren Angriff oder gar Sprung mehr. Er zuckte, er wälzte sich im Todeskampf.

Chris sah Blut über sein Fell rinnen. Stephens Kugel hatte den Tiger im Sprung ins Herz getroffen, wie die Chris' durchs linke Auge ins Gehirn. Es dauerte eine Weile, bis das zähe Leben aus der Großkatze entwich.

Auch dann näherten sich die beiden Jäger ihm vorsichtig und stießen ihn zuerst mit dem Gewehrkolben an, ehe sie ihn anfassten. Denn mit einem letzten Biß oder Prankenhieb hätte der Tiger sie noch übel zurichten oder gar umbringen können.

Er war jedoch tot. Die beiden Männer gingen zu dem Treiber, der mittelmäßig schwer verletzt war und unter Schock stand. Er würde es überleben. Der Treiber konnte noch gar nicht fassen, dass er noch lebte.

Die Engländer verbanden ihn rasch und notdürftig. Er küsste ihnen die Hände, was sie abwehrten, und dankte ihnen und seinen Göttern. Was er stammelte, verstanden sie nicht.

»Ihr seid Helden«, lautete es.

Gemeinsam verließen die beiden Männer das Bambusgehölz, wo Jäger und Treiber nach dem Krachen der zusammen fallenden Schüsse in atemloser Spannung warteten. Sie hatten bisher nicht einmal gefragt, was geschehen sei.

Stephen hob sein Gewehr.

»Der Tiger ist tot!«, rief er.

Ohrenbetäubender Jubel brach los. Unbeschreibliche Szenen spielten sich ab. Alle strömten zusammen, um die todesmutigen und erfolgreichen Jäger zu beglückwünschen. Treiber wie indische Jäger freuten sich, dass es keine weiteren Todesopfer bei ihnen geben würde und dass die Bestie erlegt war.

Am folgenden Tag fand ein Triumphzug statt. Die erfolgreichen Jäger kehrten mitsamt den Treibern und dem erlegten Tiger nach Gwalior zurück. Vorneweg marschierten eine Hindukapelle mit einheimische Instrumenten, Flöten, Zimbeln und Pfeifen und Trommeln und Rasseln, die eine Menge Lärm vollführte.

Halbnackte, dürre Fakire mit Turbanen, ausgemergelten Gesichtern und hageren Körpern tanzten und sprangen. Dann kamen kleine Mädchen in prunkvoller Kindertracht, die für die Helden Blumen streuten.

Ihnen folgte ein Elefant, auf dem der Maharadscha von Gwalior, der sich das nicht nehmen ließ, mit seiner Lieblingsfrau Dschasira in der Sänfte saß. Doch nicht ihm auf seinem weißen Elefanten in der juwelengeschmückten Sänfte jubelte das Volk hauptsächlich zu, sondern Chris und Stephen, die auf dem zweiten Elefanten saßen.

Ihnen folgte der dritte Elefant mit einer ganzen Traube von einheimischen Jägern. Dann marschierten die Treiber – die Verwundeten und Toten waren natürlich nicht dabei. Dem schloß sich ein jubelnder Volkshaufe an.

Der erlegte Tiger wurde auf einem Wagen direkt hinter dem weißen Elefanten des Maharadschas gefahren. Die Bestie war auf ein Gestell gespannt, dass jeder sie deutlich sehen konnte. Gardisten des Maharadschas schützten die Trophäe, sonst wäre sie übel zugerichtet worden. Die Inder spuckten in ihre Richtung und warfen mit Steinen auf den toten Tiger, drohten ihm mit dem Fäusten und beschimpften ihn.

Der Volkshaufe drängte sich zu beiden Seiten der Hauptstraße, die durch Gwalior führte, und vor dem gewaltigen Fort. Die Engländer schauten sich den

Trubel von den Wällen ihrer Garnison aus an. Obwohl ihre Regimentskameraden, die noch immer Zivil trugen, den Tiger erlegt hatten, mischten sie sich nicht unter das Volk.

Schlechte Nachrichten waren eingetroffen. Dschahangir der Tiger, Führer der Aufständischen, die ein freies Indien und die Wiedereinführung der Mogulkaiserherrschaft propagierten, machte mobil. Nachts schlichen die Thugs durch die Straßen.

Zwei Soldaten waren erwürgt worden. Es war eine blutige, wilde Zeit.

Janet stand neben Sir Robert Flight, seiner Gattin und anderen auf der Plattform des Aussichtsturms.

»Ihr Mann und Ihr Bruder sind Helden und große Jäger, Mrs. Demarron«, sagte der Regimentskommandant und Garnisonskommandeur. »Ich werde sie lobend erwähnen und für einen Orden vorschlagen, denn sie haben auch dem Empire gedient, indem sie das Land von dem mörderischen Tiger befreiten. Das haben die Briten getan, das bringt uns Sympathien ein, die wir dringend brauchen, so wie es jetzt aussieht.«

Janet war außer sich vor Freude. Sie hatte ihr bestes Kleid angezogen, um Chris und Stephen darin zu begrüßen. Zunächst würden die beiden Männer sich beim Kommandeur in der Garnison zurückmelden. Danach stand ihnen ein Bankett bei Maharadscha bevor.

Janet fieberte dem Wiedersehen entgegen. Am Morgen war ihr wieder übel gewesen. Ein Schwangerschaftstest, der aus einer Urinprobe bestand, Reiskörner sollten zum Keimen gebracht werden — eine einheimische Methode — sollte ihr die letzte Gewissheit verschaffen.

Doch sie hatte diese eigentlich bereits. Ihr Gefühl sagte ihr, dass sie schwanger war. Sie würde ein Kind bekommen, von Chris, den sie über alles liebte.

Jetzt wird alles gut, sagte sie sich im Überschwang ihrer Gefühle. Der Maharadscha wird uns den Wunsch erfüllen, Adida Banerjee zu beschützen. Und – vielleicht gab es doch eine glückliche Lösung für Stephen und die schöne junge Inderin.

Doch Janets Optimismus wurde betrogen. Noch ehe Chris mit Stephen im Fort erschien, kam eine Botin zu ihr, eine verzweifelte junge Frau, eine Freundin Adidas. Sie sprach ein wenig Englisch.

»Rajib Banerjee ist gestorben«, teilte sie Janet mit. »Er sank plötzlich tot um, sein Herz hörte auf zu schlagen. Adida wurde von seinen Verwandten gefangen gesetzt. Sie soll mit ihm verbrannt werden.«

Es traf Janet wie ein Keulenschlag. Als Chris in der Garnison eintraf und sie freudestrahlend begrüßte, sah er gleich, dass ihr ein düsterer Schatten auf der Seele lag.

»Was ist?«, fragte er sie inmitten des Trubels und Jubelrufen, mit denen die Tigerjäger von ihren Kameraden empfangen wurden.

Janet sagte es ihm.

»Wir müssen zum Maharadscha gehen und um Gnade für Adida bitten«, sagte sie ihrem Mann. »Sie darf nicht verbrannt werden.«

Stephen war noch ahnungslos. Sein Lächeln, mit dem er sich feiern ließ, erlosch, als er die Hiobsbotschaft hörte. Was ihm jetzt bevorstand war weit schlimmer als die Tigerjagd.

»Ich werde mich erfrischen und meine Uniform anlegen«, sagte er. »Dann sprechen wir mit dem Maharadscha.«

Chris nickte. Janet hatte noch keine Gelegenheit gefunden um ihm zu berichten, dass sie ein Kind erwartete.

Die Engländer ahnten nicht, dass sich ein besonderer Mann unter den Feiernden in Gwalior befand, die den Tod des Man-eaters bejubelten. Er war über mittelgroß, schlank und hatte einen dunklen Teint. Seine Augen blitzten, das Gesicht mit der gekrümmten Nase war scharf geschnitten und glich den Abbildungen der alten Mogulkaiser auf den Münzen, die sie geprägt hatten.

Das war Dschahangir der Tiger, der von sich sagte, ein Nachkomme der Mogulkaiser zu sein und der Indien befreien und die Engländer ausrotten und ins Meer werfen wollte. Er war nach Gwalior gekommen und sammelte dort und in der Umgebung seine Anhängerschaft für den entscheidenden Schlag gegen die Garnison.

Wenn die Garnison in Fort Gwalior gefallen war, sollte das ganze Land im Aufstand der Inder aufflammen. Das würde das Ende der englischen Herrschaft sein.

# 7. Kapitel

Das Bankett zu Ehren der Tigerjäger fand in demselben Saal des Maharadschapalasts statt, in dem Janet und Chris ihre Hochzeitsfeier gehabt hatten. Wieder war eine große Tafelrunde versammelt. Janet, ihr Mann und ihr Bruder ersuchten den Maharadscha um eine Audienz.

Während im Saal gefeiert wurde, gewährte er sie ihnen in einem Audienzzimmer in seinem riesigen Marmorpalast. Haidar von Gwalior war überrascht, weil die Engländer es so dringend gemacht hatten.

Einer seiner Ratgeber und ein Sekretär waren bei ihm. Aus Paritätsgründen wollte er sie nicht wegschicken.

Nun erfuhr er, was es mit Stephen und Adida auf sich hatte. Seine Hand krampfte sich um den Griff des Prunkdolchs, den er in der Schärpe um seinen Leib trug.

»Das hast du gewagt?«, herrschte er Stephen an. »Rajib Banerjee war mein treuer Diener. Er ist schwer krank gewesen, und du begingst Ehebruch mit seinem Weib. – Ist das die Ehre der Engländer? Sind das ihr Anstand und ihre Sitte?«

»Adida wurde mit ihm verheiratet, ohne dass sie gefragt worden wäre«, sagte Janet zu dem Maharadscha, der gut Englisch sprach. Sie hatte ihr Festtagskleid an.

»Ihre Ehe ist nie vollzogen worden. Ihr grausamer Feuertod war schon bei der Hochzeit beschlossen.«

»So ist es nun einmal«, sagte der Maharadscha. »Ihr habt eure Gebräuche und Gesetze, wir haben unsere.«

»Aber ein königliches Edikt steht bevor, ein Gesetz, nach dem in Indien keine Witwe mehr mit ihrem Gatten verbrannt werden darf.«

»Ist dieses Gesetz schon beschlossen?«

»Das wissen wir nicht. Vielleicht wurde es schon im Parlament verabschiedet, doch wir haben noch keine Nachricht.«

»Dann ist es noch nicht in Kraft getreten. Ich kann nichts für Adida tun. Kommt wieder zu mir, wenn das Gesetz in Kraft getreten und in Indien vom General-gouverneur der East India Company proklamiert worden ist.«

»Hoheit!«, sagte Stephen. »Wir haben das Land von Geißel des menschenfressenden Tigers befreit. Gewährt mir dafür eine Bitte – schont Adidas Leben. Und urteilt nicht zu hart über mich. Ich liebe sie mehr als alles andere auf der Welt. – Habt ihr denn nie geliebt?«

Haidars Miene blieb hart. Sein Ratgeber schaute entrüstet, der Sekretär zeigte ein undurchdringliches Gesicht. Er hatte längst gelernt, dass er sich in Gegenwart der Mächtigen keine Gefühlsregung erlauben durfte. Jedenfalls nicht, bis er einwandfrei wusste, wie die Würfel gefallen waren und auf welche Seite er sich zu schlagen hatte.

Auch Chris bat für das Liebespaar.

»Bei meiner Soldatenehre, Hoheit, sie haben nichts Unrechtes getan. Unrecht war es, die junge Frau mit dem alten Mann zu verheiraten, ein Verbrechen. Das darf so nicht sein.«

Der Maharadscha verzog keine Miene.

»Ich kann nichts tun«, sagte er. »Das einzige, was ich euch gewähre, ist, dass der Ehebruch nicht geahndet wird. Die Schuld derjenigen, die ihn mit einem britischen Offizier beging, soll auf dem Scheiterhaufen getilgt werden. Als getreue Gattin wird sie ihrem toten Mann ins Jenseits folgen.«

Janet umklammerte die Hand des Maharadschas.

»Hoheit, bei meiner Hochzeitsfeier habt Ihr mir versprochen, mir eine Bitte zu gewähren, bis hin zur Hälfte Eures Fürstentums verspracht ihr mir zu geben. Jetzt bitte ich Euch um Adidas Leben – und um das Glück meines Bruders. – Setzt die Witwenverbrennung aus. Das neue Gesetz wird in Kürze in Indien erlassen. Ihr braucht ihm nur etwas vorzugreifen.«

»Ich kann Adida nicht mit Gewalt von ihren Verwandten wegholen, von der Familie Banerjee«, sagte der Maharadscha. »Noch könnte ich sie schützen. Meine Untertanen würden sich gegen mich erheben und meinen Palast stürmen.«

»Dann schickt sie in die Garnison zu den Briten«, bat Janet.

Der Maharadscha schüttelte den Kopf.

»Ich will nicht und kann nicht«, sagte er. »Es ist nicht möglich. Dieses Gesetz – du sagst, dass es kommt, Janet Demarron. Aber noch ist es nicht erlassen. Vielleicht irrst du dich. Abgesehen davon wäre es ein Eingriff in unsere Eigenständigkeit und würde der Abmachung widersprechen, dass unsere Religionen und Sitten geachtet werden. – Das kann ich nicht gestatten.«

Da warf sich Janet ihm zu Füßen, was sie noch nie bei einem Menschen getan hatte.

»Hoheit, Maharadscha Haidar, Löwe und Herr von Gwalior, ich erwarte ein Kind. Auch im Namen dieses ungeborenen Kindes bitte ich Euch um Gnade für Adida und für ihre Liebe zu meinem Bruder. Lasst nicht zu, dass mein Kind in eine Welt geboren wird, die so grausam und unmenschlich ist, dass in ihr Frauen verbrannt und Liebende grausam getrennt werden. – Habt ein Herz und Verständnis.«

Haidar von Gwalior zog sie hoch. In seinem graubärtigen Gesicht zuckte es.

»Es geht leider nicht«, sagte er. »Ich würde es – aber ich kann nicht. Es würde mich meinen Thron und die Herrschaft kosten.«

Janets Miene vereiste. Eine bittere Bemerkung lag ihr auf der Zunge. Aber sie schwieg. Sie und ihr Mann und die übrigen Briten verließen den Maharadschapalast, auch Sir Robert Flight.

»Mir ist die Lust zum Feiern vergangen«, sagte der Haudegen, nachdem er die Neuigkeiten erfahren hatte. »Bei dem Bankett riecht es mir zu sehr nach verbranntem Menschenfleisch. – Ich bin Soldat, aber kein Mörder.«


Die Ereignisse folgten nun Schlag auf Schlag. Am Mittag des nächsten Tages sollte Adida mit ihrem toten Gatten auf dem Scheiterhaufen verbrannt werden, außerhalb von der Stadt Gwalior, am Ufer des Narmada-Flusses. Weißgekleidete Trauergäste, Weiß war ich Indien die Farbe der Trauer, drängten sich um die Verbrennungsstätte bei Grabmal eines indischen Heiligen.

Klageweiber jammerten und zerkratzten sich die Gesichter. Adida, mit Drogen betäubt, wurde gefesselt auf den Scheiterhaufen gehoben.

»Nein, nein, nein!«, jammerte sie. »Ich will nicht sterben. – Stephen! Stephen!«

Ein fanatischer Alter, ein Verwandter ihres toten Gatten, steckte ihr einen Knebel in den Mund.

»Schweig, Weib, sieh deiner nächsten Reinkarnation entgegen, die eine niedrige sein wird. Du hast den Namen der Banerjees entehrt und geschändet. – Sühne mit deinem Tod!«

Entweder der Ratgeber des Maharadschas oder der Sekretär hatten geplaudert. Adidas Ehebruch und Verhältnis mit einem Briten waren den Banerjees bekannt geworden. Adidas Familie war deswegen nicht einmal zu der Verbrennung und Trauerfeier zugelassen.

Die Flammen des Scheiterhaufens sollten den Skandal und die Schande tilgen. Schon hielt, unter Gesängen, ein Hindupriester die Fackel an den Scheiterhaufen. Die Flammen züngelten, Rauch wolkte auf.

Adida bäumte sich auf in Qualm und Hitze. Da krachten Schüsse, noch wurden sie in die Luft abgegeben. Zwei tollkühne Reiter jagten durch die Menge. Es waren Briten, sie trugen Zivil und hatten die Gesichter vermummt, ritten jedoch auf Armeepferden.

Etwas Abseits standen weitere Vermummte, die über die Köpfe der Menge hinwegschossen, die entsetzt auseinanderstob. Adida wurde vom Scheiterhaufen gehoben, ihre Fesseln gelöst, der Knebel aus ihrem Mund gezogen.

Ein Reiter schloss sie in die Arme. Seine Maske verrutschte und zeigte ihm ihr Gesicht.

»Stephen!«, rief sie benommen und von dem Rauch hustend.

Er ließ seinen Rappen sich aufbäumen, dass die Hufe umherschwenkten. Ein paar Angreifer, die es gewagt hatten, wichen zurück. Der andere Reiter schwenkte den blanken Säbel. Es war Chris – er schaute zu seinen treuen Soldaten und Kameraden, die ihn bei der Aktion unterstützten, ein Häuflein Verwegener.

Und Janet, die es sich nicht hatte nehmen lassen, trotz früher Schwangerschaft bei der Aktion mit dabei zu sein. Auch sie saß zu Pferd, im Herrensitz, was ihre Tante Heather früher in der Grafschaft Northamptonshire öfter heftig bemängelt hatte.

Stephen küsste Adida rasch auf den Mund.

»Zum Fort!«, rief er. »Auf in die Garnison.«

So geschah es. Die Banerjees und die übrigen Trauergäste heulten und schüttelten die Fäuste hinter dem kleinen Trupp Davonreitender her. Damit konnten sie sie aber nicht aufhalten.

Rajib Banerjees Leichnam verbrannte allein auf dem Scheiterhaufen, der mächtig gen Himmel lohte.

Der Maharadscha von Gwalior war außer sich, als ihm gemeldet wurde, dass die Briten die Totenfeier seines Ministers geschändet hatten, wie man ihm sagte. Er schickte sofort eine Nachricht zum Garnisonskommandanten Sir Robert Flight und verlangte kategorisch die Auslieferung der Schuldigen sowie die Herausgabe von Adida Banerjee.

Nach einigen Stunden erhielt er die Antwort. Sir Robert hatte, ehe die Verbindungswege gesperrt wurden, eine Depesche aus Lucknow erhalten, dass das Gesetz gegen die Witwenverbrennung durch und in Kraft gesetzt war. Seine Majestät König Georg IV und das Britische Parlament verfügten, dass dergleichen Gräuel nicht mehr sein durfte.

‚Adida wird nicht herausgegeben', schrieb Sir Robert Flight. ‚Auch werde ich meine Soldaten und Offiziere selbst durch ein Militärgericht aburteilen lassen, sollte die Untersuchung, die ich einberufe, ihre Schuld ergeben. Mit ehrenvollen Grüßen – Ihr Sir Robert William Flight, Regimentskommandeur, Garnison Gwalior'.

Ein paar militärische und sonstige Floskeln standen noch mit dabei. Es gab eine Überschneidung, Chris, Stephen und Janet hatten nämlich mit Kameraden zusammen gehandelt, bevor die Depesche eintraf, die das neue Gesetz bekanntgab.

Daran stieß sich jedoch nur Captain Smith, dem Sir Robert Flight etwas über Offiziers- und Soldatenehre und Fairness erzählte.

»Merken Sie sich das, Captain«, erklärte Sir Robert ihm barsch. »Und werden Sie endlich ein guter Offizier. Zu den britischen Tugenden gehört nicht, wehrlose Witwen zu verbrennen, und das Empire ist nicht auf den Knochen von solchen errichtet. – Abtreten.«

Adida wurde in der Garnison behalten, die ihre Tore schloss. Der Belagerungszustand herrschte, den Dschahangir der Tiger schlug nun los. Maharadscha Haidar wurde bei einer Palastrevolte abgesetzt, sein Vetter Gopal bestieg für ihn den Thron.

Haidar floh mit wenigen Getreuen in die Dekkan-

Berge. Dschahangirs Rebellen und Gopals Garde bestürmten die Garnison. Die Kanonen der Briten donnerten, Schüsse blitzten und krachten, Blut floss. Mit dem Lichttelegraphen und mit Brieftauben bat Sir Robert andere Garnisonen um Hilfe.

Doch auch sie wurden bedrängt, die Wege waren unsicher. Die Monsunzeit brach an. Jeden Nachmittag stürzten wolkenbruchartige Regengüsse nieder. Der Belagerungszustand dauerte an.

Niemand wusste, dass die Aufständischen einen Tunnel in die Garnison gruben. Des Nachts stiegen dort ein paar vermummte, schwarzgekleidete Thugs aus diesem empor, fanatische Diener der Schwarzen Göttin Kali, der achtarmigen Zerstörerin mit der Kette mit den Häuptern erschlagener Feinde.

Sie wollten das Tor öffnen und Dschahangirs Leute einlassen, was jedoch nicht gelang. Zudem hatten sie es auf Adida Banerjee abgesehen, die sie entweder wegschleppen oder töten wollten. Wegen mangelnder Ortskenntnisse, weil sie die Quartiere verwechselten, gelang ihnen jedoch dieses nicht.

Stattdessen fingen sie Janet. Eine Würgeschlinge schloss sich um ihren Hals, es wurde dunkel um sie. Mit letzter Kraft gurgelte sie Chris' Namen. Die Thugs schleppten sie weg.


Die Thugs wurden aus der Garnison vertrieben, der Tunnel zugeschüttet. Chris war fassungslos, als er erfuhr, dass Janet geraubt worden war, zumal er nun von ihrer Schwangerschaft wusste. Adida klagte, denn sie gab sich die Schuld, was man ihr jedoch ausredete.

Janet lebte noch, die Thugs hatten sie nur betäubt. Dschahangir und Maharadscha Gopal boten sie im Austausch gegen Adida an. Es war eine schwere Entscheidung.


Dschahangir hielt Janet im Maharadschapalast gefangen, in den er eingezogen war, ebenfalls im Fort Gwalior. Die Stadt befand sich in den Händen der Aufständischen, die britische Garnison leistete Widerstand.

Dschahangir erwies sich als gebildeter, mehrsprachiger Mann. Er unterhielt sich mit Janet und legte ihr seine Beweggründe dar.

»Ich habe einen Pakt mit den Thugs und mit Gopal geschlossen, dem ich auf den Thron des Maharadschas verhalf. Adida muss sterben. Dir wird kein Haar gekrümmt.«

»Du sagst, du stammst von den Mogulkaisern ab?«, fragte Janet, die indische Gewänder erhalten hatte. Ihr Hals schmerzte beim Schlucken, davon abgesehen hatte ihr die mörderische Würgeschlinge keinen Schaden zugefügt. »Und du lässt Frauen rauben und willst diese junge Frau verbrennen lassen? Willst du damit deine Herrschaft beginnen?«

»Mir bleibt keine andere Wahl«, sagte der turbantragende Rebell.

Man hörte Stimmen und Schritten vor dem Gemach, in dem Janet unter Bewachung gefangengehalten wurde. Mehrere Männer kamen, ein fanatischer Anführer der Thugs und einige andere.

»Wir haben es uns anders überlegt, Dschahangir«,

sagte der finstere schwarzgekleidete Thug. »Aus dem Austausch wird nichts.«

»Sir Roberts Antwort steht noch aus«, erwiderte Dschahangir.

»Sie mag ausfallen, wie sie will. Das spielt keine Rolle mehr. Wir verbrennen diese da« – er deutete auf Janet – »um ein Exempel zu statuieren und den Briten zu zeigen, dass sie sich nicht in unsere Gebräuche einmischen dürfen. Wir spucken auf ihre Gesetze und Erlasse. Es darf keine Versöhnung geben. Mit ihrer Asche« – abermals wies er auf Janet – »wird auch die Herrschaft der Briten zerfallen.«

Janet hatte nicht verstanden, worum es ging, erfasste aber, dass es nichts Gutes sein konnte. Sie sah Dschahangir aschfahl werden.

»Wann wollt ihr sie haben?«, fragte er.

»Um Mitternacht«, antwortete ihm der Thug. »Das ist die Stunde Kalis, unserer Herrin. Die Schreie der Fremden mögen ihr wohlgefällig sein, und kein Blut wird vergossen. – Der Scheiterhaufen wird schon im Palastgarten errichtet.«

Dschahangir wirkte gebrochen. Er schickte die Männer weg. Dann eröffnete er Janet, was sie ihm mitgeteilt hatten.

»Der Oberste Thug will dich brennen sehen.«

»Und du, Dschahangir? Tiger des Pandschab, Nachkomme Akhbars?«

Der Rebell winkte ab.

»Ich bin kein Nachkomme der Mogulkaiser, noch fließt Akhbars Blut in meinen Adern. Ich bin nur ein Bastard aus dem Pandschab. Meine Mutter war die Kurtisane eines Vornehmen, der sie verstieß, als er genug von ihr hatte. Ich weiß nicht einmal mit Sicherheit, ob er mein Vater ist. – Später war ich ein Dieb, was ich tat, um meine Mutter zu erhalten, die an einer Augenkrankheit erblindete. Sie lebt nicht mehr. – Ja, ich habe mich als Nachkommen und Erben der Mogulkaiser ausgegeben, aus Propagandagründen und weil es meinen Interessen diente. Einem Urururenkel Akhbars folgen die Menschen eher als einem Bastard und einem ehemaligen Dieb.«

»Warum sagst du mir das?«, fragte Janet.

»Die Abmachung war eine andere, und ich gab mein Wort. Du bist schön und stolz, du erwartest ein Kind.«

Das hatte Dschahangir mitbekommen, der Janet nicht anrührte und schützte. Sie war seine Geisel, er garantierte für ihre Sicherheit.

»Ich werde dich nicht von den finsteren Thugs verbrennen lassen«, sagte er. »Du sollst zurückkehren zu deinem Mann. Später sollst du meiner gedenken, Dschahangirs, der nicht herrschen wollte um solchen Verrat und Preis.«

Stolz stand er da. Janet küsste ihn, sie konnte nicht anders.

»Akhbar war nicht größer als du, Dschahangir«, sagte sie. »Er wäre stolz gewesen, hätte er eien solchen Sohn wie dich gehabt. – Wie willst du mich in die Garnison bringen?«

»Es gibt noch einen Geheimgang. Dorthin bringe ich dich.«

»Wenn man uns aufhalten will …«

»Das«, sagte Dschahangir, »lasse meine Sorge sein.«


Vor Mitternacht, mit verschleiertem Gesicht, stand Janet vor dem Zugang zu dem Geheimgang.

Dschahangir hatte sie hingebracht. Eine Statue bewegte sich, als er an ihren Fuß drückte, und hinter ihr öffnete sich der Gang. Sie befanden sich in einem abgelegenen Teil des Forts nahe einem Tempel.

Da leuchteten Fackeln auf. Männer erschienen, angeführt von dem Obersten Thug, dessen finsteres Gesicht grimmig verzerrt war.

»Du willst sie entkommen lassen, Dschahangir?«, fragte er. »Daraus wird nichts. Du wurdest uns verraten, ich erschien gerade noch rechtzeitig. – Die Inglesa entkommt mir nicht. Ich werde sie an den Haaren zum Scheiterhaufen schleppen.«

»Das denkst du«, erwiderte Dschahangir, zog die Pistole aus der Schärpe um seine Taille und schoß den Thug durch den Leib. Er feuerte die zweite Pistole ab und zückte den Säbel. »Lauf, Janet, durch den Gang in die Garnison!«

Und wie der Tiger, dessen Namen er trug, stürzte er sich auf seine Feinde. Janet zögerte, doch dann sah sie, dass sie Dschahangir nicht retten konnte. Er wollte im Kampf fallen. Sie lief tränenblind in den finsteren Gang, stolperte, stürzte, schürfte sich Knie und Hände auf. Im Dunkeln tastete sie sich vorwärts.

Hinter ihr leuchtete Fackelschein, die Verfolger kamen. Der Gang schien kein Ende nehmen zu wollen. Dann rannte Janet gegen eine Tür, schlug dagegen und rief Chris' Namen.

»Chris! Chris! Rette mich!«

Als die Feinde sich näherten, gewann Janets Kaltblütigkeit die Oberhand. Sie tastete umher und fand einen Riegel, schob ihn mit Mühe zurück – er war festgerostet, sie musste einen Stein benutzen, den sie am Boden fand – öffnete die Tür und taumelte hinaus, in den Hof der Garnison, nahe der Kommandantur.

»Zu Hilfe, Wachen, herbei! Die Thugs kommen, die Aufständischen, Feinde! Hier ist ein Geheimgang! – Chris! Chris!«

Bewaffnete eilten hinzu. Schüsse blitzten, die Feinde wurden zurückgetrieben, der Geheimgang versperrt. Janet sank in Chris' Arme.

»Wie kommst du hierher?«, fragte er. »Wer hat dich gerettet?«

»Dschahangir, unser Feind.«

Monate später legte ein britisches Schiff von Bombay ab, um nach England zu segeln. Janet und Chris befanden sich an Bord, um Chris' ausstehenden Heimaturlaub anzutreten. Und Stephen und Adida, die damals in der Garnison geblieben war. Stephen hatte den Dienst quittiert, unter den Umständen und weil er Adida geheiratet hatte war es ihm nicht mehr möglich, britischer Offizier sein, was er nicht bedauerte.

Er wollte sie mit in die Heimat nehmen. Turbulente Zeiten lagen hinter den beiden Paaren. Die Garnison in Gwalior war noch lange belagert worden, bis Entsatz eintraf. Der Aufstand wurde niedergeworfen, Dschahangir, der sein fähiger Führer gewesen war bis er bei Janets Rettung starb, konnte ihn nicht mehr führen.

Maharadscha Haidar kehrte auf seinen Thron zurück. Chris und Stephen erhielten einen Orden, Chris' würde in absehbarer Zeit befördert werden.

Janets Schwangerschaft war schon weit fortgeschritten und deutlich erkennbar. Hand in Hand stand sie mit ihrem Gatten an Deck des Schiffs, unweit von Stephen, der seinen Arm um Adida gelegt hatte. Sie schauten auf die indische Küste, die hinter ihnen zurückblieb und bald nur noch ein Streifen am Horizont war, mit Farbtupfen, die Häuser darstellten, und den Bergen im Landesinnern, deren Gipfel aus Wolkenschichten ragten, die ihre bewaldeten Flanken umfassten, als ob sie auf diesen thronen würden.

»Unser Kind soll in England zur Welt kommen«, sagte Janet und drückte die Hand ihres Gatten.

»Ja«, erwiderte er, »es sei denn, es hat seinen eigenen Kopf, wie die Mutter, und wird schon auf See geboren.«

Sie gab ihm einen zärtlichen Stups.

Ebenfalls von Earl Warren als Taschenbuch erhältlich.

**»Die Werwolfbraut« – ein Romantic Thriller.**

Ebenfalls von Earl Warren als Taschenbuch erhältlich.

**»Das Delta-Schiff« – ein Science-Fiction-Roman.**

Ebenfalls von Earl Warren als Taschenbuch erhältlich.

**»Morgana – Die Schwertkämpferin« – ein Fantasy-Roman.**